Wolfgang E. Milch, Hans-Peter Hartmann (Hg.)
Die Deutung im therapeutischen Prozeß

Das Anliegen der Buchreihe BIBLIOTHEK DER PSYCHOANALYSE besteht darin, ein Forum der Auseinandersetzung zu schaffen, das der Psychoanalyse als Grundlagenwissenschaft, als Human- und Kulturwissenschaft und als klinische Theorie und Praxis neue Impulse verleiht. Die verschiedenen Strömungen innerhalb der Psychoanalyse sollen zu Wort kommen, und der kritische Dialog mit den Nachbarwissenschaften soll intensiviert werden. Bislang haben sich folgende Themenschwerpunkte herauskristallisiert:

Die Wiederentdeckung lange vergriffener Klassiker der Psychoanalyse – wie beispielsweise die Werke von Otto Fenichel, Karl Abraham und Otto Rank – soll die gemeinsamen Wurzeln der von Zersplitterung bedrohten psychoanalytischen Bewegung stärken. Einen weiteren Baustein psychoanalytischer Identität bildet die Beschäftigung mit dem Werk und der Person Sigmund Freuds und den Diskussionen und Konflikten in der Frühgeschichte der psychoanalytischen Bewegung.

Im Zuge ihrer Etablierung als medizinisch-psychologisches Heilverfahren hat die Psychoanalyse ihre geisteswissenschaftlichen, kulturanalytischen und politischen Ansätze vernachlässigt. Indem der Dialog mit den Nachbarwissenschaften wiederaufgenommen wird, soll das kultur- und gesellschaftskritische Erbe der Psychoanalyse wiederbelebt und weiterentwickelt werden.

Stärker als früher steht die Psychoanalyse in Konkurrenz zu benachbarten Psychotherapieverfahren und der biologischen Psychiatrie. Als das anspruchsvollste unter den psychotherapeutischen Verfahren sollte sich die Psychoanalyse der Überprüfung ihrer Verfahrensweisen und ihrer Therapie-Erfolge durch die empirischen Wissenschaften stellen, aber auch eigene Kriterien und Konzepte zur Erfolgskontrolle entwickeln. In diesen Zusammenhang gehört auch die Wiederaufnahme der Diskussion über den besonderen wissenschaftstheoretischen Status der Psychoanalyse.

Hundert Jahre nach ihrer Schöpfung durch Sigmund Freud sieht sich die Psychoanalyse vor neue Herausforderungen gestellt, die sie nur bewältigen kann, wenn sie sich auf ihr kritisches Potential besinnt.

BIBLIOTHEK DER PSYCHOANALYSE

HERAUSGEGEBEN VON HANS-JÜRGEN WIRTH

Wolfgang E. Milch,
Hans-Peter Hartmann (Hg.)

Die Deutung im therapeutischen Prozeß

Psychosozial-Verlag

Die Deutsche Bibliothek - CIP-Einheitsaufnahme

Die Deutung im therapeutischen Prozeß / Wolfgang E. Milch;
Hans-Peter Hartmann (Hg.). - Gießen : Psychosozial-Verl., 1999
(Bibliothek der Psychoanalyse)
ISBN 3-932133-66-8

Friedrichstraße 35, 35392 Gießen
e-mail: psychosozial-verlag@t-online.de

Umschlagabbildung: Foto Wolfgang Milch
Umschlaggestaltung: Atelier Warminski, Büdingen
Schrift: Stempel Garamond
Druck: KM-Druck, Groß-Umstadt
Gedruckt auf säurefreiem und chlorfrei gebleichtem Papier
ISBN 3-932133-66-8

Inhaltsverzeichnis

Einführung in das Thema

Wolfgang Milch, Hans-Peter Hartmann

Freud (1900) führte den Begriff der Deutung in die Psychoanalyse ein und gebrauchte ihn auch häufig anstelle von Erklären, Verstehen oder Erraten. Die Deutung wurde und wird zeitweise als wesentliche Quelle der Veränderung und entscheidende therapeutische Intervention gesehen und ist in dieser Bedeutung teilweise über- und auch unterschätzt worden. Der alte Streit, was entscheidender für die Wirksamkeit der Psychoanalyse ist, Deutung oder Beziehung, ist nach wie vor nicht ganz beigelegt. Auch die psychoanalytische Selbstpsychologie hat ihren Platz in dieser Kontroverse. Der Beziehungsaspekt der Deutung tritt mehr in den Vordergrund, wenn anerkannt wird, daß die Deutung nicht nur Unbewußtes kontaminationsfrei zum Vorschein bringt, sondern in ihren therapeutischen Wirkungen stark von der Person des Therapeuten abhängig ist (Thomä 1991).

Strachey (1934) verstand in seiner klassischen Arbeit über die mutative Interpretation Deutung zweiphasig. Zuerst kommt es zur Projektion des Über-Ichs des Analysanden auf den Analytiker und damit zusammenhängend entwickelt sich Widerstand beim Analysanden. Danach lernt der Analysand, seine Projektionen abzubauen und parallel hierzu zwischen dem Analytiker als Phantasie- und als Realobjekt zu unterscheiden. Die besondere Akzeptanz von Stracheys Arbeit ist, wie Thomä (1983, S. 20) meint, darauf zurückzuführen, daß „hier das Erleben als Introjektion des Analytikers bei der Umstrukturierung des Über-Ichs nicht viel mehr ist als ein Anhängsel der gelungenen psychoanalytischen Deutung im Augenblick größtmöglicher Übertragungsspannung". Das Erleben der therapeutischen Beziehung ist im Vorgriff auf Balints Neubeginn (Balint 1968) bereits bei Ferenczi und Rank (1924) ganz unabhängig von der Deutung als mutativ angesehen worden und findet in den verschiedenen Auffassungen selbstpsychologischer Autoren seine Fortsetzung. Zwar geht es unter selbstpsychologischen Gesichtspunkten nicht um direkte Wiedergutmachung mangelhafter Früherfahrungen anstelle von Deutung, aber eine Interpretation aktueller Übertragungserfahrungen sollte erst erfolgen, nachdem konkrete Selbstobjekterfahrungen mit dem Therapeuten gemacht wurden. Diese Erfahrungen stellen zwar keine direkte Wiedergutmachung im obigen Sinne dar, sie sind jedoch neue Erfahrungen, die frühe Bedürfnisse mobilisieren, diese spürbar und damit interpretierbar machen. Ohne Aussicht auf eine andere (neue) Erfahrung, d.h. ohne geänderte Erwartungsmuster, deren Änderung abhängig von der Beziehungserfahrung ist, bleibt der Zugang zum Unbewußten aufgrund von Widerständen (z.B. Angst vor Abweisung von Bedürfnissen) erschwert (siehe z.B. Weiss und Sampson 1986).

Die heutige psychoanalytische Technik hat sich vielerorts vom reinen Zuhören und Interpretieren wegentwickelt und damit Eisslers (1953) Parameter hinter sich gelassen. Nach Eissler sollte die Deutung von der Oberfläche (dem Vorbewußten) ausgehen, vom aktuellen wesentlichen Affekt geleitet sein, die Übertragung einschließen, im Moment ihrer Verbalisierung für Analytiker und Analysand eine gewisse Evidenz haben und spontan erfolgen. Pulver (1995) nennt als gängige Interventionen neben der Deutung die Konfrontation, die Erziehung und die Aufrechterhaltung der Integrität der psychoanalytischen Situation und Entwicklungsförderung.

Diese Aspekte der Deutung sind sicherlich auch von einem selbstpsychologischen Standpunkt aus vertretbar. Unter den verschiedenen klassischen Deutungstypen (Übertragungsdeutung, Deutung außerhalb der Übertragung, Rekonstruktion, Charakterdeutungen, Widerstandsdeutungen, ödipale/präödipale Deutungen, usw.) finden in der psychoanalytischen Selbstpsychologie Übertragungs- und Widerstandsdeutungen besondere Beachtung, hier allerdings bezogen auf die Selbstobjektübertragungen und den gegen sie gerichteten Widerstand.

Noch ein anderer Aspekt der Deutung, auf den bereits Rycroft (1956, 1958) hingewiesen hat, erscheint uns wichtig. In der Deutung vermittelt sich nicht nur der sprachlich-symbolische Gehalt, sondern die Deutung hat immanent auch einen realen Erfahrungsaspekt. Sie ist nach Langer (1942) zugleich Zeichen und Symbol.[1] Gerade der Zeichenaspekt der Deutung weist auf die Beziehung zwischen Analytiker und Analysand hin, denn Zeichen indizieren die aktuelle Präsenz von Objekten, Bedingungen und Prozessen, während Symbole diese repräsentieren. Der Analytiker zeigt also im Deuten seine Anwesenheit, sein Interesse und Beteiligtsein. „Es ist eine affektive Kommunikation, die, wie bei affektiver

[1] Stern (1985) bezieht sich bei der Beschreibung von Vitalitätsaffekten ebenfalls auf Langer (1942).

Kommunikation typisch, nicht aus Symbolen, sondern aus Zeichen besteht". (Rycroft 1956, S. 471; übersetzt von H.-P. H.; ebenso Rycroft 1958, S. 410).

In der traditionellen psychoanalytischen Selbstpsychologie beurteilte Heinz Kohut (und in seiner Nachfolge z. B. Anna und Paul Ornstein sowie Ernest Wolf) ähnlich wie in den klassischen psychoanalytischen Vorstellungen eine Deutung danach, ob sie prinzipiell korrekt war. Für ihn war aber noch entscheidender, wie ein Patient die Deutung erlebte, d.h. ob er die empathische Resonanz des Therapeuten in der Deutung spürte. Kohut unterschied deshalb den Inhalt der Deutung von deren therapeutischem Einfluß. Er postulierte, daß selbst wenn der Inhalt der Deutung falsch ist, die Deutung wegen der spürbaren empathischen Resonanz eine heilsame Wirkung entfalten kann. Kohut sagte dazu: „Ich behaupte, daß, wenn die analytische Situation und die zuverlässige Resonanz des Analytikers auf seinen Analysanden gegeben sind, gute – wenn nicht optimale – therapeutische Ergebnisse erzielt werden können, selbst wenn die Theorien, die den Analytiker bei seiner Einschätzung der Psychopathologie des Patienten und seinem Verständnis des therapeutischen Prozesses leiten, vielleicht unrichtig sind" (Kohut 1987, S. 139). Er illustrierte den therapeutischen Einfluß unrichtiger Deutungen anhand des Beispiels einer lateinamerikanischen Analytikerin, die bei einem Workshop auf einem internationalen Kongreß aus einer noch laufenden Analyse berichtete: Nachdem sie ihrer Patientin eine kürzere Abwesenheit angekündigte hatte, verschob sich deren Wahrnehmung von der Analytikerin grundlegend. Zunächst sei die Analytikerin die gute, warme Brust gewesen und nach der Ankündigung hätte sie sich in die böse, kalte, nicht nährende Brust verwandelt. Die Analytikerin fügte hinzu, die Patientin empfand intensive sadistische Wut gegen sie in ihrer Eigenschaft als böse Brust. Die Patientin wollte sie zerreißen und wehrte sich gleichzeitig gegen diese Impulse, indem sie ihre Aktivitäten im allgemeinen und ihre orale Aktivität in Form „beißender" Worte hemmte. Zur Überraschung von Kohut löste diese für ihn weithergeholte Deutung bei der Patientin eine positive Reaktion aus. Sie berichtete über eine Anspannung der Kiefermuskulatur und eine Reihe „beißender" Phantasien und äußerte auch Vorwürfe gegen die Analytikerin. Anschließend beendeten beide die Stunde in gutem Einvernehmen und waren sich einig, daß die Analytikerin nun wieder als gute Brust eingesetzt wurde, so wie vor der Ankündigung der Abwesenheit. Bei diesem Beispiel ging es Kohut nicht um die Kritik an einer bestimmten psychoanalytischen Schule, sondern um die Tatsache, daß die Patientin sich verstanden fühlte. Anstatt der kleinianischen Deutung hätte die Analytikerin mit einer triebpsychologischen Deutung etwa in der Art reagieren können, daß sie der Patientin mitgeteilt hätte, diese habe sich zurückgezogen, weil sie die Ankündigung als Verlassenwerden durch die Mutter empfunden habe, die die Schlafzimmertüre abschloß, um sexuellen Verkehr mit dem Vater zu haben. Bei einer selbstpsychologisch orientierten Analyse hätte die Analytikerin einer Patientin mit narzißtischer Persönlichkeitsstörung etwa deuten können, daß deren Selbstwertgefühl abnahm, so wie in ihrer Kindheit, als die freundliche Köchin, der sie in der Küche hatte helfen dürfen und die sie gelobt hatte, von der kalten, distanzierten Mutter plötzlich entlassen wurde. Das Kind empfand sich in Folge des Verlustes als leer, ausgepumpt und unlebendig.

Das Verständnis der psychoanalytischen Situation beeinflußt den Analytiker, wie er auf die Übertragung des Patienten reagiert und die Kindheitserinnerungen an die Eltern deutet (Kohut 1987, S. 49).

Wie abhängig die Deutung von der theoretischen Orientierung des Analytikers ist, zeigen auch die „ödipalen" Deutungen: Das Hintergrundwissen des Analytikers um die pathogene Rolle der Selbstobjekte bei den ödipalen Neurosen befähigt ihn nicht nur, den Beginn eines normalen ödipalen Stadiums von der pathologischen Form des Ödipuskomplexes zu unterscheiden, sondern beeinflußt auch subtil die Färbung der Deutungen. Die ödipalen Deutungen des Analytikers, der die Triebe in den Mittelpunkt der Erfahrungen des Kindes stellt, hören sich anders an als die Deutungen eines Analytikers, der den Ödipuskomplex als Desintegrationsprodukt ansieht, das aus unempathischen und verletzenden Reaktionen der ödipalen Objekte entsteht und zu einer Zerstörung des normalen ödipalen Selbst führt (Kohut 1987, S. 108).

Durch die von empathischer Resonanz geleitete Deutung kann der Patient eine heilsame Erfahrung machen. Kohut unterschied deshalb die beiden Schritte einer Deutung, die aus dem Verstehen und dem Erklären bestehen. Der erklärende Ansatz setzt sich aus zwei Teilschritten zusammen, die eine gute verbale Deutung auszeichnen (Kohut 1987, S. 158). Im ersten Teilschritt werden dem Patienten seine psychologischen Reaktionen und insbesondere seine Übertragungserfahrungen in dynamischen Begriffen erklärt und im zweiten Teilschritt darüber hinaus die genetischen Vorläufer seiner Verletzlichkeit und seiner Konflikte aufgezeigt. Für Kohut handelte es sich nur um kurzlebige Erfahrungen, wenn sich nicht in der wichtigen Phase des Durcharbeitens immer wieder die Gelegenheit ergab, in den Deutungen die empathische Resonanz des Analytikers zu spüren. Gerade der Beitrag der selbstpsychologischen Theorie zur Verstehensphase ist nicht zu unterschätzen. In der Phase des Erklärens können dem Patienten zwar Aspekte der Theorie begreiflich gemacht werden, doch das tiefreichende Verstehen entsteht durch das Erleben empathischer Resonanz, vor allem bei Deutungen nach Unterbrechungen der empathischen Beziehung mit dem Ziel, die therapeutische Beziehung wiederherzustellen (Wolf 1996). Die Deutungen nach Übertragungsunterbrechungen unterstützen neue Selbstobjekterfahrungen. Die therapeutische Aufgabe ist allerdings um so leichter, je richtiger die Theorien sind und umso angemessener und umfassender ist auch die erwünschte Heilung (Kohut 1987, S. 317 u. 318).

Kohut ging von einem großen Spektrum von Deutungsansätzen aus, Deutungen, die der Patient sich selbst geben kann oder die er vom Analytiker erhält. Als Ultima ratio hielt er auch druckvolle Interventionen in Form von Konfrontationen für angemessen, nämlich dann, wenn die Konfrontation kein Ziel an sich ist, sondern den Weg freihält, der zu Verständnis und Deutung führt. Kohut berichtete dazu das Beispiel eines Analysanden im dritten Jahr einer Analyse. Zu der beschriebenen Sitzung kam der Patient etwa 25 Minuten zu spät, betrat durch die offene Tür das Sprechzimmer, warf seine Lederjacke auf den Stuhl und ließ sich nach einer knappen Begrüßung krachend auf die Couch fallen. Er berichtete, mit einer Spur herausfordernder Arroganz, daß er wieder wegen einer Geschwindigkeitsüberschreitung angehalten worden war. Der Polizist wollte ihn, weil er Arzt war, zunächst mit einer Verwarnung davon kommen lassen, gab ihm aber wegen des provozierenden Verhaltens schließlich eine sehr hohe Geldbuße. Ohne jegliches Bedauern und in ärgerlichem Ton erinnerte sich der Patient an ähnliche Vorfälle vor und während der Analyse, auch an solche, in denen er „wie wild" gefahren und in Unfälle verwickelt worden war. Kohut hörte den Redeschwall stillschweigend an und, als der Patient nach einigen Minuten innehielt, sagte er in scheinbar tiefem Ernst, er würde dem Patienten jetzt die profundeste Deutung geben, die dieser bisher in seiner Analyse erhalten habe. Kohut bemerkte die Verblüffung bei dieser Ankündigung, die sich von allem unterschied, was er je zuvor zu ihm gesagt hatte. Nach einigen Sekunden des Abwartens sagte er sehr fest und ernst: „Sie sind ein vollständiger Idiot". Einen Augenblick lang schwieg der Patient, dann brach er in ein warmes, freundliches Lachen aus und entspannte sich sichtbar auf der Couch. Kohut äußerte anschließend seine Besorgnis über das riskante Verhalten, vor allem die destruktive und selbstzerstörerische, rücksichtslose Fahrweise, und anschließend sprach er über anderes unbeherrschtes Verhalten. Zum Schluß teilte ihm Kohut mit, wie er die Entstehung dieses Verhaltens verstand, was die Vergangenheit und vor allem die Kindheit des Patienten betraf, Situationen, die ihn verletzlich gemacht hatten und die er für diese Reaktionen verantwortlich hielt. Und eines stellte Kohut klar: Wenn der Patient sich im Straßenverkehr verletze oder umbringe, könnten sie seine Motivationen gewiß nicht analysieren. Die restliche Zeit und auch die folgenden Stunden verbrachten Kohut und sein Analysand damit, die Ereignisse zu verstehen, die den Ausbruch narzißtischer Wut ausgelöst hatten. Auf einer dynamischen Übertragungsebene konnte der Wutausbruch als eine Reaktion darauf verstanden werden, daß Kohut auf einen Beitrag nicht reagierte, den der Analysand bei einem Seminar geleistet hatte. Kohut antwortete stattdessen auf den Diskussionsbeitrag eines anderen Teilnehmers. Auf der genetischen Ebene führten die Assoziationen den Analysanden zu intensiven, von Emotionen begleiteten Erinnerungen an die Reaktionen seines Vaters auf seinen Bruder, während der Analysand der Obhut der Mutter überlassen wurde. Der Patient war bei hoher Begabung ganz auf seinen Intellekt eingestellt, was den Vater befremdet hatte. Dessen Reaktion enttäuschte den Analysanden zutiefst, weil er sich aus der Gemeinschaft der Männer ausgeschlossen fühlte.

Anhand dieses Beispiels wollte Kohut demonstrieren, daß es (a) Fälle gibt, in denen das erweiterte Spektrum der selbstpsychologischen Theorie es dem Analytiker erlaubt, das primäre analytische Werkzeug der Therapie, nämlich die Deutung, zu benutzen, während er sich ohne selbstpsychologische Orientierung der Konfrontation als dem eigentlichen, aber analytisch gesehenen sekundären Werkzeug, zuwenden könnte, und es (b) Fälle gibt, in denen die selbstpsychologische Orientierung den Analytiker nicht hindert, den Analysanden mit der Notwendigkeit zu konfrontieren, sein gefährliches Verhalten zu unterlassen und sein „Ausagieren" zu kontrollieren. Die Selbstpsychologie verläßt sich dabei zwar auf dieselben Werkzeuge wie die traditionelle Analyse (Deutung und anschließendes Durcharbeiten in einer Atmosphäre der Abstinenz), um die Heilung herbeizuführen. Sie sieht aber nicht nur die Resultate in einem anderen Licht, sondern auch die Rolle, die Deutung und Durcharbeiten im analytischen Prozeß inne haben. Aus der selbstpsychologischen Perspektive erscheinen die traditionellen Theorien der analytischen Heilung als unvollständig.

Das Verständnis von Deutung als Verstehen und Erklären spielt eine nicht zu unterschätzende Rolle in der Frage, wie die Selbstpsychologie den Heilungsvorgang versteht: Kohut beschreibt eine sich aus drei Schritten zusammensetzende Bewegung. Die beiden ersten Schritte können als Widerstandsanalyse und Entfaltung der Übertragung eingeteilt werden, während der dritte Schritt darin besteht, eine empathische Beziehung zwischen Selbst und Selbstobjekt zu eröffnen, d.h. eine spezifische empathische Resonanz zwischen Selbst und Selbstobjekt auf einer reiferen, erwachseneren Ebene herzustellen (Kohut 1987, S. 104). Diese für den Analysanden neue Erfahrung übernimmt dauerhaft den Platz der früher verdrängten oder abgespaltenen, archaischen, narzißtischen Beziehung und ersetzt die bisherige Bindung des archaischen Selbst an das archaische Selbstobjekt. Die Erfahrung über eine empathische Resonanz der Mitmenschen verfügen zu können, bildet den Hauptbestandteil des Gefühls der Sicherheit im erwachsenen Leben. Eine bessere Verbalisierungsfähigkeit, größere Einsicht, größere Autonomie, bessere Ich-Funktionen oder eine gewachsene Impulskontrolle sind wesentliche und hilfreiche Begleiterscheinungen der Behandlung, zeichnen aber nicht die Essenz der Behandlung aus. Nach Ansicht der Selbstpsychologie liegt diese in der neu gewonnenen Fähigkeit des Patienten, angemessene Selbstobjekte zu identifizieren und zu suchen, wie sie in seiner realen Umgebung vorhanden sind. Auch der in Psychoanalysen zu beobachtende Zuwachs an psychischer Struktur führt zum Erleben von einer größeren Festigkeit des Selbst, sie macht aber nicht unabhängig von Selbstobjekten: „Sie [die psychische Struktur, A. d. V.] vergrößert vielmehr die Fähigkeit des Selbst, Selbstobjekte zu seiner eigenen Stützung zu benutzen, einschließlich einer Vergrößerung der Freiheit bei der Wahl von Selbstobjekten". (Kohut 1987, S. 120)

Kohut faßt die Funktion der Deutung im therapeutischen Prozeß folgendermaßen zusammen: „Die Selbstpsychologie stimmt mit dem therapeutischen Prinzip überein, daß Deutungen im allgemeinen und die Deutung von Übertragungen im besonderen das Hauptinstrumentarium der therapeutischen Psychoanalyse ist. Wir glauben jedoch, daß Deutung nur dann wirklich analytisch sein kann, d.h. dem Patienten schließlich ermöglichen wird, in Harmonie mit den Mustern seines eigenen Kernselbst zu leben, wenn sie ohne den versteckten moralischen und erzieherischen Druck gegeben wird, der unvermeidlich ist, solange die traditionelle Betonung des Triebprimates, der Hilflosigkeit des Säuglings und die pejorative Nebenbedeutung des Narzißmuskonzepts beibehalten werden. Nur wenn der Analytiker fähig ist, die gegenwärtigen und vergangenen Erfahrungen seines Analysanden mehr oder weniger richtig zu begreifen, kann er mittels seiner Deutungen einen Durcharbeitungsprozeß in Gang bringen, der in der Analyse zur Neuschaffung einer Situation führt, die den Patienten über längere Zeit entwicklungsfördernden optimalen Frustrationen aussetzt. Die Gelegenheit dazu wurde dem Analysanden in der Kindheit nur unzureichend geboten, und in der Analyse erhält er sie noch einmal. (Kohut 1987, S. 300)

Die psychoanalytische Selbstpsychologie hat heute in ihrer Ausdifferenzierung in mittlerweile mindestens fünf verschiedenen Richtungen eine ebenso differenzierte wie unterschiedliche Auffassung zur Deutung entwickelt.

Der vorliegende Band über die Deutung im therapeutischen Prozeß umfaßt verschiedene Beiträge exponierter Vertreter der psychoanalytischen Selbstpsychologie in der Nachfolge Kohuts.

Zunächst gibt *Hans Kilian* einen Überblick über den historischen Wandel im Denken und Deuten der Psychoanalyse. In der „Psychohistorie" sieht er die spezifische Relevanz der psychoanalytischen Selbstpsychologie für die heutige psychoanalytische Praxis darin, den Weg zu ebnen, um das wachsende „time lag" und „cultural lag" der traditionellen Psychoanalyse zu verkleinern. Für den Autor benötigt eine psychoanalytische Theorie, die für die postpatriarchalische Kultur relevant ist, eine historische Theorie vom Selbst und anderen.

Paul Ornstein geht auf das Schicksal des Deutungsprozesses im Rahmen der psychoanalytischen Beziehung ein bzw. darauf, in welchem Umfang Einsicht im Vergleich zur psychoanalytischen Beziehung an der kurativen Veränderung beteiligt ist. Unter Rekurrierung auf die Standardtechnik (Eissler 1953) hebt Ornstein im Unterschied hierzu die

Betonung des gegenseitigen Erlebens von Patient und Analytiker und damit die Selbstobjektfunktionen in der Selbstpsychologie hervor. Der empathische Standpunkt führt zum Erkennen von Selbstobjektübertragungen und deren Bedeutung bei Inszenierungen, Selbstenthüllungen und dem Umgang mit innerer und äußerer Realität. Abschließend kommt der Autor zur Auffassung, daß weder die Beziehung noch die Deutung allein wünschenswert wirksam sind, sondern nur ihr Zusammenwirken.

Um die Deutung im Prozeß der Unterbrechung und Wiederherstellung der (Selbstobjekt-) Beziehung geht es im Beitrag von *Ernest Wolf*. Nach einer kurzen historischen Einleitung stellt Wolf unter Rückbezug auf Kohuts Begriff der optimalen Frustration sein Konzept der Unterbrechung und Wiederaufnahme von (Selbstobjekt-) Beziehungen dar. Unvermeidliche Beziehungsunterbrechungen sind Folgen unvermeidlichen Empathieversagens, welches allerdings „optimal" und nicht traumatisierend sein sollte, um eine Wiederherstellung der Beziehung zu ermöglichen. Dieser Prozeß führt zu einer Stärkung und Weiterentwicklung des Selbst. Optimal bedeutet in diesem Zusammenhang, daß die unbehaglichen Gefühle des Patienten für ihn fühlbar sind. Hyperresponsivität ist ebenso wie Hyporesponsivität dem Prozeß des Selbstgewahrwerdens abträglich.

Joseph Lichtenberg betrachtet die Deutung unter der Perspektive motivationaler Systeme. Er illustriert die Komplexität der selbstpsychologischen Deutung, die er als Ausdruck des psychoanalytischen klinischen Austausches versteht und die dem Patienten eine „optimale Regression" ermöglicht. Der Analysand kommt dadurch in Kontakt mit seinen Bedürfnissen und kann sich dem inneren Monolog oder Dialog mit dem Analytiker ungestört widmen. Dabei nimmt er die Gegenwart und den Einfluß des Analytikers sensibel wahr. Die in der analytischen Arbeit sich entfaltende komplexe Kommunikation läßt sich entflechten, indem die beteiligten motivationalen Systeme fokussiert werden. Je nachdem, welches der Systeme gerade dominiert, verändern sich Inhalte und affektive Ziele in den inneren Monologen und äußeren Diskursen beider Teilnehmer und so läßt sich eine Differenzierung vornehmen.

In einem weiteren Beitrag beschäftigt sich *Joseph Lichtenberg* mit der Intimität gegenüber dem eigenen Selbst. Es handelt sich um die Frage nach der Beziehung zu sich selbst. Eine solche Vertrautheit mit sich selbst hängt davon ab, ob eine Intimität mit anderen erfahren wurde und ob ein eigenes Selbstempfinden und reflexives Selbstbewußtsein entwickelt werden konnte. Das Zusammenwirken von Spiel und kognitiver Entwicklung führt zur allmählichen Konturierung eines inneren Spielraumes, der über die Erfahrung, im anderen als Subjekt existent zu sein, auch zur Gewißheit eines Privatraumes, einer Intimität mit dem Selbst, führt.

In ihrem Beitrag befaßt sich *Anna Ornstein* mit der Bedeutung von Empathie und empathischem Versagen für die Deutungsarbeit in dem therapeutischen Prozeß. Aus der Sicht der psychoanalytischen Selbstpsychologie fokussieren Analytiker die innere Welt ihrer Patienten und erkennen auf diese Weise, daß die Abwehrmechanismen nicht eine von Triebbedürfnissen und Triebwünschen bestimmte Wahrheit verbergen, sondern daß die Abwehrmechanismen ein verletzliches Selbst vor weiterer Traumatisierung schützen. Anhand einer Therapie beschreibt die Autorin verschiedene Phasen des analytischen Prozesses, an denen eine fortschreitende Konsolidierung des Selbst erkennbar wird. Die beschriebenen Veränderungen lassen erkennen, wie die Selbstkohäsion und die Deutung der unbewußten Aspekte des symptomatischen Verhaltens aufs Engste miteinander verknüpft sind.

Am Ende des Buches wollen wir uns von den fachspezifischen Fragen lösen und uns *Anna Ornsteins* Arbeit mit dem Titel „Künstlerische Kreativität, ihr Ausdruck, ihre Rezeption und der Heilungsprozeß" zuwenden. Die Autorin gibt uns eine selbstpsychologische Deutung der Funktion von Kunst angesichts des Holocaust. Die Umsetzung individueller und kollektiver Erfahrungen in Kunst läßt erkennen, wie der schöpferische Prozeß Entlastung von der Qual nicht nur für den Künstler, sondern auch für den Konsumenten von Kunst bietet. Kreativität kann als ein Versuch angesehen werden, auch angesichts extremer Erfahrungen eine Fragmentierung oder Schwächung des Selbst zu kompensieren. Die Autorin beschreibt insbesondere die Kunst aus den Lagern und Ghettos als eine Möglichkeit des Widerstands gegen den Genozid.

Literatur

Balint, M. (1968): Therapeutische Aspekte der Regression. Rowohlt, Reinbek bei Hamburg 1970.

Eissler, K. R. (1953): Effect of the structure of the ego on psychoanalytic technique. J. Amer. Psychoanal. Assn. 1:104-143.

Ferenczi, S., O. Rank (1924): Entwicklungsziele der Psychoanalyse. Internationaler Psychoanalytischer Verlag, Wien.

Freud, S. (1900): Die Traumdeutung. G.W. Bd. 1. Fischer, Frankfurt/M.

Kohut, H. (1987): Wie heilt die Psychoanalyse. Suhrkamp, Frankfurt/M.

Langer, S. K. (1942): Philosophie auf neuem Wege. Frankfurt (Fischer) 1984.

Pulver, S. E. (1995): The technique of psychoanalysis proper. In: Moore, B. E., Fine, B. D. (Eds.): Psychoanalyis. The major concepts. New Haven, London (Yale University Press), S. 5-25.

Rycroft, C. (1956): The nature and function of the analyst's communication to the patient. Int. J. Psycho-Anal. 37:469-472.

Rycroft, C. (1958): An enquiry into the function of words in the psycho-analytical situation. Int. J. Psycho-Anal. 39:408-415.

Stern, D. N. (1985): Die Lebenserfahrung des Säuglings. Stuttgart (Klett-Cotta) 1992.

Strachey, J. (1934): The nature of the therapeutic action of psycho-analysis. Int. J. Psycho-Anal. 15:127-159.

Thomä, H. (1983): Erleben und Einsicht im Stammbaum psychoanalytischer Techniken und der „Neubeginn" als Synthese im Hier und Jetzt. In: Hoffmann, S. O. (Hrsg.): Deutung und Beziehung. Frankfurt (Fischer), S. 17-43.

Thomä, H. (1991): Was hat sich in meinem Verständnis des psychoanalytischen Prozesses seit den 60er Jahren gewandelt? Prax. Psychother. Psychosom. 36:2-11.

Weiss, J., Sampson, H. (1986): The Psychoanalytic Process. Theory, Clinical Observations, and Research. New York, London (Guilford).

Der geschichtliche Wandel im Denken und Deuten der Psychoanalyse[1]

Ein Beitrag zur historischen Anthropologie der Gegenwart

Hans Kilian

Die Psychoanalyse wurde in diesem Jahrzehnt stolze hundert Jahre alt. Seit Freud im Jahre 1895 seine Studien über Hysterie veröffentlichte, ist sein Baby eine alte Dame geworden, die im Verlauf ihres Lebens zum zweiten Mal eine Jahrhundertwende erreicht. Das bietet einen Anlaß und darüber hinaus einige gute Gründe, der Frage des psychohistorischen Wandels der letzten hundert Jahre nachzugehen und die Folgen dieses Wandels für die psychoanalytische Theorie und Praxis zu untersuchen. Hundert Jahre Psychoanalyse waren natürlich zugleich hundert Jahre Geschichte der Kindheit und Geschichte der Erziehung. Es waren hundert Jahre des kulturellen Wandels der Beziehungen der Geschlechter und der aufeinander folgenden Generationen. Wir müssen zur Kenntnis nehmen, daß dieser Wandel der Beziehungen, der teilweise durch die Psychoanalyse selbst verursacht wurde, wiederum eine Rückwirkung auf die Psychoanalyse hatte. Aber einen Schritt weiter: hundert Jahre Entwicklung der Psychoanalyse waren auch hundert Jahre des Wandels der psychischen und psychosomatischen Erkrankungen. Und schließlich die Veränderungen mit dem größten Wirkungsgrad: das Jahrhundert war eine epochale Wendezeit der Geschichte der Technik, der Wirtschafts- und Sozialgeschichte und des beschleunigten Bevölkerungswachstums auf der Erde, die das Leben der einzelnen Menschen, der Familien, der Völker, der historisch gewachsenen Kulturen und der ganzen Menschheit viel tiefergreifend verändert hat als die zurückliegenden zweitausend Jahre unserer Zeitrechnung. Wir können feststellen, daß der Geschichtsverlauf dieses Jahrhunderts eine Metamorphose der menschlichen Lebenswelt hervorgebracht

---

[1] Erweiterte Fassung einer Heinz Kohut Memorial Lecture, die 1993 in Toronto gehalten und 1995 mit dem Titel „Psychohistory, Cultural Evolution and the Historical Significance of Self Psychology" im Progress in Self Psychology, Volume 11, im englischen Urtext veröffentlicht wurde. (Vgl. Literaturverzeichnis)

hat, deren Dimensionen nicht mehr nur die einer säkularen Zeitwende sind. Die Dimensionen des Wandels sind wohl eher die eines globalen Phasenwechsels der kulturellen Evolution der Menschheit, – wenn nicht gar darüber hinaus, wie es aus der Sicht heutiger Biologie ins Auge gefaßt werden kann, womöglich auch die Dimensionen eines Phasenwechsels der Evolution des Lebens auf der Erde. Das Ausmaß des Wandels geht mit anderen Worten weit über das hinaus, was Historiker auf der relativ kurzen Verlaufsstrecke der schriftlich überlieferten Kulturgeschichte mit den ihnen geläufigen Methoden und Begriffen der historiographischen Quellenforschung als Weltgeschichte der Hochkulturen oder Herrschaftskulturen des Altertums, des Mittelalters und der Neuzeit beschrieben haben und beschreiben konnten.

Was wir in unserer Zeit erleben, ist eine unaufhaltsam fortschreitende Globalisierung des evolutionären Menschheitsprozesses, welche der eigengesetzlichen Weiterentwicklung der von einander unabhängigen Lebensräume und Sozialsysteme der Vergangenheit Grenzen setzt. Die verfallenden und fragmentierenden Herrschaftskulturen der vergangenen wie auch der gegenwärtigen Geschichte sind Prozessen einer fortschreitenden sozialen und mentalen Entsolidarisierung ausgesetzt, deren sozialpathologische Ursachen und Folgen weder durch eine fundamentalistische Reaktionsbildung patriarchalischer Herrschaftskasten noch durch eine faschistische Wiederherstellung dieses oder jenes „Tausendjährigen Reiches" noch schließlich durch die Restauration einer regionalen kommunistischen Zwangswirtschaft in einem einzelnen Land dauerhaft behoben werden können. Wer seinen Kopf nicht in den Sand der Wanderdünen eines rückwärtsgewandten utopischen Wunschdenkens steckt, kann sich am Ende dieses Jahrhunderts der Wahrnehmung schwerlich entziehen, daß die strukturelle Matrix von Sozialsystemen der Sklavenhaltung, der Feudalherrschaft und neuerdings auch der anonymen Geldherrschaft die Eigenschaften einer kulturproduktiven Quelle und eines geschichtsbildenden Organisators weiterführender Kulturentwicklung verloren hat. Die kulturelle Reproduktion patriarchalischer Lebensformen mit eingeschränkten Menschenrechten hat aufgehört, das tragfähige Fundament einer vermeintlich gottgewollten oder auch ohne Gott naturgegebenen universellen Ordnung und „fundamentalen" Realität menschlichen Zusammenlebens schlechthin zu sein. Die in der Vergangenheit sehr langsam vonstatten gegangene regionale Kulturentwicklung der geschichtlichen Lebenswelt des Patriarchates wird in zunehmendem Maße durch eine neue Phase der beschleunigten „transkulturellen" Evolution der Menschheit abgelöst oder überformt. – Was bedeutet dies im Hinblick auf das Thema des historischen Wandels im Denken und Deuten der Psychoanalyse, dem dieser Beitrag gewidmet ist?

Ich will versuchen, meine diesbezüglichen Annahmen kurz zusammenzufassen. – Die Globalisierung des Menschheitsprozesses hat unerwartete Folgen hervorgerufen, die sich keineswegs nur im Bereich der ökonomischen Entwicklung auswirken, wo sie heute in aller Munde sind. Nicht minder lebenswichtig als die ökonomischen Folgen scheint mir die Tatsache zu sein, daß die in der bisherigen Geschichte durch mehr oder weniger funktionsfähige Kulturtraditionen vermittelte und gesicherte Synchronisierung der mentalen Innenwelt und der sozialen Außenwelt bei den heute lebenden Menschen in mehr oder weniger großem Umfang außer Kraft gesetzt ist. Dies ist eine unvermeidliche Konsequenz der Tatsache, daß wir in einer Zeitwende des Übergangs von einer absinkenden alten Welt entwicklungsretardierter patriarchalischer Herrschaftskulturen zu einer in Entstehung begriffenen neuen Welt leben, deren Umrisse bereits heute als die einer evolutionären Weltkulturgemeinschaft moderner Entwicklungskulturen des Zeitalters der Menschheit erkennbar sind. Die Realitätsstrukturen der alten Welt und die der neuen Welt sind nicht dieselben. Da sie in mancher Hinsicht schwer vereinbar sind, war und ist das Leben im Zwischenreich zwischen der alten und der neuen Welt mit mehr oder weniger großen Schwierigkeiten und Übergangsproblemen belastet. Die für das Übergangsfeld der Gegenwart charakteristischen Folgen eines heute noch immer zunehmenden Integrationsverlustes von „innerer" und „äußerer" Realität sind leicht zu erkennen. Mehrere Erlebnisgenerationen der letzten hundert oder hundertfünfzig Jahre lebten und leben noch heute unter Bedingungen einer psychohistorischen Entfremdung, die von sehr vielen Zeitgenossen nicht mit eigenen Mitteln behoben werden konnte. Ich vermute, daß die Desynchronisierung des Erlebens der inneren und der äußeren Realität, die ich mit einem von mir vorgeschlagenen Fachausdruck als „psychohistorische Realitätsdissonanz" bezeichnen will, genau jene Konstellation der Geschichte war, der die Psychoanalyse Freuds ihre Entstehung und einige entscheidende Impulse zu ihrer späteren Entwicklung verdankt. Mir scheint, es gibt gute Gründe für die Annahme, daß zeitgeschichtliche

Prozesse des Integrationsverlustes der „inneren" mentalen und der „äußeren" sozialen Realität jeweils eine auslösende Bedingung von Vorgängen des weiterführenden historischen Wandels im Denken und Deuten der Psychoanalyse hatte – von den Freudschen Anfängen bis hin zur Selbstpsychologie Kohuts. Ich will versuchen, diese Annahme weiter unten mit einigen aussagefähigen Beispielen zu belegen. –

Es läßt sich übrigens mit wenigen einfachen Worten sagen, was unter Prozessen psychohistorischer Realitätsdissonanz in unserem und im vorigen Jahrhundert zu verstehen ist. Was wir Wirklichkeit nennen und als solche seit Generationen wahrnehmen und interpretieren, wird durch die transkulturelle Evolution der Gegenwart in eine andere Wirklichkeit verwandelt als wir sie kennen oder kannten: in die neue Wirklichkeit einer konvergent sich entwickelnden Weltkulturgemeinschaft, deren veränderten Anforderungsstrukturen eine qualitative Anpassung oder Weiterentwicklung des menschlichen Wirklichkeitssinnes, der autonomen Selbstkonstanz und der Fähigkeiten des empathischen Umgangs wie auch der Konsensbildung mit Anderen und Fremden zur Bedingung eines erfolgreichen Überlebens macht. Die veränderte Wirklichkeit der transkulturellen Lebenswelt ist dadurch gekennzeichnet, daß viele geläufige Deutungsmuster der in unserem individuellen und kollektiven Gedächtnis gespeicherten Realitätswahrnehmung und Selbstwahrnehmung in ihr nicht mehr greifen und nicht mehr in derselben Weise wirken, wie es unseren früheren Erfahrungen und bis heute fortgeschriebenen Erwartungen entspricht. Die Deutungen, die in der gewohnten Realität der guten oder schlechten alten Zeit im Großen und Ganzen gestimmt und immer gegolten hatten, greifen und wirken nicht mehr in einer veränderten Wirklichkeit. Wir werden uns fragen müssen, in welchem Umfang diese Erfahrung nicht nur im Alltagsleben von Patienten eine Rolle spielt, sondern auch für die alltägliche Deutungsarbeit der Psychoanalyse zum Problem werden kann.

Ich habe im begrenzten Rahmen dieses Beitrags natürlich keine Möglichkeit, auf alle erwähnten Aspekte und Entwicklungslinien des kulturellen und psychohistorischen Wandels im einzelnen einzugehen. Aber ich hoffe, daß ich dem Leser einen nützlichen theoretischen Schlüssel geben kann, mit dessen Hilfe der Zugang zu einem synoptischen Verständnis der Geschichte der Psychoanalyse und ihres psychohistorischen Realitätskontextes erschlossen werden kann. Im Zusammenhang damit will ich versuchen, die spezifische Bedeutung des Beitrags der Selbstpsychologie zur historischen Entwicklung des psychoanalytischen Denkens im Felde einer strukturgeschichtlichen Wendezeit der sozialen, der mentalen und der kulturellen Evolution unserer Epoche darzustellen.

Bevor ich auf neuere Entwicklungen eingehe, möchte ich die inzwischen hundertjährige Psychoanalyse – die betagte Dame, die aus Sigmund Freuds Baby der neunziger Jahre des vorigen Jahrhunderts geworden ist – im Ganzen und in ihrer gegenwärtigen Verfassung vorstellen. Auf den ersten Blick erfreut sich die Psychoanalyse bester Gesundheit. Trotz ihres Alters ist die Dame quicklebendig und noch immer in beachtlichem Ausmaß entwicklungsfähig. Bemerkenswert scheint mir, daß sie nicht im mindesten über irgendwelche Schmerzen oder Gebrechen klagt. Aber wie jedermann weiß, kann der Schein auch trügen. Es gibt altersentsprechende Einschränkungen gesunder Funktionen, die unseren Mitmenschen mehr zu schaffen machen als uns selbst. Daß wir selber nicht darunter leiden, bedeutet in solchen Fällen oft, daß wir nichts davon bemerken. In Wirklichkeit leidet die alte Dame an den Folgen einer unterlassenen Klärung von Begriffen und altgedienten Theorien, die sich bei näherem Hinsehen als nie geprüfte Hypothesen erweisen. Diese theoretischen Defizite konnten durch treues Festhalten an solchen Hypothesen und durch deren Umwandlung in Gruppenbekenntnisse und mentale Selbstobjekte bis heute nur sehr unvollkommen kompensiert werden. Je näher die Psychoanalyse an das Alter von hundert Jahren heranrückte, desto öfter verwickelte sie sich und ihre Patienten bei deren Behandlung in unerkannte Folgen nicht gelöster Widersprüche ihrer Konzepte, die aus den unterschiedlichen Phasen und Stufen ihrer Entwicklung stammen. Je älter die Psychoanalyse wird, desto mehr Schwierigkeiten haben Psychoanalytiker der unterschiedlichen Gruppen und Schulen, sich über ihre Arbeit zu verständigen, einen theoretischen Konsens zu finden oder wenigstens zu verstehen, was der eine dem anderen zu sagen hat. Eine andere Konsequenz ist, daß eine wachsende Zahl von Patienten sich nicht verstanden fühlt, weil ihr Erleben oft im Lichte altgedienter Theorien gedeutet wird, die ihre wirklichen Probleme nicht beschreiben.

Was sind die tieferen Gründe der kognitiven Deutungsdissonanzen und der persistierenden theoretischen Defizite der alten Dame? Ist ihr Leiden heilbar? Was könnte getan werden, um ihre Schwierigkeiten zu lösen? Um diese Fragen zu beantworten, müssen wir zunächst eine Diagnose stellen. Ein Wissenschaftshistoriker oder ein Epistemologe würde schlicht sagen, daß sie von einer ernsthaften Modellkrise befallen ist. Das ist wohl auch zutreffend, aber es ist keineswegs alles. Das ist nur eine Symptomdiagnose, die nichts dazu beiträgt, die Ursachen ihrer Beschwerden zu beheben. Ich muß wohl noch einen Schritt weitergehen. Die Selbstpsychologen unter meinen Lesern wissen, daß die Begründer wissenschaftlicher Schulen und auch ihre Theorien sehr oft zu Selbstobjekten werden, über deren inhaltliche Positionen viele Anhänger nicht hinausdenken können und von deren Lehrmeinungen sie sich erst recht nicht zu trennen vermögen, ohne von einem solchen Verlust eine mehr oder weniger schwere psychische Beschädigung davonzutragen. Aus diesem Grunde könnte man vielleicht auch sagen, die hundertjährige Dame leide an einer ungeheilten Selbstobjektstörung. Dem pflichte ich durchaus bei, aber auch das ist wohl keineswegs alles. Das ist nämlich nur eine Aussage über ihre Subjektivität, die ihr nicht dazu verhilft, ihre wissenschaftliche Kohärenz und Verbindlichkeit wiederherzustellen. Es läßt sich zudem nicht leugnen, daß die alte Dame an vermindertem Sehvermögen leidet (an einem Sehfehler), so daß ihre Wahrnehmung der Realität eingeschränkt und gelegentlich auch ein wenig verzerrt ist. Sie leidet an historischer Agnosie und an historischem Agnostizismus. Das heißt auf deutsch, sie ist nicht in der Lage, zu erkennen, in welchem Ausmaß und mit welchen Folgen die Realität des menschlichen Lebens – und zwar die „innere" wie die „äußere" Realität – sich im Laufe der Sozialgeschichte verändert hat und sich in der Gegenwart weitaus mehr als schon in den letzten Jahrzehnten mit Beschleunigung weiter verändert. Ich vermute, diese historische Agnosie liegt daran, daß sie ihre Patienten und deren Probleme immer nur durch die unveränderliche Brille einer zeitlosen Metapsychologie betrachtet hat. Man könnte daher mit gutem Grund sagen, sie brauche eine neue Brille mit auswechselbaren Linsen, damit sie die geschichtliche Zeitdifferenz zwischen ihrem eigenen Standort bzw. ihrer standortgebundenen eigenen Sicht und der davon gelegentlich sehr verschiedenen Wirklichkeit ihrer Patienten korrigieren oder zumindest berücksichtigen kann. Obwohl ihr Sehfehler chronisch ist, ist er doch nicht organisch. Er ist nur funktionell. Im Prinzip wäre es möglich, ihn durch ein Training zu korrigieren, mit dem man historisches Sehen lernt. Historisches Sehen kann man ebenso lernen wie räumliches

Sehen, das im Zeichenunterricht in der Schule eingeübt wird. Natürlich gibt es Unterschiede. Historisches Sehen ist keine sinnliche Wahrnehmung in räumlicher Perspektive, sondern eine Leistung des synoptischen Vorstellungsvermögens in einer raumzeitlichen Perspektive. Sie können auch sagen, es sei eine Wahrnehmung psychohistorischer Prozesse von Selbst und Anderen im Kontext der sich wandelnden geschichtlichen Realität.

Diese meine Aussage bedarf vielleicht einer kurzen Erläuterung und Ergänzung, die Ihnen als Brücke dienen kann, um zu verstehen, worauf ich überhaupt mit meinem Beitrag über den historischen Wandel im Denken und Deuten der Psychoanalyse hinaus will. Qualitativ ausgereiftes historisches Sehen ist eine Leistung des evolutionären Wirklichkeitssinnes und der vierdimensionalen raumzeitlichen Realitätswahrnehmung, die sich beide – wie ich meine – in der gegenwärtigen Phase der kulturellen Evolution der Menschheit nach und nach entwickeln oder zumindest zu entwickeln beginnen.[2]

---

[2] Nach allem, was die evolutionäre Erkenntnistheorie der Biologie heute darüber zu sagen weiß, ist die vierdimensionale raumzeitliche Prozeßwahrnehmung historisch dimensionierter menschlicher Wirklichkeit eine postnatal erworbene Fähigkeit, deren differenzierte und ausgereifte Entwicklung nur unter begünstigenden Umweltbedingungen – und das heißt zuallererst nach dem Wegfallen entwicklungshemmender Eigenschaften der strukturellen Matrix einer veränderungsfeindlichen Kultur oder Gesellschaft zustande kommen kann. Begünstigende Faktoren sind hingegen Selbstobjekte oder eine Selbstobjektmatrix, von denen eine erkenntnis- und entwicklungsfördernde Wirkung ausgeht. Vierdimensionales Realitätsbewußtsein gestattet es Menschen, die ein solches entwickelt haben, die angeborene morphologische Gestaltwahrnehmung der Dinge und des Raumes durch eine „metamorphologische" Integration von Wahrnehmungssequenzen und komplementären Vorstellungsmustern des Gestalt- oder Strukturwandels anzureichern. Was auf diese Weise zustandekommt, ist eine sequentielle Wahrnehmung und Vorstellung von realen oder möglichen „Metamorphosen" der Wirklichkeit, die – wie schon vorhin gesagt – durch das einübende Lernen sogenannter exakter Phantasie angeeignet werden kann. Die Aneignung der neuen kognitiven Qualität wird schließlich dadurch im Bewußtsein stabilisiert, daß vorgegebene statische Realitätsrepräsentanzen des oder der betroffenen Menschen durch permanent verfügbare raumzeitliche Repräsentanzen der Realitätswandlung ergänzt oder ersetzt worden sind. Zur Illustration dieser abstrakten Beschreibung möchte ich ein konkretes historisches Beispiel erwähnen: Zweifellos waren die Evolutionstheorie Darwins und die Relativitätstheorie Einsteins Leistungen eines hochentwickelten evolutionären Wirklichkeitssinnes und eines vierdimensionalen raumzeitlichen Realitätsbewußtseins, die sich erst in der bewußtseinsgeschichtlichen Umwelt und Feldstruktur des neunzehnten und zwanzigsten Jahrhunderts gegen die entwicklungshemmenden Schranken und den erbitterten Widerstand eines herrschenden traditionsfixierten Bewußtseins durchsetzen konnten. Das Bild rundet sich ab, wenn man hinzufügt, daß die stabile Repräsentanz eines metamorphologischen Strukturwandels der Realität ebenso wie die metamorphologische Prozeßwahrnehmung eines entwicklungsorientierten Wirklichkeitssinnes erst durch den Selektionsdruck des beschleunigten gesellschaftlichen und kulturellen Wandels unserer Zeit nach und nach zur mentalen Ausstattung des kollektiven Bewußtseins zu werden beginnt. Namentlich die Computertechnik und die Erfahrung des permanenten „Updatens" der Systeme tragen zur beschleunigten kollektiven Entwicklung eines evolutionären Wirklichkeitssinnes bei.

Das schlechte Sehvermögen der von mir vorgestellten alten Dame ist in Wirklichkeit eine Dauerfolge der historischen Tatsache, daß ihr Vater und über alle Zweifel erhabenes und erhobenes Selbstobjekt Sigmund Freud niemals seine utopische Hoffnung aufgeben konnte, es sei der Psychoanalyse von Geburt an beschieden, eine Naturwissenschaft des unbewußten Seelenlebens zu werden. Um die Jahrhundertwende herum versuchte er in der Tat, Universitätsprofessor zu werden, indem er eine Theorie der sexuellen Verursachung der Hysterie entwarf, von der er hoffte, daß sie mit naturwissenschaftlichen Auffassungen vereinbar sei. Man kann sich fragen, ob er aus diesem Grunde die psychohistorische Dimension und Spezifität psychischer Erkrankungen ignorierte oder unterschätzte. In der Tat versperrte er sich selbst und einigen Generationen seiner ergebenen Anhänger den Weg zur Wahrnehmung irgend einer Chance, das Problem des psychohistorischen Wandels psychischer Erkrankungen in adäquater Weise in Betracht zu ziehen und zu bearbeiten. Man kann vielleicht sagen, daß die Zeit dafür noch nicht reif war. Das mag sein, wie es will: es scheint mir, daß die verehrliche Dame ihre Anfälligkeit für theoriebedingte Sehfehler nicht loswerden kann, solange sie nicht ihren Kindheitstraum aufgibt, daß sie von Haus aus eigentlich eine Prinzessin der hochangesehenen Naturwissenschaft sei. Um ihre Modellkrise zu überwinden, müßte sie wohl ihre wahre wissenschaftliche Identität ermitteln und sich zu dieser bekennen. Da ihr Kindheitstraum, sie sei dazu berufen, eine Prinzessin der Naturwissenschaften zu werden, nicht realistisch war, fiel es ihr nach dem Tode Sigmund Freuds gelegentlich nicht ganz leicht, dem hohen eigenen Anspruch entsprechend wissenschaftlich auf der Höhe der Zeit zu sein und sich auf dieser Höhe dauerhaft zu halten. Tatsächlich hinkte sie, ohne das selbst zu bemerken, des öfteren auch ein wenig hinterher. Wenn sie nicht Schritt halten konnte, war das ein schwerer Schlag für sie, denn sie hatte davon geträumt, zusammen mit den Auserwählten ihres Vaters im alten Wiener Kreis ihrer Zeit sehr weit voraus zu sein. – Was kann nun heute geschehen, um ihr zu helfen, ihre nicht mehr zeitgemäßen Ideen aufzugeben und mit realistischeren Vorstellungen einen neuen Anfang zu versuchen? – Vielleicht liegt einem überzeugten Anhänger Kohuts der Gedanke nahe, sie brauche einen Rat, den sie wahrscheinlich am ehesten findet, wenn sie sich der Selbstpsychologie zuwendet. Das mag durchaus richtig sein, aber ich habe noch einen anderen Vorschlag, der den vorigen ergänzt.

Hundert Jahre nach Freuds „Studien über Hysterie" möchte ich der geistigen Erbin des großen Sigmund Freud einen Fortbildungskurs empfehlen: nämlich „Studien über Historie" – Studien in Geschichte! Ich möchte dies noch ein wenig präzisieren. Über allgemeine Geschichte hinaus wäre ein vertieftes Studium der mentalen und kulturellen Evolution anzuraten, ferner der Sozialgeschichte und der Strukturgeschichte des Bewußtseins, schließlich der psychohistorischen Entwicklungspsychologie, wie sie erst jetzt an der Schwelle eines neuen Jahrhunderts verfügbar wird. Erst jetzt haben wir einen ausreichenden Überblick über die Geschichte der Psychoanalyse und über die evolutionäre Wandlung der historischen Realität, in der sich diese Geschichte abgespielt hat. Heinz Kohut war es, der einem neuen historischen und psychohistorischen Denken in der Psychoanalyse den Weg bereitete, als er die geschichtliche Dimension des Selbst erkannte und ihr in seinen Arbeiten Rechnung trug. Mit seiner Theorie des Selbst und der Selbstobjektbeziehungen überschritt er den Rubikon, der den Bereich der klassischen Naturwissenschaften vom Bereich der Geschichtswissenschaften und der humanwissenschaftlichen Entwicklungsforschung trennt. Solange das Ich von der Psychoanalyse als ein homöostatisches System funktionaler Regulation angesehen wird, gehört es auf die klassische naturwissenschaftliche Seite des Rubikon. Daher kann man auch nicht sinnvoll von einer Geschichte des Ich sprechen, wenn man den Ichbegriff der Freudschen Strukturtheorie verwendet. Dagegen kann man sehr wohl von der Geschichte und von einer kulturellen Evolution des Selbst sprechen.

Hundert Jahre Geschichte der Psychoanalyse waren gleichzeitig hundert Jahre Geschichte eines kulturell sich entwickelnden Selbst und kulturell gewandelter Beziehungen zwischen dem Selbst und Anderen. Die Geschichte des Paradigmenwechsels der Psychoanalyse nahm ihren Lauf vom psychoanalytischen „Altertum" des topographischen Modells Freuds zum „Mittelalter" der Strukturtheorie und Ichpsychologie und schließlich von da aus zur Selbstpsychologie Kohuts, die der Entwicklung der Psychoanalyse mit einer Abkehr von der naturwissenschaftlich argumentierenden Triebtheorie der vorhergehenden Phasen eine entscheidende neue, aus meiner Sicht vergleichsweise „neuzeitliche" Wendung gegeben hat. Wesentlich für das Verständnis des historischen Wandels der Psychoanalyse ist aus meiner Sicht die Tatsache, daß die drei Phasen des Paradigmenwechsels der Theorie und der Praxis drei Phasen und Stadien der Sozialgeschichte und der kulturellen Evolution im 19. und 20. Jahrhundert entsprechen. Diese haben folgende Grundzüge:

Das 19. und 20. Jahrhundert war eine Periode beschleunigter sozialer und kultureller Entwicklung. Drei Phasen ökonomischer und sozialer Menschheitsgeschichte folgen aufeinander, sind miteinander verwoben und überlappen sich: 1.) die Phase der vorindustriellen Agrargesellschaft, die mit der patriarchalischen Herrschafts- und Rollenkultur des Feudalismus einherging; 2.) die Phase der freien ökonomischen Konkurrenzwirtschaft und ihrer großen Konzentration in den Städten und Ballungsräumen der Industriegesellschaft; und 3.) die Phase des dezentralen Wachstums der postindustriellen Gesellschaft und des sogenannten tertiären Sektors der Dienstleistungsberufe.

Diesen drei Phasen entsprechen drei Stadien der Entwicklung des Wirklichkeitssinnes und der sozialen Beziehungen. Darüber hinaus entsprechen sie drei Phasen der Geschichte psychischer Erkrankungen und – was für das Verständnis einer sich wandelnden menschlichen Innenwelt noch wichtiger ist – drei Phasen der Geschichte des Selbst, die in dem genannten Entwicklungszeitraum der bürgerlichen Gesellschaft mit deren Sozialgeschichte bis zu einem gewissen Grade korrelierbar sind. Was ich hier als Geschichte des Selbst bezeichne, wird in der ersten Phase des beschriebenen Zeitraums noch durch die Vorherrschaft des traditionsgelenkten Rollenselbst der patriarchalischen Herrschaftskultur bestimmt. Max Weber hatte als erster in seiner klassischen Arbeit über protestantische Ethik und den Geist des Kapitalismus formuliert, was darunter zu verstehen ist. Erich Fromm und David Riesman führten Webers Begriff des traditionsgelenkten Selbstbewußtseins und „Sozialcharakters" vor einem halben Jahrhundert in die Sozialpsychologie bzw. in die Psychotherapie ein. Es ist verständlich, daß die meisten Vertreter der klassischen Psychoanalyse Freuds zu dieser Zeit nichts mit dieser Theorie anzufangen wußten, weil sie aus ihrer Sicht keinen Bezug zu ihrer Tätigkeit zu haben schien.

Zweitens gibt es die Phase des „innengelenkten" Ich-Selbst der städtischen Gesellschaft mit der Konkurrenz des freien Marktes. Das „innengelenkte" Ich-Selbst war für die Mittelklassen dieser Gesellschaft typisch. Drittens gibt es die Phase des postpatriarchalischen Selbst, dessen Eigenschaften im Rahmen einer wachsenden postindustriellen Gesellschaft immer deutlicher hervortreten. Für diese dritte Phase, die für die

Selbstpsychologie die wichtigste ist, setze ich einen anderen Akzent als David Riesman. Nach meiner Ansicht beschreibt das bekannte Konzept des „außengelenkten Sozialcharakters" dieses Autors nur einen Teil der Probleme und der Entwicklungsphasen eines historisch neu auftauchenden und neu sich ausformenden postpatriarchalischen Selbst. Seit Riesman sein Buch „Die einsame Masse" im Jahr 1950 geschrieben hat, spielte sich eine kollektive Krise in der Entwicklung des außengelenkten Selbst ab, die neben anderen Faktoren Kohuts Werk und die Entwicklung der Selbstpsychologie mit sich brachte. Ich will zu zeigen versuchen, daß das Auftauchen der Selbstpsychologie für ein Stadium der psychohistorischen Entwicklung kennzeichnend ist, in dem der von Riesman beschriebene „außengelenkte Sozialcharakter" beginnt, sich in ein autonomes postpatriarchalisches Selbst weiterzuentwickeln. Ich werde das später im Einzelnen zu erläutern versuchen.

Aber es gibt noch einen anderen Beitrag wohlbekannten amerikanischen Denkens, der bedeutsam, ja sogar unverzichtbar für das Verständnis der psychohistorischen Probleme der Psychoanalyse ist. Es ist wichtig zur Kenntnis zu nehmen, daß der beschleunigte technologische und ökonomische Wandel in vielen Bereichen sehr viel schneller vor sich geht als die dadurch veranlaßten Veränderungen im Bereich der menschlichen Beziehungen, des menschlichen Denkens und des Selbst. Einfach ausgedrückt: die menschliche Entwicklung blieb und bleibt noch heute hinter der technologischen Entwicklung zurück. Das ist nicht nur in dem Sinne zu verstehen, daß menschliche Wesen (als Konsequenz eines solchen mentalen Entwicklungsverzugs) die Erfordernisse einer Anpassung an den jeweils aktuellen Entwicklungsstand der äußeren Realität nicht leisten können. Es bedeutet vielmehr auch, daß Menschen, die den Erfordernissen des veränderten realen Lebens psychohistorisch nachhinken, mehr oder weniger unvermeidlich zu enttäuschenden Selbstobjekten ihrer Mitmenschen und Nachkommen werden, weil sie unfähig sind, einer durch ungelöste Probleme des Wandels bewirkten Enthumanisierung der menschlichen Lebenswelt entgegenzuwirken. Mit anderen Worten: sie sind nicht fähig, in ausreichendem Maße zu einer kontinuierlich fortgesetzten und erneuerten Humanisierung der Lebenswelt beizutragen, wie dies in der gegenwärtigen Phase der Geschichte von jeder Generation geleistet werden muß. Dieses Phänomen, das mit einem Fachausdruck des amerikanischen Soziologen William F. Ogburn als „cultural lag" bezeichnet wird, trifft auch auf die Psychoanalyse zu. Die Problematik des „cultural lag" – das heißt auf deutsch: des kulturellen Nachhinkens der geistigen Fähigkeiten der Menschen hinter den Anforderungen des materiellen und technischen Wandels – ist nur teilweise von William F. Ogburn beschrieben worden. Er dachte an das Problem des historischen Veraltens anachronistischer moralischer Traditionen, deren Beibehaltung schädlich und insofern unmoralisch werden kann. Aber da die diesbezügliche Forschung noch am Anfang stand, konnte er das wichtigste Problem – nämlich das des psychohistorischen Realitätsverzugs der mentalen Strukturen und der medienvermittelten Steuerung des Erlebens – nicht in seine ansonsten überaus fruchtbare Theorie einbeziehen. Ich versuche meinerseits, die Theorie Ogburns zeitgemäß zu ergänzen und das Gesichtsfeld nunmehr auch auf die mentalen Strukturen auszudehnen, um diese Lücke zu füllen.

Das führt mich wieder zur Psychoanalyse und zu ihrer Geschichte zurück. Ich will versuchen, die drei paradigmatischen Phasen der Geschichte der Psychoanalyse und deren Realitätskontext mit einigen kennzeichnenden Einzelheiten darzustellen. Freud entwickelte sein topographisches Modell in einem historischen Übergangsfeld, das von einer verfallenden patriarchalischen Kultur feudalen Ursprungs zu einem rasch wachsenden ökonomischen System freier Konkurrenz führte. In diesem Feld gab es in Mitteleuropa eine langfristige Überlappung zweier historischer Kulturen und zweier miteinander in Konflikt stehender Wertsysteme. Feudalistische Loyalität gegenüber absoluten Herrschern oder Patriarchen und freie Konkurrenz oder Rivalität, wie sie in der offenen Gesellschaft geübt wird, sind in der Tat miteinander unvereinbare Prinzipien, die unterschiedlichen Sozialsystemen zugehören. Der Widerspruch der beiden kontrastierenden Wertsysteme wurde von den meisten Zeitgenossen Freuds nicht bewußt wahrgenommen, nicht wirklich erkannt oder er wurde in seiner Tragweite verleugnet. Daher wurden diese Konflikte zu Inhalten dessen, was Freud „das Unbewußte" nannte. Freuds zeitgenössische Umgebung war der Schauplatz eines fortschreitenden Einschmelzungsprozesses der mitteleuropäischen Ständegesellschaft und der Zünfte, eines Verfalls oder eines Kohäsionsverlustes patriarchalischer Familien und einer wachsenden Autoritätskrise. – Woher kam diese Krise?

Nach ihrem eigenen mittelalterlichen Selbstverständnis war die patriarchalische Herrschafts- und Traditionskultur des Feudalismus ein

Sozialsystem wechselseitiger Loyalität von Herren und deren Untertanen und Abhängigen. Dieses System fußte auf der Annahme, daß Gehorsam und Unterwerfung unter den Willen der Feudalherren durch Schutz und Fürsorge belohnt wurden. Das 19. Jahrhundert sah den Verfall dieser feudalistischen Ordnung und den Kollaps ihrer Rechtfertigungen. Inzwischen hatte die Sozialgeschichte der protestantischen und der anglikanischen Seehandelsländer aber einen ganz anderen Verlauf genommen. Diese Länder waren denen Mitteleuropas in der Entwicklung der freien Konkurrenz und der Entwicklung eines innengelenkten Ich-Selbst um mehrere Jahrhunderte voraus. In Mitteleuropa gab es dagegen eine feudalistische Kasten- oder Klassengesellschaft, die den sozialen Aufstieg von einer niederen zu einer höheren Schicht verhinderte. Das war ein entscheidender Unterschied zwischen Nordamerika und dem größten Teil Kontinentaleuropas.

Als Freud seine ersten Patienten behandelte, waren immer mehr Inhaber von Autoritätspositionen immer weniger imstande, ihren Untergebenen und Abhängigen Schutz zu gewähren. Umgekehrt nahmen ihre Bedürfnisse und ihre Forderungen nach einer uneingeschränkt andauernden Loyalität und nach bedingungslosem Gehorsam paradoxerweise weiter zu. Die Wirtschaftswissenschaftler nennen so etwas eine „Schere von Angebot und Nachfrage". Wir müssen aber bedenken, daß die Kluft dieses Widerspruches und dieser „Schere von Angebot und Nachfrage" nicht materielle Güter, sondern menschliche Beziehungen betrafen. Ein zuvor gegebenes oder ermöglichtes Gleichgewicht menschlicher Beziehungen ging kollektiv verloren. Der Gleichgewichtsverlust wurde jedoch von den meisten damals lebenden Menschen nicht bewußt zur Kenntnis genommen. Das war das soziale Klima und der psychohistorische Realitätskontext von Freuds Entdeckung des Ödipuskomplexes. Freud glaubte, er habe ein Grundproblem der Triebnatur des Menschen entdeckt, das bis zu den prähistorischen Urhorden zurückreiche und die Menschheit seit der von ihm beschriebenen Ermordung eines Urhordenvaters durch seine Söhne unablässig begleite. Unter dem Einfluß von Darwins biologischer Evolutionstheorie entwickelte er eine rein psychobiologische Auffassung von den Erkrankungen, mit denen er es zu tun hatte. Solche Umstände und Bedingungen wie ein Ungleichgewicht sozialer Beziehungen oder eine historische Autoritätskrise, durch welche eine Aktivierung oder ein Ausbruch ansonsten inaktiver

Vulkane menschlicher Triebkräfte hervorgerufen werden kann, zog er nicht in Betracht.

Werfen wir einen kurzen Blick auf die psychohistorischen Aspekte von Freuds psychoanalytischer Technik, die von seinem ersten topographischen Modell abgeleitet war. Freuds Technik der ersten Phase war bekanntlich die einer direkten Triebdeutung. Das heißt, er deutete seinen Patienten ohne Umwege und Umschweife die von ihm vermuteten inzestuösen Triebwünsche, durch deren Verdrängung sie seiner Theorie zufolge die Möglichkeit einer bewußten Konfliktverarbeitung eingebüßt hatten. Mit den Augen heutiger Analytiker betrachtet, war seine Technik ziemlich autoritär. Zu dieser Zeit redeten Ärzte in einer sehr unmittelbaren Art und Weise mit ihren Patienten. Sie erklärten ohne viel Federlesens, was von der Sache zu halten sei und was zu geschehen habe. In einer solchen Atmosphäre brauchten Analytiker keine Umwege über eine langwierige Abwehranalyse zu machen oder mit fortgesetzten geduldigen Bemühungen Zeit zu vertun, um einen empathischen Zugang zu den Problemen ihrer Patienten zu finden. Was sich abspielte, ist für eine Subjekt-zu-Objekt-Beziehung zwischen Ärzten und Patienten kennzeichnend. Die Analyse war erfolgreich, wenn der Patient oder die Patientin in der Lage war, eine vorherige Identifikation mit einem verständnislosen patriarchalischen Überich – oder der „Vaterimago", wie es damals hieß – durch eine andere Identifikation mit dem beschützenden väterlichen Selbstobjekt des Analytikers zu ersetzen. Im Gegensatz zu dem früheren überstrengen Überich oder der „Vaterimago" war das neue Selbstobjekt meistens ein Analytiker, der nicht mehr an Gott glaubte. Wie Freud war er in den meisten Fällen ein Atheist, der an die Vernunft und an Ideen oder Ideale glaubte, die sich von der Philosophie der Aufklärung herleiteten: d.h. von einer philosophischen Bewegung des Zeitalters der Vernunft, deren Anhänger von der Fähigkeit der Individuen und der Gesellschaft überzeugt waren, durch vernünftige und realistische Einsicht den Weg zum Besseren zu finden, sofern sie nicht durch Unterdrückung oder Ignoranz daran gehindert wurden. Freud fügte zu dieser Bedingung eine weitere hinzu: Der Weg zum Besseren könne nur gefunden werden, so meinte er, sofern Einsicht nicht durch Verdrängung oder Verleugnung verhindert werde. Verdrängung ist in der Tat die innere Form der Unterdrückung. Die Wirkung der Verdrängung ist die Unterdrückung eines Teiles des eigenen Selbst. Freud trug durch seine

Entdeckung der Verdrängung und Verleugnung zu einem weiteren Fortschritt der Aufklärung bei, der über seine Zeit hinaus mit Sicherheit auch dem Realitätskontext der heutigen „offenen Gesellschaft" angemessen ist. Es war dies einer seiner wirklich großen und zeitlosen Verdienste, die die Fortdauer der Freudschen Tradition der Psychoanalyse ungeachtet aller notwendigen Korrekturen von Irrtümern ermöglichen. Jedoch waren Theorie und Technik auf der Grundlage des topographischen Modells noch immer durch ein patrizentrisches Denken charakterisiert, wie es in Mitteleuropa vor dem ersten Weltkrieg vorherrschend war. Freud revidierte sein topographisches Modell in den 20er Jahren.

Das folgende Mittelalter der Psychoanalyse mit der Vorherrschaft der Strukturtheorie, der Abwehrlehre und der Ichpsychologie erstreckte sich über die zum Teil recht düstere Zeit der Mitte dieses Jahrhunderts. Es war die Epoche der Mittelschichtenkrise der Industriegesellschaft, aber auch das Zeitalter der Polarisierung und des Auseinanderbrechens der Traditionskultur. Es war die Zeit einer latenten kollektiven Angst, eines zunehmenden Rückzuges von der Realität und einer zwanghaften Reaktionsbildung gegen die in der Aufklärung entstandenen Ideen der Emanzipation des Menschen. Es war eine Zeit der kollektiven Reaktionsbildung gegen gesellschaftskritische Ideen und systemwidrige zentrifugale Kräfte und Tendenzen. Zweck dieser Reaktionsbildung war es, einen weiteren Verfall der patriarchalischen Herrschaftskultur und Kastengesellschaft mit allen Mitteln einschließlich denen der Gewalt zu verhindern. Dies fand seinen Höhepunkt in einer Welle des kollektiven Antisemitismus, der zum Dritten Reich, zum zweiten Weltkrieg und zum Holocaust führte.

Der gemeinsame Nenner dessen, was ich das Mittelalter der Psychoanalyse nenne, war die Dominanz der Abwehranalyse. Sowohl die Methode der Abwehranalyse als auch die Strukturtheorie wurden von Freud in einer Zeit der Systemkrise und des Klassenkampfes in einer entzweiten und polarisierten europäischen Industriegesellschaft entwickelt, die ihre Traditionen und ihre kulturelle Integration verloren hatte. Es war kein Zufall, daß Freud seine Theorie der Strukturkonflikte von Es, Ich und Überich zur gleichen Zeit entwarf, in der die Industriegesellschaft von wachsenden strukturellen Konflikten und ökonomischen Krisen geschüttelt wurde. Sowohl in der Psychoanalyse als auch in der gesellschaftlichen Realität war das vorherrschende Thema das der Abwehr von Konfliktgefahren und Desintegrationsängsten im Felde von Systemen, deren Kohäsion vermindert war. In der Gesellschaft gingen die Gefahren von antagonistischen Strukturen und Kräften der sozialen Klassen und Interessengruppen aus. Auf der subjektiven Ebene bestand die Gefahrenquelle aus widerstreitenden Strukturanteilen eines zwiespältigen und icheingeschränkten Selbst, das seine frühere integrative Überformung durch die Institutionen und die Selbstobjektmatrix der Traditionskultur verloren hatte. Die Hysterie war in dieser Zeit nicht mehr die häufigste psychische Erkrankung der Epoche. In den Vordergrund traten vielmehr die Charakterneurosen und eine Anzahl psychosomatischer Symptome, bei denen Probleme latenter Depression und chronisch stimulierter Angst und Aggression eine wichtige Rolle spielten. In Mitteleuropa waren solche Symptombildungen namentlich in den verarmten Mittelschichten zu beobachten: Diese teilten die Interessen der Armen und die Ideale der reichen, gebildeten und herrschenden Schichten. Da sie ihre eigenen Bedürfnisse nicht oder nur in einem sehr eingeschränkten Maße durch eine erfolgreiche Teilnahme am Konkurrenzkampf der Interessengruppen und der sozialen Klassen ihrer Zeit befriedigen konnten, waren sie anscheinend für die erwähnten Symptombildungen einer neurotischen Konfliktverarbeitung ihrer Probleme anfälliger als andere gesellschaftliche Gruppen.

In der Technik der Abwehranalyse gab es eine Wende vom antagonistischen Denken, das der Analyse der intersystemischen Strukturkonflikte des Es, des Ich und des Über-Ich zugrunde lag, zu einem mehr oder weniger technozentrischen und funktionalistischen Denken. Funktionalistisches Denken reduziert und verkürzt die Probleme sozialen und menschlichen Lebens, als handele es sich nur um eine Frage der homöostatischen Regulation und des Gleichgewichtes geschlossener Systeme. Diese Denkweise schließt sowohl die Geschichte einer sich verändernden Welt als auch eine systemtranszendierende Entwicklung des Selbst und seiner Beziehungen mit Anderen von der Betrachtung aus. Diese Einschränkung des Gesichtsfeldes war das Ergebnis des Verlustes der utopischen Hoffnung, psychische Leiden zu heilen, indem man nichts weiter tat, als Unbewußtes bewußt zu machen, wie es Freud zu Beginn versucht hatte. Während des zweiten Drittels des 20. Jahrhunderts wurden die meisten Analytiker pessimistisch und glaubten nicht mehr daran, daß die menschliche Natur im Grunde gut sei. Wie Freud glaubten sie an das Böse eines angeborenen Destruktionstriebes, der durch eine Technik konsistenter Zähmung gezügelt werden müsse. Daher glaubten sie auch nicht an die Vernunft und an empathisches Verstehen, sondern an technische Regeln, – vor allem aber an die technische Regel, daß die Analyse aggressiver Regungen einen Vorrang vor der Analyse jeder anderen Regung haben müsse. Der restriktive Code des technozentrischen Denkens und die Vorherrschaft der Abwehranalyse waren ihrerseits Produkte einer unbewußten Abwehrhaltung von Psychoanalytikern, deren zwanghaftes technisches Denken einer andauernden Desintegrationsangst und Katastrophenfurcht entgegenwirkte. Technozentrisches und funktionalistisches Denken ist in der Tat sehr reduktionistisch. Es bringt zwar einen sekundären Gewinn ein, indem es eine mehr oder weniger wirksame Abwehr gegen Desintegrationsangst ermöglicht. Der Preis, der nolens volens für diese wirksame Abwehr bezahlt wird, ist jedoch eine für das Klima psychoanalytischer Behandlungen mitunter sehr abträgliche Verminderung und Einschränkung von Spontaneität, Kreativität und Autonomie.

In den sechziger Jahren wurde das technozentrische Denken zu einer unerkannten Quelle von Übertragungs- und Gegenübertragungsschwierigkeiten, als der sozialgeschichtliche und psychohistorische Realitätskontext sich abermals verändert hatte. Diese Schwierigkeiten erwuchsen aus der Tatsache, daß viele funktionalistisch denkende Analytiker der ersten beiden Jahrzehnte nach dem zweiten Weltkrieg nicht in der Lage waren, die Selbstobjektbedürfnisse eines neu auftauchenden postpatriarchalischen Selbst zu erkennen. Sie konnten nicht verstehen, warum die ihnen vertraute Technik und Denkweise einer systematischen und konsequenten Abwehranalyse plötzlich unwirksam wurde oder warum ihre Arbeitsweise aus Gründen eines psychohistorischen Wandels, von dem sie noch nie etwas gehört hatten, plötzlich unangemessen für neue narzißtische Störungen sein sollte, von deren Existenz sie ebenfalls keinerlei Vorstellung hatten. Die Probleme der meisten jungen Patienten waren in dieser Zeit nicht mehr die einer verängstigten Mittelklasse. Sie litten an den Geburtswehen einer sich entwickelnden, aber noch nicht ausgereiften postpatriarchalischen Kultur der postindustriellen Gesellschaft, deren gesellschaftliche Basis der sogenannte „tertiäre Sektor" der Dienstleistungsberufe ist.

Was sind die Probleme von Menschen, die diese neuen Berufe ausüben? Angehörige von Dienstleistungsberufen, wie z. B. Werbefachleute und professionelle Berater mit sehr unterschiedlichen fachlichen Schwerpunkten haben eines gemeinsam: Sie produzieren keine materiellen Güter, sondern sie verkaufen die Produkte ihrer Kopfarbeit. Auf Englisch sagt man: Sie sind „Brainworker". Was das heißt, ist einfach zu erklären: die meisten von diesen „Brainworkern" leben davon, daß sie das verkaufen, was sie mit ihrem Denken produzieren. Die Folge ist, daß viele von ihnen sich daran gewöhnen, nur noch das zu denken, was sie auch verkaufen können und was marktüblichen Anforderungen für verkäufliche und käufliche Hirnarbeit entspricht. Sie erwerben auf diese Weise eine Mentalität, die über die Ausübung ihres Berufs hinaus sehr oft auch ihre persönliche Lebenseinstellung beeinflußt. Eben dadurch laufen sie Gefahr, menschliche Gedanken, Gefühle und Werte, die im Gegensatz zu marktgängigen Werten stehen, aus dem Blick zu verlieren. Auf diese Weise verleugnen sie nicht selten einen Teil ihres autonomen eigenen Selbst. Als Folge dieser Anpassung an die Werte des Marktes entwickeln viele ein Selbst, das von der Anerkennung anderer abhängig ist, insbesondere von der Anerkennung solcher anderer Menschen, die nach Maßstäben des Marktes „wichtig" sind und aus Gründen dieser Wichtigkeit zu Selbstobjekten werden. Hier liegt das Problem des „außengelenkten"oder fremdgelenkten Selbst. Individuen mit einem solchen Selbst haben oft Schwierigkeiten, einen festen eigenen Standpunkt zu beziehen und ihrerseits verläßliche Selbstobjekte für ihre Mitmenschen zu werden, deren Gefühle und Selbstobjektbedürfnisse sie für gewöhnlich nicht in Betracht ziehen. Ihre Nachkommen der nächsten und auch noch der übernächsten Generation sind daher in besonderem Maße für Selbststörungen und Selbstobjektstörungen anfällig. Diese Probleme werden noch verschärft, wenn das Selbst der betroffenen Menschen auch seine Verwurzelung in der Vergangenheit verliert, seine Aussichten und Hoffnungen auf sozialen Erfolg einbüßt und schließlich auch seine Ideen von einer besseren Zukunft aufgeben muß. Wer darauf reduziert ist, nur in und mit der Gegenwart zu existieren, führt in der Regel ein Leben der mentalen Verarmung, dessen Inhalt aus nichts anderem mehr als permanent verfügbaren Selbstobjekten oder Kompensationen besteht.

Seit den 60er und frühen 70er Jahren besteht eine starke Tendenz, menschliche Werte und das menschliche Selbst im Rahmen der sich weiterentwickelnden postpatriarchalischen Kultur wiederherzustellen. Es wurde klar, daß der tertiäre Sektor der postindustriellen Dienstleistungsberufe nicht nur ein Feld ist, das zu neuen menschlichen Anpassungsproblemen Anlaß gibt. Es ist ein Feld, das auch Chancen menschlicher Entwicklung und sozialer Entfaltung bietet, die nicht in der Reichweite früherer Generationen lagen. Die Dienstleistungskultur entwickelt sich zu einem sozialen System von Informationsverarbeitung und Selbstbestimmung, von Spielregeln der Problemlösung durch Verhandeln und von Beziehungen, die auf Gegenseitigkeit, Kooperation und Partnerschaft beruhen. Im Gegensatz zur traditionellen patriarchalischen Kultur der Vergangenheit werden Lebensqualitäten individueller Selbstkonstanz und sozialer Stabilität nicht mehr in erster Linie durch Internalisierung von Autorität und Herrschaft vermittelt und gesichert. Der strukturelle Bezugsrahmen der postpatriarchalischen Kultur gibt denen eine größere Chance, die in der Lage sind, Empathie zu üben oder, noch ein wenig genauer formuliert: sie gibt denen gute Chancen eigener Entfaltung, die in der Lage sind, die Entfaltung anderer Menschen durch etwas zu fördern, was ich als „katalytische Empathie" bezeichne.

Heinz Kohut war der Wegbereiter eines fundamentalen Paradigmenwechsels, der die dritte Phase der Geschichte der Psychoanalyse eröffnete. Ich möchte seine Theorie und seine Arbeitsweise eine „postpatriarchalische Psychoanalyse" nennen, die den Bedürfnissen des postpatriarchalischen Selbst nach weiterer Reifung und Entwicklung in spezifischer Weise entgegenkommt. Die Selbstpsychologie überwindet die Enge eines technizistischen Denkens, das die Psychoanalyse in der vorausgehenden Entwicklungsphase auf die Anwendung von Modellen homöostatischer Trieb- und Abwehrregulation beschränkte und ihre Aussagefähigkeit und Reichweite auf die einer reduktionistischen Theorie von geschlossenen psychischen Systemen verkürzte. Kohuts Ansatz entspricht eher dem, was Waddington und andere zeitgenössische Evolutionswissenschaftler als „selbsttranzendierende" Arbeitsweise in „offenen menschlichen Systemen und Übergangsfeldern" beschrieben haben. Seine Auffassungen öffnen die Tür zu einer holistischen Wahrnehmung und Deutung von Subjekt und Realität. Kohuts wichtigster Beitrag besteht darin, daß er Empathie und empathievermittelte Erkenntnis zu einer wissenschaftlichen Methode entwickelte. Ich definiere den heuristischen Wert und die historische Bedeutung von Kohuts empathischer Methode als die „wissenschaftliche Entdeckung des Anderen". Sein Werk ist nicht nur ein Fortschritt der klinischen Theorie und Praxis, sondern es trägt darüber hinaus zur zeitgemäßen Entwicklung des Werterlebens und des beschädigten Selbsterlebens im kollektiven Übergangsfeld der kulturellen Evolution der Gegenwart bei.

Menschen unserer Zeit, die Eigenschaften und Bedürfnisse eines postpatriarchalischen Selbst entwickelt haben, leben heute unter Bedingungen einer ähnlichen Strukturverwerfung der historischen Lebenswelt wie die Patienten Sigmund Freuds vor hundert Jahren. Daher sind sie dem ausgesetzt, was wir heute Selbstobjektstörungen nennen. Das ist so, weil die Selbstobjektmatrix des gegenwärtigen Alltagslebens noch nicht genügend darauf vorbereitet ist, Kindern, jungen heranwachsenden Menschen und Paaren in Beziehungskrisen eine adäquate kulturelle Spiegelung und Validierung ihres Selbstbildes und ihrer in Entstehung begriffenen neuen Identität zu vermitteln. Ganz im Gegenteil: Die Selbstobjektmatrix des heutigen Alltagslebens ist die eines Übergangsfeldes. In diesem Felde sind Trägheitswiderstände und abwehrbedingte Widerstände gegen das auftauchende postpatriarchalische Bewußtsein wirksam.

Bis zu dieser Stelle meines historischen Überblickes habe ich drei sozialgeschichtliche Felder dargestellt, die mit drei Entwicklungsstufen des Denkens der Psychoanalyse in Verbindung gebracht werden können. Ich komme nun zu meinen Schlußfolgerungen, soweit diese das Gebiet der klinischen Theorie und Praxis betreffen.

Ein Psychoanalytiker des zu Ende gehenden 20. Jahrhunderts ist gut beraten, wenn er zur Kenntnis nimmt, daß seine physischen Zeitgenossen nicht notwendigerweise auch seine psychohistorischen Zeitgenossen sind. Um ein guter Psychoanalytiker zu sein, sollte er erkennen können, daß scheinbar gleichartige Symptome, deren ähnliches Erscheinungsbild auf ein und dasselbe Krankheitsbild und auf ein und dieselbe Genese hinweist, in Wirklichkeit weder die gleichen Ursachen haben müssen noch den Entstehungsbedingungen eines gleichen Stadiums oder Feldes der psychohistorischen Entwicklung zuzuordnen sind. Das ist nicht nur ein theoretisches Problem, sondern ein sehr ernsthaftes technisches Problem der täglichen psychoanalytischen Praxis. Es gibt Probleme des historischen Zeitverzugs und der psychohistorischen Zeitverschiebung zwischen psychischen Leiden und psychoanalytischen Theorien, die eine erhebliche, um nicht zu sagen endlose Verlängerung psychoanalytischer Behandlungen zur Folge haben können. Manche bleiben stecken wie ein unförmiges Fahrzeug in einer Sackgasse, in der es weder weiterfahren noch wenden kann, um einen neuen Weg zu finden. Der richtige Weg des Umgangs mit solchen Problemen des Zeitverzugs der Theorie und der psychohistorischen Dissonanz zwischen Psychoanalytikern und ihren Patienten ist es wohl, eine Fehlerquelle dieser Art ernsthaft in Betracht zu ziehen, statt sie mit einem messerscharfen Palmströmschluß auszuschließen, weil dergleichen in der bisher geltenden Theorie nicht vorgesehen ist. Mit anderen Worten: es gibt keine andere legitime Möglichkeit des Umgangs mit diesem Problem, als der Sache im Einzelfall auf den Grund zu gehen. Eine nachhaltige Übung von Empathie im Sinne Kohuts gibt diesem auf den Grund Gehen eine reale Chance. Dies zumal, so meine ich, wenn ihr anhaltender Gebrauch in den Dienst einer differentiellen psychohistorischen Wahrnehmung gestellt wird, die für die Analyse von unerkannten Problemen psychohistorischer Übertragung und Gegenübertragung mindestens sehr hilfreich und in vielen Fällen gleichermaßen unerläßlich ist.

Analytiker müssen ihr Handwerkszeug und ihre Theorien mit den realen Problemen ihrer Patienten synchronisieren und nicht umgekehrt ihre Patienten an die unpassenden Werkzeuge und die starren Regeln fehl am Platze angewandter Theorien anpassen, wie dies ein närrischer Vertreter prähistorischer Psychoanalyse praktizierte, der auf den Namen Prokrustes hörte. Heutige Psychoanalytiker sollten lernen und in der Lage sein, nicht nur gelegentlich und sporadisch, sondern regelmäßig und nachhaltig – um nicht zu sagen „systematisch" – psychohistorische Empathie und Selbstwahrnehmung zu üben. Sie sollten psychohistorische Empathie und Selbstwahrnehmung nicht unverbindlich mit der Haltung von Amateuren üben, sondern sie sollten beides zur Pflichtübung einer psychoanalytischen Berufspraxis machen, zu deren Handwerkszeug nicht nur die Analyse der psychohistorischen Übertragung, sondern auch die selbstkritische Reflexion einer unerkannten psychohistorischen Gegenübertragung und ihrer Wirkungen gehört. Die Kenntnis der psychohistorischen Dimension menschlicher Wirklichkeit und das Einüben psychohistorischer Empathie und Selbstwahrnehmung werden heute – so meine ich – mehr und mehr zu einem unentbehrlichen Bestandteil psychoanalytischer Theoriekompetenz und Praxiskompetenz. Nur beide zusammen geben uns die theoretischen Grundlagen und die praktische Fähigkeit, auf verläßliche Weise mit der psychohistorischen Relativität psychischen Geschehens und mit der Ungleichzeitigkeit umzugehen, die zwischen uns und unseren Patienten bestehen kann.

Die spezifische Relevanz der Selbstpsychologie für die Probleme der heutigen Praxis liegt in der Tatsache, daß sie einen Weg geebnet hat, der das wachsende „time lag" und „cultural lag" der traditionellen Psychoanalyse zu überwinden gestattet. Weder die patrizentrische Theorie des Ödipuskomplexes noch die Ichpsychologie sind für sich allein spezifisch geeignete Instrumente zur Analyse von Selbstobjektproblemen des postpatriarchalischen Selbst. Im gleichen Maße, in dem die Selbstpsychologie die Eigenschaften eines spezifischen Schlüssels zur Bearbeitung und Lösung dieser Probleme entwickelt hat und vielleicht noch weiter entwickelt, wird sie der beste Weg oder gar der „Königsweg" sein, der zur weiteren Entwicklung eines autonomen und selbsttranszendierenden Selbst beitragen kann: zur Entwicklung eines „self-updating Self", das den Erfordernissen unserer Zeit gewachsen ist.

Die Gegenwart ist in der Tat der Schauplatz der psychohistorischen Geburt eines „vierdimensionalen Menschen", der im Gegensatz zu seinem beschädigten Vorläufer, dem von Herbert Marcuse beschriebenen „eindimensionalen Menschen", Eigenschaften eines autonomen postpatriarchalischen Selbst und Fähigkeiten eines evolutionären Wirklichkeitssinnes zu entwickeln vermag. – Ich wähle übrigens mit vollem Bedacht die inhaltlich nicht festgelegte negative Begriffsbestimmung „postpatriarchalisches Selbst", mit der man weder schlafende Hunde wecken, noch solche, die schon lange wach sind und auf den zündenden Funken einer stimulierenden neuen Idee oder Ideologie warten, hinter dem Ofen hervorlocken kann. Postpatriarchalisch, das ist eine Wortwahl aus Motiven ideologischer Abstinenz. Diese empfiehlt sich, wenn oder weil das Selbst, daß ich „postpatriarchalisch" nenne, vielleicht aus guten Gründen seiner bis heute nicht abgeschlossenen Entwicklung das Stadium einer psychohistorischen Selbstkonstanz und Selbstobjektkonstanz noch nicht erreicht hat. Ich habe dies schon angedeutet. So wie ich das sehe, durchläuft das postpatriarchalische Selbst einen psychohistorischen Prozeß der fortschreitenden Trennung von einer nicht mehr tragfähigen Selbstobjektmatrix der eigenen Vergangenheit und einen im gleichen Takt fortschreitenden Prozeß der eigenen psychohistorischen Individuation. Dieser psychohistorische Trennungs- und Individuationsprozeß löst anachronistische Fixierungen und Bindungen präautonomer Identifikationen nach und nach auf und ersetzt sie durch neue Selbstobjektbeziehungen und Bindungsmuster, die im Vorfeld der Entstehung und Entwicklung einer tragfähigen neuen psychohistorischen Selbstobjektmatrix durch evolutionäre Selektionsprozesse ausgelesen werden. In selbstpsychologischen Begriffen bedeutet dies, daß die historische Geburt eines autonomen postpatriarchalischen Selbst ein Prozeß der Ablösung von der entwicklungswidrigen oder entwicklungshemmenden Selbstobjektmatrix einer psychohistorisch älteren Kultur ist.

Eine psychoanalytische Theorie, die für eine in Entstehung und Entwicklung begriffene evolutionäre Kultur des aufstrebenden postpatriarchalischen Selbst relevant ist, kommt wohl nicht ohne eine evolutionäre psychoanalytische Theorie aus, die die Entwicklung des Selbst und seiner Beziehung zu Anderen und Anderem im Zusammenhang mit dem historischen Wandel und Wechsel der Selbstobjekte einschließlich derer unseres eigenen Denkens zu verstehen und zu deuten vermag. Ich versuche, diese meine theoretische Aussage in einen einfachen und bescheidenen Satz der Alltagssprache zu übersetzen: Wenn die Selbstpsychologie nicht bereits existierte – d.h. wenn Heinz Kohut sie nicht vor etwas weniger als 30 Jahren erfunden hätte –, würde und müßte sie auf jeden Fall erfunden werden, weil der Strukturwandel unserer Lebensbedingungen und die durch diesen Wandel ausgelöste soziale, mentale und kulturelle Evolution die Selbstpsychologie heute zu einer psychohistorischen Notwendigkeit machen.

Mir scheint, es lohnt sich, zum Schluß auf einige Einwände und oft gestellte Fragen einzugehen, denen meine psychohistorische Interpretation des geschichtlichen Wandels der Psychoanalyse unter Analytikern und analytisch orientierten Therapeuten heute gelegentlich begegnet.

Ihrem eigenen Selbstverständnis zufolge ist die Psychoanalyse eine Wissenschaft oder eine wissenschaftlich fundierte therapeutische Kunst, deren Ausübende im Laufe einer mühsamen und langwierigen Ausbildung eine fachliche Zuständigkeit und eine mehr oder weniger ausgeprägte Fähigkeit des Erkennens und prozeßgerechten Deutens der „inneren Realität" oder – mit anderen Worten – der psychischen Wirklichkeit der von ihnen behandelten Patienten erworben haben. Ist die Verlagerung des Schwerpunktes der analytischen Arbeit auf das Deuten der „äußeren" Realität des sozialen Schicksals, der gesellschaftlichen Lebensbedingungen oder des historischen Standortes im Ablauf der Zeitgeschichte nicht ein alter Fehler und sattsam bekannter Holzweg, der von der eigentlichen Aufgabe der Psychoanalyse ablenkt? Führt eine solche Verschiebung des Schwerpunktes nicht auf eine schiefe Ebene unverbindlicher Spekulation und läuft sie nicht Gefahr, zum Widerstand oder zum „Gegenwiderstand" gegen die analytische Kur zu geraten? Hat nicht schon Sigmund Freud uns gelehrt und haben wir nicht aus vielen Beispielen lernen können, daß das Verstehen und wohldosierte Deuten der „inneren Realität" das einzige ist, worauf es wirklich ankommt? – Gewiß können Analytiker, die so argumentieren, einige gute Gründe für diese Auffassung geltend machen. Es läßt sich nicht bezweifeln, daß die fehl am Platze gegebene Interpretation einer äußeren Realität anstelle der unbewußten inneren, auf die es ankäme, unter Umständen ein kontraproduktives Abwehrmanöver ist, das in manchen Fällen auch den Charakter und die Wirkungen eines schädlichen ideologischen Agierens haben kann. Aber ich darf Sie daran erinnern, daß das Umgekehrte, das bekanntlich ebenfalls vorkommt, nicht minder bedenkliche und mitunter auch schwerwiegende Folgen haben kann. Freud selbst hat uns auch hier bedenkenswerte Beispiele gegeben, aus denen wir lernen können. Als er die Hypothese der realen Verführung als Ursache der Hysterie aufgab und stattdessen nur die „innere Realität" der abgewehrten inzestuösen Wunschphantasien seiner Patientinnen für ihre Krankheit verantwortlich machte, erlag er gelegentlich, wie z. B. im Fall seiner Patientin Dora, einer Unterschätzung der äußeren Realität, die anscheinend seiner eigenen unerkannten Abwehr oder unbewußten psychohistorischen Gegenübertragung entsprang. Er nahm die fortgesetzten Klagen seiner Patientin über real ausagierte Probleme sexueller Promiskuität ihrer Eltern, in die sie durch kompakte Verführungsversuche eines mitagierenden Hausfreundes der Eltern mehr oder weniger hilflos verwickelt wurde, in keiner Weise ernst. Freud glaubte ihren Mitteilungen nicht oder er hielt sie für Übertreibungen, die der Gemütslage einer hysterischen Patientin entsprangen. Er setzte unbeirrbar seine Versuche fort, von ihm vermutete oder unterstellte inzestuöse Wunschphantasien Doras, die sie ebenso unbeirrbar in Abrede stellte wie Freud auf deren Vorhandensein beharrte, als die einzige wahre Ursache ihres Leidens zu interpretieren. Mit anderen Worten: Freud zog sich auf das autoritative Deuten einer mutmaßlichen „inneren" Realität zurück und überließ der Patientin die Sorge, allein mit den Problemen der für ihn unmaßgeblichen „äußeren"

Realität fertig zu werden, die ihn schon deshalb nicht sonderlich interessierten, weil er sie anscheinend für normal hielt. Bis dann die Analyse an diesem unüberbrückbaren Dissens scheiterte. – Welches war aber in diesem Falle die für Freud irrelevante „äußere" Realität nun wirklich?

Dora konnte und durfte als Mädchen damals in Wien nicht studieren – im Gegensatz zu ihrem Bruder, der sich mit seinem Studium auf eine glänzende Karriere als international bekannter Wissenschaftler und Politiker vorbereiten konnte. Als Tochter eines sehr wohlhabenden bürgerlichen Vaters konnte Dora nur eine abhängige Ehefrau, Hausfrau und Mutter werden, die keine Möglichkeit einer eigenen Berufswahl oder freien Partnerwahl hatte. Ganz zu schweigen vom Zugang zu einem freien Liebesleben, wie es dem Bruder und den übrigen männlichen Mitgliedern der Familie offen stand. Für Dora bedeutete die soziale und sexuelle Emanzipation im damaligen Wien keinen Zuwachs an Freiheit, sondern ganz im Gegenteil: sie wurde durch den Sittenwandel ihres Familienlebens zum ungeschützten Freiwild sexueller Übergriffe im eigenen Hause. Der Vater, der in Theorie und Praxis selber ein Verfechter emanzipatorischer Sitten war, verweigerte seiner Tochter nicht nur Schutz und Rücksichtnahme, sondern jegliches Verständnis ihrer Lage. Er schickte sie zu Freud in eine psychoanalytische Behandlung, damit sie durch die vielversprechende neue Kur zur Räson gebracht werde. Das Bild rundet sich ab, wenn man hinzufügt, daß Freud die „Realität" mit den Augen von Doras Vater sah. Er verweigerte seiner Patientin jedes Verständnis für die traumatisierenden Widersprüche und Belastungen, denen sie ausgesetzt war. Dora hatte bekanntlich unter den Folgen dieses Freudschen Irrtums zeitlebens schwer zu leiden, zumal sie in ihrem späteren Leben weder in Europa noch in Amerika einen freudianischen Analytiker von Rang finden konnte, der gewagt hätte, ihr zu helfen, die wahren Gründe des Scheiterns ihrer Analyse bei Freud zu klären und den Fehler des vermeintlich über jeden Zweifel erhabenen großen Meisters zu revidieren. Wie ihre Mutter litt sie an einer ungeheilten Depression mit psychosomatischen Symptomen. Das diagnostische Etikett, das sie seit ihrer Behandlung bei Freud nicht mehr los wurde, war jedoch das eines unbehandelbaren Falles von maligner Hysterie. Sie starb, ohne daß ihr Schicksal als das eines Opfers mißglückter Analyse noch vor ihrem Tode erkannt und anerkannt, geschweige denn wiedergutgemacht worden wäre.

Ich erwähne dies hier so ausführlich, weil die beschriebene Konstellation des Falles Dora eine ausgezeichnete Illustration traumatisierender Lebensbedingungen sozialer Anomie ist, die ich weiter oben in einem anderen Zusammenhang beschrieben und als Folgeproblem einer gleichermaßen unbewältigten wie unerkannten psychohistorischen „Realitätsdissonanz" definiert habe. – Genauer ausgedrückt: ich habe diese traumatisierenden Lebensbedingungen als Folgeproblem einer psychohistorischen Desynchronisierung „innerer" und „äußerer" Realität dargestellt, welche in dem Maße krankmachend zu wirken vermag, wie sie sich der Wahrnehmung und der mentalen Verarbeitung der davon betroffenen Menschen entzieht.

Ich komme damit zum Kernproblem meines ganzen Beitrags. Der Rückzug auf die vermeintlich allein maßgeblichen Probleme der „inneren" Realität, wie Freud ihn im Falle Dora praktizierte, erweist sich in vielen Fällen als eine risikoreiche Einseitigkeit. Aber ich möchte noch einen Schritt weitergehen: Die terminologische und theoretische Gegenüberstellung einer „inneren" und einer „äußeren" Realität ist immer dann irreführend, wenn die Wörter innen und außen, die ja nur zwei Seiten ein und desselben Gegenstandes bezeichnen, im Sinne einer reduktionistischen Einschränkung des Realitätsbegriffes verwendet werden, – und das heißt praktisch im Sinne einer Verkürzung des Erkennens und Verstehens konkreter menschlicher Wirklichkeit. Realität ist ein unteilbares Bedingungsgefüge menschlichen Lebens und menschlicher Entwicklung, das objektiv auch dann ein unteilbares Ganzes ist, wenn dieses Ganze widerspruchsvoll, strukturell desintegriert oder in divergierende Komponenten gespalten ist, welche sich nicht zueinander fügen wollen und nicht unter den subjektiven Hut ein und desselben Menschen zu passen scheinen. Genau dies meine ich, wenn ich von einer Realitätsdissonanz spreche, die in vielen Fällen über das private Schicksal hinaus durch unüberschaubare historische Bedingungen vermittelt ist. Im letztgenannten Fall kann man in der Regel nicht mit bloßem Auge erkennen, worum es sich handelt, sondern man braucht die Werkzeuge einer geeigneten Modellvorstellung oder Theorie, um sich ein zutreffendes Bild zu machen. Eine unverkürzte psychoanalytische Deutungsarbeit erreicht ihr Ziel wohl am ehesten dadurch, daß sie das Ganze einer widersprüchlichen menschlichen Realität ungeteilt ins Auge faßt und sodann dem Patienten hilft, die „eingefallenen" Manifestationen der unbewußten oder unerkannten Widersprüche dieses Ganzen so zu verarbeiten, daß er mit seinem Selbst an dieser Verarbeitung weiterwachsen kann. Indem er die Widersprüche verarbeitet, wird er ihnen gewachsen. Dies zeigt sich daran, daß er einen Zugang zu Problemlösungen findet, die zur Behebung oder zur Milderung von Realitätsdissonanzen im „inneren" wie im „äußeren" Leben führen können. Aus meiner Sicht ist dies im mehrfachen Sinne des Wortes eine „Aufhebung"von Widersprüchen, die – wenn es gut geht – auf den Weg zur Wiederherstellung einer gesunden Entwicklungsfähigkeit führt.

Es scheint mir das Verdienst der Selbstpsychologie zu sein, daß sie in der gegebenen geschichtlichen Situation unserer Zeit einen gangbaren Weg gefunden hat, auch ohne eine explizite historische Theorie die geschichtliche Dimension der Wirklichkeit ernst zu nehmen und auf diese Weise die ungeteilte Realität ins Auge zu fassen statt nur deren „innere" Hälfte, von der dann in der Regel eine theoriezentrierte Vorstellung und nicht etwa ein realistisches Bild entworfen wird. – Ich hoffe im übrigen, ich habe mit meinem theoretischen Entwurf und meiner Darstellung der psychohistorischen Relativität psychoanalytischen Wissens deutlich machen können, daß die triebtheoretisch fundierte Psychoanalyse Freuds die analytische Theorie und Praxis der mit sich selbst in Widerspruch geratenen Herrschaftskultur war. Die Denkmodelle dieser klassischen Freudschen Theorie wurden in diesem Jahrhundert des beschleunigten historischen Wandels nach und nach durch Ansätze eines in größerem Maße entwicklungsorientierten psychoanalytischen Denkens abgelöst, überformt oder ergänzt. Die Selbstpsychologie Kohuts und seiner heutigen Nachfolger ist in meinen Augen das wichtigste Beispiel einer entwicklungsorientierten analytischen Schule, deren Aufgeschlossenheit für die Wahrnehmung der geschichtlichen Dimension der Wirklichkeit nach meinem Dafürhalten den Aufgaben einer „evolutionären" Psychoanalyse näherkommt – einer Psychoanalyse, die Menschen unserer Zeit helfen kann, ihren eigenen gangbaren Weg der Bewältigung von psychohistorisch bedingten Realitätsdissonanzen ihres Lebens und Erlebens zu finden. – Das Kernstück meiner Überlegungen betrifft aber schließlich den unvollständigen Realitätsbegriff und die fehlende Realitätstheorie der Freudschen Tradition. Ich würde mich freuen, wenn es mir gelungen wäre, deutlich zu machen, daß eine entwicklungsorientierte Psychoanalyse und

Selbstpsychologie über ihre allgemeine und spezielle klinische Theorie und Praxis hinaus auch eine explizite Realitätstheorie braucht, genauer gesagt: eine psychohistorisch aussagefähige evolutionäre Theorie der Vermittlung „innerer" und „äußerer" Realität wie auch ihrer Widersprüche. Die Reichweite, die Differenzierung und die Spezifitäten dieser Theorie müßten ausreichen, den historischen Wandel im Denken und Deuten der Psychoanalyse ebenso wie den geschichtlichen Wandel der psychischen und sozialen Wirklichkeit von Menschen zu verstehen und bei der analytischen Arbeit angemessen zu berücksichtigen.

Literatur

Freud, S. (1895): Studien über Hysterie GW I S. 75-312.

Kilian, H. (1995): Psychohistory, Cultural Evolution, and the Historical Significance of Self Psychology. In: A. Goldberg (ed): The Impact of new Ideas. Progress in Self Psychology Vol. 11: 291-301.

Ogburn. W. (1964): On culture and social change. Selected papers, edited by Otis Dudley Duncan. Chicago: The University of Chicago Press. Dt.: Kultur und sozialer Wandel. 1969 Neuwied: Luchterhand.

Riesman, D. (1950): The lonely crowd. New Haven: Yale University Press. Dt.: Die einsame Masse. Reinbek: Rowohlt Taschenbuch, 1958.

Waddington, C.H. (1975): The evolution of an evolutionist. Ithaca: Cornell University Press.

Schicksale des Deutungsprozesses in der psychoanalytischen Beziehung

Paul Ornstein

Einleitung

In diesem Vortrag möchte ich den psychoanalytischen Behandlungsprozeß im Hinblick auf die jeweilige Beteiligung der Einsicht bzw. der analytischen Beziehung an der „kurativen Veränderung" untersuchen. Ich sollte sofort hinzufügen, daß die alte Dichotomie „Einsicht versus Beziehung" nicht länger haltbar ist. Ich ende mit der Schlußfolgerung – zu der Anna Ornstein und ich im Laufe langer gemeinsamer Arbeitsjahre übereinstimmend gelangt sind –, daß der Deutungsprozeß grundsätzlich in die analytische Beziehung eingebettet ist und weder die Beziehung noch die Deutungsarbeit allein die erwünschten Resultate zu erzielen vermögen. Deutungen gewinnen ihre Bedeutung und ihren klinischen Nutzen im Kontext der Analytiker-Patient-Beziehung.[1] Um zu beschreiben, warum es so lange gedauert hat, zu dieser einfachen und mittlerweile selbstevidenten Schlußfolgerung zu gelangen, ist eine Reihe von Schritten erforderlich.

Zunächst werde ich sehr kurz die Phase der psychoanalytischen Geschichte beschreiben, in der die scharfe Dichotomie zwischen Einsicht (dem mutmaßlich überragenden „kurativen" Faktor) und analytischer Beziehung strengstens aufrechterhalten wurde. Zweitens werde ich die revolutionären Veränderungen herausarbeiten, die unser Verständnis des psychoanalytischen Prozesses, in dem Einsicht und Beziehung unauflöslich miteinander verflochten sind, durch Heinz Kohut erfahren hat. Drittens werde ich, da ich den Prozeß hier nicht in seiner Gesamtheit darstellen kann, am Beispiel einer klinischen Vignette drei einzelne Aspekte des analytischen Prozesses betrachten – drei Aspekte, die gegenwärtig in unserer Literatur heiß umstritten sind, nämlich die „Inszenierungen" in der Übertragung-Gegenübertragung, die Fokussierung der „inneren versus äußeren Realität" und schließlich den Platz, falls

[1] Deutungen sind im Grunde, auf einer breiteren Ebene, in die vorherrschende Kultur eingebettet, in die psychohistorische Epoche, in der die individuelle Behandlung stattfindet, wie Hans Kilian (in diesem Band) unter seinem charakteristischen psychohistorischen Blickwinkel wiederholt betonte.

es ihn denn überhaupt gibt, von „Selbstenthüllungen" im Deutungsprozeß. Viertens werde ich mit einer Beschreibung des Behandlungsprozesses und einiger Behandlungsgrundsätze schließen, die dem kurativen Einfluß der Deutungen ebenso wie auch der Beziehung Rechnung tragen, ohne einem dieser beiden Faktoren Priorität beizumessen – sie hängen, wie ich gesagt habe, aufs engste miteinander zusammen.

Als die „Standardtechnik" das Feld beherrschte

Ursprünglich war der psychoanalytische Prozeß auf der Grundlage der Behandlung von Symptomneurosen definiert worden; diese Definition wurde im Laufe der Jahre erweitert, um auch die neurotischen Persönlichkeitsstörungen mit einzuschließen – beide, so nahm man an, kristallisieren sich um den Ödipuskomplex. Lange Zeit war man der Meinung, Patienten mit solchen Symptomneurosen und neurotischen Persönlichkeitsstörungen mit der sogenannten „Standardtechnik" analysieren zu können (Eissler 1953; Frank 1956). Zur psychoanalytischen Behandlung von Patienten, die unter schwereren Persönlichkeitsstörungen litten (narzißtischen, Borderline- oder psychotischen Persönlichkeitsstörungen), das heißt unter Störungen, die sich um verschiedene prä-ödipale Konflikte zentrierten, hielt man es für notwendig, die Standardtechnik um eine Reihe von „Parametern" (Beruhigung, Ermutigung, Suggestion, Ratschläge usw.) zu ergänzen (Eissler 1953; Frank 1954).

Zwei weitreichende Fragen haben den Fokus meiner Untersuchung determiniert: Woran liegt es, so fragte ich, daß das Setting und die Technik offiziell so lange unter der Rubrik einer „Standardtechnik"[2] festgeschrieben blieben und als sakrosankt und unantastbar galten – dieser Eindruck wurde zumindest vermittelt, wenn Psychoanalytiker über das, was sie taten, sprachen und schrieben, auch wenn sie privat gegen ihre öffentlich vertretenen Überzeugungen verstießen. Woran liegt es, so fragte ich, daß sich Psychoanalytiker aller Richtungen der zeitgenössischen Psychoanalyse während der vergangenen zehn Jahre so weit – wenn auch unterschiedlich weit – von der fiktiven „Standardtechnik" entfernt haben?

[2] In der Literatur taucht dieser Begriff unter einer Reihe von Synonymen auf, zum Beispiel als „klassische Technik", als „Standardmethode", „orthodoxe Technik", „traditionelle Technik", „Grundmodelltechnik", „klassisches analytisches Verfahren" usw.

Die Standardtechnik war, wie Sie wissen, durch den ausschließlichen Gebrauch von Deutungen definiert, die sich ein einigermaßen gesundes, flexibles (neurotisches) Ich in dem vom Analytiker angestrebten Sinn zunutze machen konnte, nämlich um Einsicht zu gewinnen. Ein „modifiziertes Ich" machte zusätzliche, nicht-deutende Maßnahmen (verschiedene Parameter) erforderlich, und wenn diese nur vorübergend benötigt wurden und sich dann durch Deutungen wieder erübrigten, konnte man die Behandlung immer noch als Psychoanalyse betrachten. Eine weiterer wichtiger Aspekt der Standardtechnik war das Setting: vier bis fünf Sitzungen pro Woche, die obligatorische Benutzung der Couch und eine Atmosphäre strikter Neutralität, um jegliche Gratifikation der in der Übertragung auftauchenden, triebbezogenen Wünsche zu verhindern. (Ich hätte fast „Wünsche und Bedürfnisse" gesagt – in jenem Kontext aber gab es keine berechtigten *Bedürfnisse*, sondern nur Wünsche.) Als Person sollte der Analytiker im Behandlungszimmer nicht anwesend sein. Die Konsequenz einer derartigen, häufig mißverstandenen „Neutralität" bestand, um Kohuts treffende Metapher zu bemühen, darin, daß im Behandlungszimmer häufig Sauerstoffmangel herrschte.

Es ist hier nicht nötig, die Standardtechnik detailliert zu untersuchen, da sie in den meisten fortschrittlichen psychoanalytischen Schulen mittlerweile ohnehin obsolet geworden ist. Einige wenige Erläuterungen aber werden uns vielleicht dabei helfen, den Übergang zu unserer zeitgenössischen Konzeptualisierung des psychoanalytischen Behandlungsprozesses nachzuzeichnen. Die Standardtechnik bot einer legitimen Konzentration auf all die Verwicklungen und Komplexitäten der analytischen Beziehung nicht genügend Raum, da sie den Analytiker aus dem eigentlichen Prozeß verbannte und ihn auf die Rolle eines bloßen Beobachters und Deuters dieses Prozesses reduzierte. Der analytische Prozeß wurde als etwas betrachtet, das sich ausschließlich *im Innern* des Patienten abspielte: Das Unbewußte sollte bewußt werden – ein rein intrapsychischer Vorgang, selbst wenn er durch die Deutungen des Analytikers gefördert wurde. Der Analytiker fungierte als unbeteiligter Kommentator der Erfahrungen des Patienten; er war in der Analyse nur mit seinen Deutungen anwesend (indem er dem Patienten *sein* Wissen über dessen Dynamik und Genetik vermittelte) und mit gelegentlichen Komplikationen in seiner Gegenübertragung – die er unter seine Kontrolle bringen und korrigieren mußte. Ein wichtige Zielvorstellung der Standardtechnik war es, jeden beliebigen Analytiker hinter die Couch des Patienten setzen zu können und immer denselben Prozeß zu erhalten. Schließlich handelte es sich um ein wissenschaftliches Unterfangen, deshalb mußten die individuelle Persönlichkeit und die Responsivität des Analytikers standardisiert werden; nur so ließ sich das Konzept seiner Austauschbarkeit untermauern, die als Voraussetzung einer soliden Wissenschaftlichkeit der Analyse als Behandlungsprozeß betrachtet wurde.

Aber kein Analytiker vermochte der Aufgabe gerecht zu werden, außerhalb der Erfahrungen des Patienten zu bleiben (das heißt außerhalb des Prozesses, der – wie wir heute annehmen – in so vielerlei Hinsicht von beiden Beteiligten gemeinsam geschaffen wird). Da dies immer – auch als wir es noch nicht wußten oder es verleugneten – so gewesen ist, hat es eine Standardtechnik nie gegeben und konnte es eine solche auch nicht geben. Sie konnte nur als Illusion existieren. Wenn Sie glauben, weitere Beweise zu benötigen, dann betrachten Sie Ihre eigenen Erfahrungen, so wie auch ich es getan habe. Damit will ich sagen, daß zwei Analytiker ihre Patienten niemals in derselben Weise verstehen und dieselben Reaktionen auf sie zeigen werden; Teilnehmer eines Fallseminares werden nie einen vernünftigen Konsens erreichen; zwei Supervisoren werden nie über die Durchführung einer bestimmten Analyse ungeteilter Meinung sein. Wir alle haben Gelegenheit in Hülle und Fülle, um zu sehen, daß sogar Analytiker mit dem gleichen theoretischen Hintergrund und der gleichen Ausbildung nicht austauschbar sind. Diese Erkenntnis ist mittlerweile weithin anerkannt, in unserer Theorie aber noch nicht angemessen verankert. Wir haben, wie ich zu zeigen versuchen möchte, grundsätzlich davon auszugehen, daß die Persönlichkeit des Analytikers und die Schicksale der Beziehung für das therapeutische Resultat einer Psychoanalyse entscheidende Elemente darstellen.

Heinz Kohut hat zum Niedergang der Standardtechnik erheblich beigetragen, und ich möchte mich nun jenen transformierenden Einsichten der Selbstpsychologie zuwenden, welche die Durchführung und den Prozeß der Psychoanalyse verändert haben.

Wie die Selbstpsychologie den psychoanalytischen Behandlungsprozeß veränderte

Kohut hat einen dramatischen Augenblick seiner analytischen Erfahrung beschrieben, den er selbst als den Wendepunkt in seinem Verständnis des psychoanalytischen Prozesses betrachtete. Es war der Augenblick, in dem er aufhörte, einer seiner Patientinnen, Fräulein F., beharrlich und unerschütterlich zu deuten, daß sie seiner Meinung nach vor ihren ödipalen Sehnsüchten zurückwich und es auf diese Weise vermied, sie zu erleben. Statt in diesem Sinne fortzufahren, begann Kohut angesichts ihrer streitlustigen Hartnäckigkeit, seine Aufmerksamkeit auf Fräulein F.s subjektives Erleben zu lenken. Er erkannte an, daß das, worüber sie klagte, an sich existenzberechtigt und thematisierungswürdig war, und hörte auf zu behaupten, daß ihr Verhalten ein Zurückweichen vor ihren ödipalen Leidenschaften oder deren Vermeidung darstelle. Von nun an kam Fräulein F.s Analyse richtig in Gang.

Die konsequente Konzentration auf das subjektive Erleben als Zugang zur inneren Welt des Patienten war zu einem der Eckpfeiler dieses neuen psychoanalytischen Ansatzes geworden. Damit einhergehend war zugleich auch die empathische Methode als obligatorische Beobachtungsperspektive etabliert, die es dem Analytiker ermöglichte, die tiefen Schichten des subjektiven Erlebens seines Patienten zu erreichen. Daraus ergab sich noch eine weitere signifikante Einsicht, die zum charakteristischen Merkmal – man könnte sagen, zur Grundlage – für Kohuts nun entstehende Theorie und seinen neuartigen Behandlungsansatz wurde. Diese Einsicht hing mit der durch den Blickwinkel des Patienten ermöglichten Beobachtung zusammen, daß dieser den Analytiker als Teil seines eigenen Selbst oder – in einer anderen psychischen Konfiguration – sich selbst als Teil des Analytikers erlebte; in einer weiteren möglichen psychischen Konfiguration wurde der Analytiker zu einem für den Patienten notwendigen Alter ego. Das bedeutete, daß sich die beiden Beteiligten auf der Ebene des inneren Erlebens des Patienten nicht als zwei gegeneinander abgegrenzte, vollständig getrennte „andere" mit einem je eigenen Zentrum der Initiative begegneten – deshalb schuf Kohut den neuen Begriff des „Selbstobjekts". Er besagt, daß der andere das „Objekt des Selbst" ist – mit allem, was ein solches inneres Erleben des anderen im Innern des eigenen Selbst bewirkt: nämlich daß es die für die Selbstentwicklung notwendigen Funktionen erfüllt und der andere daher vollständig kontrolliert werden muß, damit er bedingungslos verfügbar bleibt. Auf dieser Konzeption beruht der Kern der gesamten Selbstpsychologie. Die Details sind Ihnen allen mittlerweile bekannt, so daß ich sie hier nicht im einzelnen aufführen muß. Ich bin sicher, daß Sie auch wissen, daß die Selbstpsychologie ihre eigene (seither bestätigte, erweiterte sowie durch mittlerweile verfügbare, in den Beobachtungsstudien von Müttern und Säuglingen gewonnene Kenntnisse in dieser und jener Hinsicht modifizierte) Entwicklungstheorie hervorgebracht hat, ihre eigene Theorie der Gesundheit und Krankheit und ihre eigene Theorie der Behandlung und Heilung.

Ich habe diese Entwicklung hier in groben Zügen nachgezeichnet, weil ich später beschreiben werde, daß diese neuen Ideen der Persönlichkeit des Analytikers im Behandlungsprozeß reichlich Raum gaben und daß sie besonderes Gewicht auf die zentrale Rolle der Beziehung zwischen Patient und Analytiker legten – wodurch die unleugbare Präsenz des Analytikers in eine Behandlungstheorie integriert wurde.

Ein zusätzlicher Punkt ist zu betonen, denn er hängt mit der Definition des psychoanalytischen Prozesses zusammen, zu der wir heute vielleicht gelangen können. Das, was wir normalerweise als „Beziehung" bezeichnen, besitzt eine Vielfalt beobachtbarer Merkmale (die äußeren Manifestationen) sowie eine Vielfalt nur empathisch wahrnehmbarer Merkmale (die inneren Manifestationen). Was dies klinisch bedeutet, kann ich am besten mit dem Hinweis auf zwei Fragen erklären, die sich Michael Balint vor Augen hielt, wenn er die Analytiker-Patient-Beziehung beurteilte. Diese Fragen lauteten (mit meinen eigenen Worten): „Wie *behandelte* der Patient den Analytiker?" und „Wie *behandelte* der Analytiker den Patienten?" Mit der Beantwortung dieser Fragen erhielt Balint ein Bild von der Beziehung. Unter der Perspektive der Selbstpsychologie müssen wir die Fragen anders formulieren: „Wie *erlebte* der Patient den Analytiker?" und „Wie *erlebte* der Analytiker den Patienten?" Während Balints Fragen unsere Aufmerksamkeit auf das äußerlich Beobachtbare lenken (das dann Rückschlüsse über innere Vorgänge zuläßt), konzentriert der Selbstpsychologe seine Aufmerksamkeit direkt auf das empathisch wahrnehmbare „Innere" (ohne das Äußere dabei aus dem Blick zu verlieren). Kohuts – und unsere eigene – Betonung bleibt eine intrapsychische, aber sein Konzept des Selbstobjekts brachte die äußere Welt in die innere Welt hinein, wie es keine andere psychoanalytische Theorie zuvor getan hatte. Die psychoanalytischen Theorien vor Kohut brachten die innere Welt in die Außenwelt hinein – indem sie untersuchten, wie das innere Erleben die Wahrnehmung der äußeren Realität verzerrte.

Ich wende mich nun einer klinischen Vignette zu, aus der ich einige Erkenntnisse ableiten möchte, die den Charakter des analytischen Prozesses genauer beschreiben und die individuellen, hoch idiosynkratischen Beiträge erklären können, welche die beiden Teilnehmer zu diesem Prozeß leisten; darüber hinaus möchte ich eine Reihe kurativer Faktoren aufzeigen, die der gemeinsamen analytischen Arbeit innewohnen.

Klinische Vignette zur Illustration von „Inszenierungen", „Realität" und „Selbstenthüllungen"

Herr K. befindet sich in einer langwierigen und schwierigen Analyse. Die Schwierigkeit, die ich illustrieren möchte, kann nicht allein dem Patienten (das heißt der Schwere seiner Psychopathologie, wenngleich ihn diese zeitlebens gravierend behindert hat) zugeschrieben werden. An dieser Schwierigkeit waren zweifellos auch einige meiner eigenen Reaktionen auf ihn beteiligt, vor allem während häufiger, unerwarteter und unbeabsichtigter Empathiestörungen, die mit unausgesprochenen Erwartungen des Patienten zusammenhingen. Diese Erwartungen waren lange Zeit unbewußt (und manifestierten sich in *Form von Inszenierungen*). Im Laufe unserer vereinten Bemühungen um ein gemeinsames Verständnis der Bedeutung dieser Inszenierungen war es von herausragender Bedeutung, die Aufmerksamkeit primär auf Herrn K.s subjektives Erleben – auf *seine* psychische Realität – zu konzentrieren. Jede Ablenkung der Aufmerksamkeit in eine andere Richtung zog schmerzhafte, oft langwierige Unterbrechungen der Übertragung nach sich, die im wesentlichen eine archaische Spiegelübertragung war, verbunden mit häufig intensiven und hartnäckigen Alterego-Bedürfnissen und -Forderungen, die er in der Analyse zum Ausdruck brachte. Wenn ich – ohne dies bewußt wahrzunehmen – meinen eigenen Beitrag zu der Unterbrechung nicht anerkannte und mit dieser abwehrenden Haltung meine eigene Realität als Teil der Erklärung einbrachte, fühlte Herr K. sich von mir im Stich gelassen; er hatte das Gefühl, von mir betrogen zu werden, so wie ihn seine Eltern betrogen hatten, als er ein Kind war. In der gleichen Weise reagierte er, wenn ich sein Erleben unter dem Blickwinkel seines eigenen erwachsenen Selbst betrachtete, das heißt unter dem Blickwinkel seiner eigenen Realitätsprüfung. Und er war zutiefst beunruhigt, wenn ich mich nicht konstant auf seine archaischen Wünsche und Bedürfnisse – oder, wie er es formulierte, auf sein „inneres Selbst" – „ausrichtete" (hier geht es um die Konzentration auf innere versus äußere Realität). Um unsere gemeinsame Erfahrung umfassender verstehen zu können, war es zuweilen notwendig, daß ich offen anerkannte, in welcher Weise und womit ich zu der Unterbrechung beigetragen hatte. Dabei drängte ich ihm aber nie meine eigenen persönlichen Gründe für die Art und Weise meiner Reaktion auf (eine Art Selbstenthüllung).

Herr K., ein Mann mittleren Alters, verheiratet und Vater eines Sohnes, konnte seinen Eltern das, was sie ihm angetan oder ihm vorenthalten hatten, nie verzeihen. Obwohl beide Eltern seit langem tot waren, sprach er über die schlechte Behandlung, die sie ihm zugemutet hatten, so, als sei ihm all dies erst vor kurzem widerfahren. Seither trägt er die Wunden und Narben dieser frühen Jahre mit sich herum – „ohne Lösung". Nachdem er eine Zeitlang in Analyse gewesen war, erkannte er, daß sein dysfunktionales Verhalten seinen unbewußten Versuch zum Ausdruck brachte, aus seinen Eltern (und nun aus mir in der Übertragung) „herauszuholen", was sie ihm nie gegeben hatten, nämlich „Fürsorge und die Anerkennung seiner eigenen, unverwechselbaren Persönlichkeit", die auch ich ihm seinem Eindruck zufolge in der Analyse vorenthielt. Er bezeichnete dieses Herausholen-Wollen als „symbiotisches Szenarium" (eine komplexe Gruppe konkreter Phantasien), was in diesem Zusammenhang bedeutete, daß er durch meine Reaktionen eine Umkehrung der Vergangenheit erleben wollte, in der man ihn als „kleines Arschloch" betrachtet und für „wertlos, unerwünscht, ungeliebt und nicht liebenswert" gehalten hatte (ein Bild, das er sich mittlerweile zu eigen gemacht hat). Wenn ich ihn in „entscheidenden Augenblicken" im Stich ließ und verriet, erlebte er dies als exakte Wiederholungen dessen, worunter er als Kind gelitten hatte. Ich lasse ihn, wie er sagt, immer genau in dem Moment im Stich, in dem er unmittelbar im Begriff ist, in einen emotional bedeutsamen Kontakt mit den Gefühlen zu kommen, die ihn am meisten ängstigen. In solchen Momenten ist er auf meine Reaktion angewiesen – ich muß ihm signalisieren, daß ich da bin und ihn in die Tiefen seiner privaten Hölle begleite. Aber statt mit ihm gemeinsam seine Angst zu ergründen und seine „Verrücktheit" zum Thema des analytischen Dialogs zu machen, lasse ich ihn, so klagt er, häufig allein oder, schlimmer noch, ich spreche den Erwachsenen in ihm an und weise das angsterfüllte, wütende, abstoßende Kind, sein wahres inneres Selbst, zurück. Er hat das Gefühl, daß es sich hierbei um einen Aspekt seiner analytischen Erfahrung handelt, der seinen weiteren Fortschritt häufig behindert. Wenn diese Themen, die mit seinen archaischen Bedürfnissen zusammenhängen, im Vordergrund standen, führte die Erforschung der Bedeutung dieser „Inszenierungen" – wenn sie ihren Zweck nicht erfüllten – zu weiteren Entgleisungen. In diesen Situationen wurde eine Art „Selbstenthüllung" (oder, wie ich es formulieren möchte, die Anerkennung meines Beitrags, mit der ich sein subjektives Erleben bestätigte) zur Rekonstruktion der mikroskopischen Details der analytischen Interaktion unabdingbar notwendig, um die vorübergehende Sackgasse erfolgreich aufzulösen und die Analyse wieder in Gang zu bringen. Dies ist eine häufige und unvermeidbare Sequenz, die wir unter der Bezeichnung „Unterbrechung und Wiederherstellung einer Selbstobjekt-Übertragung" kennen. Sie tritt in jeder Analyse immer wieder auf, repräsentiert aber keinen Wiederholungszwang und ebensowenig einen Wiederholungswunsch, sondern bringt die nach wie vor schmerzende, tiefempfundene und nie verheilte Kindheitswunde zum Ausdruck; die Scham und Demütigung, die der Patient in der Hoffnung, Erleichterung zu finden, in die Analyse bringt. Es ist ein verzweifelter Hilfeschrei. Anna Ornstein hat dies treffend als „Angst vor einer Wiederholung mit der Hoffnung auf einen neuen Anfang" charakterisiert. Wenn die Aktionen des Analytikers oder seine Versäumnisse das Trauma wiederholen, werden sie vom Patienten als zutiefst verletzend erlebt.

Mit dieser Einleitung zu meiner klinischen Vignette habe ich drei Schlüsselelemente des analytischen Prozesses miteinander verbunden: Ich habe einen Zusammenhang hergestellt zwischen den *Inszenierungen* und einer konsequenten Konzentration auf die *innere Realität* sowie der Notwendigkeit einer spezifischen Form der *Selbstenthüllung* (die ich bereits als die Anerkennung meines eigenen Anteils an der Unterbrechung charakterisiert habe). Ich werde in Kürze, und zwar vorwiegend mit den Worten des Patienten selbst, einige der Faktoren beschreiben, die eine Lösung dieser vorübergehenden Sackgassen oder Entgleisungen ermöglichten, sowie solche Faktoren schildern, die der

Analyse als Antriebskraft dienten. Das Thema der folgenden analytischen Episode wurde hier, und zwar im Zusammenhang mit einer Reihe von Träumen, wesentlich leichter faßbar als je zuvor. Es dauerte sehr lange, bis diese unbewußt gehaltenen Ängste und Bedürfnisse in der Analyse gegen beträchtlichen Widerstand an die Oberfläche treten konnten.

In der Woche vor jener Montagsstunde, die ich beschreiben möchte, hatte der Patient drei lebhafte und signifikante Träume gehabt. Diese Träume erschienen nicht so sehr aufgrund ihres Inhaltes und wegen seines eigenen, beträchtlichen Geschicks, mit dem er sie deutete, signifikant, als vielmehr aufgrund der Tatsache, daß jeder Traum dieser Sequenz (er schilderte sie in drei aufeinanderfolgenden Sitzungen) die De-eskalation einer ungemein verstörenden, archaischen Angst illustrierte, die in seinen Träumen während der gesamten Analyse immer wieder zutage getreten war. Diese (unserem Blick lange verborgene) Angst wurde auch zu einem zentralen Motiv für die Abwehr, mit der er sich davor zu schützen versuchte, daß ich für ihn wichtig wurde – das heißt, für die Abwehr einer Remobilisierung seiner archaischen Selbstobjekt-Bedürfnisse; sie nährte seine trotzige Haltung und seinen emotionalen Rückzug. Beiläufig erwähnte der Patient selbst die De-eskalation seiner Angst, die in der Traumsequenz vom ersten bis zum dritten Traum deutlich wurde; in seiner Stimme lag ein verhaltener, ein wenig gehemmter Stolz. In der Vergangenheit hatte ich einen solchen unterdrückten und oft verborgenen Ausdruck des Stolzes und den insgeheimen Wunsch nach Anerkennung häufig nicht registriert, und es hatte verheerende Folgen, wenn ich seine Einsicht nicht bemerkte und kommentierte: daß ich nicht sah, wie stolz er war, erlebte Herr K. als Interesselosigkeit oder sogar als direkte Zurückweisung. Wie könnte es passieren, daß ich sein Bedürfnis nicht wahrnahm, wenn ich auf ihn eingestimmt und wirklich mit ihm beschäftigt sei? Es könne sich nur um einen absichtlichen Versuch meinerseits handeln, ihn klein zu machen – genauso, wie es sein Vater immer getan hatte. Er fürchtete sich vor solchen Momenten, weil sie seine traumatischen Erfahrungen wiederholten, ohne ein anderes Ergebnis nach sich zu ziehen. Mit anderen Worten: Er wollte nicht die Wiederholung, er wollte ein anderes Ergebnis. Meine Reaktion aber ließ es nicht zu, daß sich das Bild, das er von mir entwickelt hatte, veränderte – er erlebte mich in allzu hohem Maße so, wie er seinen Vater erlebt hatte, und infolgedessen vermochte er auch sein eigenes Selbstbild nicht zu verändern.

Herrn K.s intensive Angst, keine Anerkennung zu finden, kam in seinem ersten Traum zum Ausdruck, in dem eine Gruppe bösartiger Bären hinter ihm her rannte und ihn zu verschlingen drohte. Im zweiten Traum hielt ein Polizeiauto hinter ihm an, als er auf der Schnellstraße stoppte. Er hatte Angst, weiterzufahren, und stieg aus dem Auto, um zu hören, was der Polizist von ihm wollte. Aber er konnte den Polizisten in seinem Auto gar nicht sehen, deshalb fuhr er einfach fort. Im dritten Traum erlebte er eine idyllische, konflikt- und angstfreie Szene mit seiner Frau in dem Haus seiner Kindheit – das Haus in dem Traum gehörte nun ihm.

Wir haben uns mit jedem Traum ausführlich beschäftigt. Dabei wurden zahlreiche Bedeutungen, die uns zuvor bereits vertraut waren, noch klarer erkennbar. Die Angst im ersten Traum war so stark, daß ich fragte, wodurch sie zu ebendiesem Zeitpunkt geweckt worden war – gemeinsam suchten wir nach einem intra-analytischen Auslöser, hatten aber keinen Erfolg. Meine aktive Suche jedoch und die Tatsache, daß ich meine Aufmerksamkeit auf seine Angst konzentrierte und nach ihren Quellen suchte, statt seine Art und Weise, die Angst erfolgreich zu bewältigen, ins Zentrum zu rücken (wie ich es bei anderer Gelegenheit versucht habe – mit dem Ergebnis, daß Herr K. sich vollkommen mißverstanden fühlte,) machte diese drei Sitzungen außerordentlich produktiv, wie sich später zeigte. In der letzten dieser drei Sitzungen (Freitags) gab es einen kurzen Moment, in dem wir uns in ein Mißverständnis verstrickten, worauf ich mit der Frage reagierte: „Was genau hat Ihre Verärgerung ausgelöst? Können Sie mir helfen, die Ursache zu erkennen?" Er entspannte sich beinahe augenblicklich, beschrieb lebhaft, was ihn geärgert hatte, und dann konnten wir mit der weiteren Erforschung des Traumes fortfahren. Erst am folgenden Montag verstand ich genauer, was geschehen war.

Herr K. begann die Montagsstunde, indem er das Thema vom Freitag gleich wieder aufgriff und sich darüber wunderte, daß seine Ängste zwar in den drei Träumen, nicht aber im Wachzustand an Intensität verloren. Dann schilderte er zwei lange und komplizierte Träume aus der Nacht zuvor. Der erste Traum stellte, wenn auch mit anderen Bildern, eine Wiederholung des ersten Traumes der vorangegangenen Woche dar, in dem die Angst am größten gewesen war. Im zweiten Traum schien die Angst erneut beträchtlich an Intensität verloren zu haben. Nachdem wir uns auch mit diesen beiden Träumen ausführlich beschäftigt hatten, meinte Herr K., daß die Gebäude aus dem zweiten Traum ohne Stützvorrichtungen leicht würden einstürzen können – ein eindeutiger Hinweis auf die Gefühle, die er über sich selbst empfand. Er fügte hinzu: „Ich weiß, daß ich meine Gefühle in diesen Bildern übertreibe, so wie auch in den Träumen der vergangenen Woche, und solange ich das mache, gibt es keine Lösung." Ich fragte (hier folgt sozusagen eine Entgleisung in statu nascendi): „Jeder der drei aufeinanderfolgenden Träume der letzten Woche enthielt ihrer Meinung nach weniger Gift als der vorangegangene, und mit den beiden Träumen von heute verhielt es sich genauso; wie kam das zustande? Was hat diese Träume verändert?" Herr K. wurde ärgerlich: „Jetzt sind Sie direktiv, Sie sollten auf das Innere und nicht auf das Äußere eingestimmt sein – nur das hilft! Warum machen Sie nicht dasselbe wie in der letzten Woche?" [Direktiv, inwiefern? Was hatte ich getan?] „Na ja, ich empfinde es so, und es ärgert mich. Letzte Woche haben Sie akzeptiert, wo ich war, und sich mir angeschlossen. Eben gerade haben Sie das nicht getan. Es lag an Ihrer Akzeptanz und daß Sie die Träume aufgegriffen haben, das hat es bewirkt [hat sie entgiftet], andernfalls werde ich defensiv und trotzig und versteife mich auf meine Haltung." [Was kann eine Veränderung Ihrer Haltung bewirken? Wie läßt sie sich entgiften?] „Wenn ich das Gespenst mitbringe und Sie dann sagen: Erzählen sie mir von dem Gespenst; sehen Sie sich das Gespenst gemeinsam mit mir an ... Also wenn Sie mich bitten, Ihnen noch mehr zu erzählen, dann laden Sie das Gespenst hierher, in dieses Zimmer, ein. Als ob es real wäre. Dann gibt es kein Gespenst mehr; es hält dem Tageslicht nicht stand. Sie wissen es, und ich weiß es auch – mein erwachsenes Ich weiß, daß kein Gespenst im Zimmer ist. Sie und ich, wir brauchen beide dieses ‚Augenzwinkern' [das zeigt, daß wir die äußere Realität kennen, ohne sie erwähnen zu müssen]. Ich muß an diese Stelle in mir selbst gelangen, die den Traum geschaffen hat – dort ist es *real*; das sind *reale* Gefühle, *reale* Erfahrungen. Dieser Teil meiner selbst ist verzweifelt in sein Psychodrama verstrickt. Das Augenzwinkern ... ich weiß, es ist nicht real, das müssen Sie mir gar nicht erklären. Aber *er* [jener Teil seiner selbst, der den Traum entstehen ließ] weiß das nicht. Wir müssen ihm folgen, ihn akzeptieren, dann kann er auf die Übertreibungen verzichten. Dann gehe ich vom ‚subjektiv Realen' zum ‚objektiv Realen' über [er spricht von einem in seiner Erfahrung gründenden Wissen, daß kein Gespenst da ist]. Ich habe Angst, meine Gefühle zu empfinden und sie mir selbst und Ihnen zu offenbaren; sie sind übersteigert. Man kann nicht mit ihnen umgehen, solange ich sie in dieser Weise empfinde. Es ist Angst vor Zurückweisung und Kontrolle. Wenn wir sie ernst nehmen, sie nicht in Frage stellen, hört ihre Eskalation auf. Die Übertreibung läßt nach und wir können die Gefühle akzeptierend und respektierend verarbeiten." Und hier kommt noch ein höchst wichtiges Element ins Spiel, über das ich zu Anfang wiederholt stolperte (manchmal passiert es mir auch heute noch). Herr K. formulierte es folgendermaßen: „Sie müssen versuchen, etwas über das Gespenst herauszufinden, ohne es verändern zu wollen. Wenn Sie es so machen, dann kann ich es loslassen. Andernfalls werde ich defensiv und kann mich nicht selber wieder herausarbeiten. Wenn Sie Ihre Vorstellungen einbringen, verstehe ich es so, als ob Sie meine Gefühle blödsinnig nennen: ‚Warum hören Sie nicht auf, so zu empfinden?!' ‚Warum empfinden Sie nicht anders?!' Genau wie meine Eltern – und das ist Kontrolle, damit werde ich, so wie ich bin, abgelehnt."

Er fuhr – zu meiner Überraschung aber nun sehr verhalten – fort zu klagen, daß „zwei Bedeutungen heute morgen nicht zur Sprache gekommen" seien: „Ein Teil von mir, der nicht angesprochen wurde, wiederholte den vergangenen Montag (das Thema des ersten der drei aufeinanderfolgenden Träume), deshalb mußte er noch einmal herauskommen. Was Sie in der vergangenen Woche gemacht haben, war eine gute Geste. Aber wir sind nicht auf den Grund vorgedrungen – Sie müssen tiefer in den Träumer hineingehen. Zu dem Ort in meinem Innern; jener Teil wurde wiederholt, weil wir ihm nicht auf den Grund gegangen sind. Dies gelingt uns, indem wir uns ihm anschließen. Dann wird er verzichtbar. [Was meinen Sie mit „Auf-den-Grund-Gehen"?] Daß Sie ihn respektvoll einbeziehen – ohne Konflikt und ohne eine bestimmte Absicht –, einfach nur um zu der Stelle in mir zu gelangen, aus der der Traum hervorgeht; dann verläßt er sein Versteck; dann gewinnt er Vertrauen; das ist die Chemie, die es meinem authentischen inneren Selbst ermöglicht, sich uns anzuschließen und sein Versteck zu verlassen." Meine Schilderung dieser Episode endet hier.

Ich werde nun herausarbeiten, was ich aus dieser klinischen Vignette lernte, und daran anschließend eine Reihe tentativer Leitsätze der psychoanalytischen Behandlung formulieren; ich schließe mit einer revidierten Definition des analytischen Prozesses.

„Inszenierungen" während der Analyse. Was ich als unerwartete und unbeabsichtigte Inszenierungen bezeichnet habe, waren – unter meiner Perspek-

tive betrachtet –im wesentlichen unbewußte Versuche Herrn K.s, mir eine erwünschte Reaktion zu entlocken, die seiner konsequent unbewußt gehaltenen, konkreten Phantasie – die nichts an Macht einbüßte, auch nachdem sie uns beiden bewußt geworden war – entsprechen würde. Dieses Phänomen war in hohem Maße Teil seiner Selbstobjekt-Übertragung. Eine Zeitlang gingen einige meiner Reaktionen an der eigentlichen Sache vorbei, wodurch ich sehr rasch eine mehr oder weniger gravierende und prolongierte Unterbrechung seiner dominierenden Übertragung auslösen konnte. Zu der schwersten Unterbrechung kam es, als es mir nicht gelang, meine Aufmerksamkeit konsequent auf Herrn K.s subjektives Erleben zu konzentrieren und auf seine archaischen Bedürfnisse und Wünsche „ausgerichtet" zu bleiben. Seine konkretisierte „Heilungsphantasie" beinhaltete die Hoffnung und Erwartung, daß er, wenn *ich* seine schlimmsten und schrecklichsten Anteile – „das kleine Arschloch, sein wertloses, abstoßendes und nicht liebenswertes Selbst" – akzeptierte, auf dieses Selbstbild würde verzichten können, das er mir wiederholt und in übertreibenen Zügen schilderte. Er hatte gehofft, mich infolge meiner akzeptierenden Reaktionen letztlich so erleben zu können, wie ich wirklich war, und nicht als Stellvertreter seines Vaters. Wenn dies geschähe, dann würde er sein Selbstbild verändern und ein positives entwickeln können – das durch die Reaktionen seiner frühen Bezugspersonen „total ausradiert" worden war, wie er behauptete. Als Herr K. einmal nach einer langen Tirade begann, seine gegen mich gerichteten Anklagen zurückzunehmen, indem er das Bild, das er von mir gezeichnet hatte, und sein eigenes Selbstbild übertrieben nannte, sagte ich, daß ich verstehen könne, weshalb er diese Übertreibungen benötige. Er müsse gefühlt haben, daß ich für seine Qualen taub war. Kein Wunder, daß er übertreiben mußte. Er entspannte sich, und diese Unterbrechung war durch meine Deutung behoben.

Wie auch immer ich auf Herrn K. reagierte, ob ich seinen Wunsch nach einer positiven Reaktion befriedigte oder nicht: ich begriff diese Vorgänge als unauflöslichen Bestandteil der Übertragung und war der Ansicht, daß sie für unser gemeinsames Verstehen unseres jeweiligen Erlebens wertvoll seien. Aber Verständnis und Erklärung allein reichten nicht aus. Unsere Beziehung (oder genauer: die Art und Weise, wie Herr K. mich erlebte) mußte sich so verändern, daß er spüren konnte, daß ich ihn so, wie er war, aufrichtig akzeptierte – ohne die Absicht, ihn verändern zu wollen, oder gar wegen meiner Ausrichtung auf sein inneres Selbst in Konflikte zu geraten.

Ich sympathisiere mit jenen Analytikern, die Inszenierungen als unvermeidlich betrachten und der Ansicht sind, daß sie uns unseren analytischen Zielen näher bringen. Heute legitimiert das Konzept die unbewußte und infolgedessen nicht-manipulative Beteiligung des Analytikers am analytischen Prozeß. Eine Beteiligung, welche die Selbstpsychologie bereits in ihren Ansatz im Rahmen eines auf Empathie beruhenden Deutungsprozesses eingebaut hat. Wie dem auch sei, wir können Inszenierungen nicht verhindern und können ein solches Verhalten nicht verbieten – wir können seine Existenz nur verleugnen, wenn unsere Theorien keinen Platz dafür vorsehen. Daß wir dieses Phänomen mit einem spezifischen Begriff bezeichnen, sensibilisiert uns vielleicht für sein Auftreten als einer Form unbewußter Kommunikation und Forderung. Solche Inszenierungen als Wiederholungen zu bezeichnen, ist aber nicht korrekt, auch wenn sie wiederholt auftreten. Sie sind, wie ich bereits gesagt habe, die chronischen und allgegenwärtigen Folgen der frühen Traumata, die unbewältigt blieben und in die Analyse gebracht werden, wo der Patient unbewußt nach einer Lösung für sie sucht. Diese Hoffnungen und Erwartungen gehen häufig aus den Phantasien hervor, die der Patient im Prozeß des Durcharbeitens entwickelt. Das Bewußtmachen dieser unbewußten Kommunikation an sich vermag die Form der Kommunikation nicht zu verändern und schraubt die Forderung auch nicht herunter. Durch Einsicht allein scheint sie nicht verändert zu werden. Der Patient muß die Erfahrung machen, daß er in der Analyse eine Akzeptanz wie nie zuvor in seinem Leben findet. Theoretisch verstehe ich Inszenierungen daher als eine Manifestation des wiederholten Versuches, in der Übertragung zu einer Lösung zu finden. Sie wird erreicht durch das wiederholte tiefe Verstehen des Analytikers, das er dem Patienten mitteilt, so daß es zu einer Reorganisation des Selbst beitragen kann. Ebendiese Reorganisation macht den Rückzug und andere Abwehroperationen des Patienten dann überflüssig. Ob dieser Modus der Kommunikation via Inszenierungen seine unbewußten Ziele erfolgreich zu erreichen vermag, hängt daher zu einem guten Teil vom Charakter der deutenden Beteiligung des Analytikers ab – die immer mit einer tragfähigen analytischen Beziehung einhergeht. Die klinische Funktion von Inszenierungen resultiert daraus, daß sie dem Patienten den Versuch ermöglichen, seine Heilung einzuleiten, und uns auf diese Weise lehren, wie wir sie erreichen können: nicht indem wir auf den

Prozeß einwirken, sondern indem wir ihn akzeptierend – aufrichtig akzeptierend – unter dem subjektiven Blickwinkel des Patienten und ohne heimliche Ziele und Absichten deuten. Wir sollten das, was uns der Patient lehrt, mit großer Aufmerksamkeit beachten, weil nur der Patient selbst uns lehren kann, wie er analysiert werden muß. Das ist der Punkt, an dem der Fokus auf die innere Realität ins Spiel kommt.

Innere versus äußere Realität im Deutungsprozeß. Was können wir über die Rolle und die Funktion der inneren versus äußeren Realität für den Umgang mit Inszenierungen lernen (bzw. für die Übertragung insgesamt und nicht nur für einen einzelnen Übertragungsaspekt)? Als ich meinen Deutungsfokus konsequent auf Herrn K.s inneres Erleben ausrichten konnte und auf seine archaischen Gefühle und Verhaltensweisen in der Sitzung – wie „bizarr" oder „verrückt", wie er selbst es nannte, sie auch sein mochten – eingestimmt blieb, ohne zu versuchen, ihn „zur Vernunft zu bringen", das heißt, ohne sein Erleben von der Seite seines erwachsenen Ichs aus zu begreifen, waren wir in guter Kommunikation. Das hatte zur Folge, daß sich Herr K. weniger heftig dagegen wehrte, in meiner Gegenwart emotional präsent zu sein. In diesem neu gewonnenen emotionalen Zustand konnte er selbst eine „erwachsene Sicht" vertreten und über den Preis nachdenken, den es ihn kostete, sich angesichts seines analytischen Erlebens in seinen trotzigen, selbstschützenden emotionalen Rückzug zu verschanzen – so wie er sich schließlich von seinen Eltern zurückgezogen und sich selbst davon überzeugt hatte, daß er sie nicht brauchte. Er brachte seine lebenslange defensive Haltung in die Analyse ein. Als ich ihm zeigte, wie ich sein Bedürfnis, mir durch seinen Rückzug Widerstand zu leisten, verstand (das heißt, als ich ihm die innere Logik seines Bedürfnisses nach Widerstand und emotionalem Rückzug nahebrachte), konnte er beginnen, sich von seiner traumatischen Vergangenheit und ihren Konsequenzen, der selbstschützenden (mittlerweile aber auch selbstzerstörerischen) Haltung, in der er sich verschanzt hatte, zu lösen. Wann immer ich die äußere Realität einbrachte (oder sie einzubringen glaubte), bedeutete dies für ihn, daß ich ihn nicht wirklich so, wie er war, akzeptierte oder das, was er fühlte, nicht annahm, sondern ihn verändern wollte. Ich mußte das mir selbst nicht Bewußte anerkennen, welches tatsächlich die Botschaft meiner Deutung war, wie ich sie später in seiner Reaktion reflektiert hörte.

Dieser unbeabsichtigte episodische Fokus auf der erwachsenen Realität – wie Herr K. meine Versuche, ihn zu verstehen, gelegentlich empfand – bleibt in der Psychoanalyse ein nach wie vor ungeklärtes Problem: Wie ist es um unsere Akzeptanz der archaischen Übertragungen wirklich bestellt, wenn wir sie zu akzeptieren behaupten und den Patienten dennoch gleichzeitig, unabsichtlich oder geplant, mit der Unangemessenheit seiner Übertragungserwartungen konfrontieren – wenn nicht mit unseren Worten, dann durch unsere Haltung, die Patienten korrekt wahrnehmen? Analytiker erwarten die Regression, häufig aber weisen sie die mit ihr verbundenen Gefühle und Verhaltensweisen zurück, indem sie sich auf die äußerlich beobachtbare Realität konzentrieren und dabei, unbeabsichtigt oder bewußt, dem Patienten mitteilen, was Herr K. mich sagen hörte: daß er erwachsen werden und nicht so fühlen solle, wie er es tat.[3] Wohin, wenn nicht zum Analytiker, sollten Patienten ihre Psychopathologie bringen? Manche selbstpsychologisch orientierte Analytiker – zu denen auch ich gehöre – versuchen, sich konsequent auf die subjektiven Erfahrungen des Patienten als Zugangspunkte zu konzentrieren, wie ich es gezeigt habe. Es ist keine einfache Aufgabe, einen solchen empathischen Beobachtungsblickwinkel konsequent beizubehalten und sich – wie Kohut empfahl – für eine längere Zeitdauer in die innere Welt des Patienten zu versenken. Es ist ein Ringen, das mit jeder neuen analytischen Begegnung aufs neue beginnt, ein Kampf, den wir häufig verlieren und sogar bei ein und demselben Patienten immer wieder erneut aufnehmen müssen. Sobald aber die Patienten das Gefühl haben, daß wir auf ihre innere Welt abgestimmt sind, und sich verstanden fühlen, beginnen sie, über jene Aspekte ihrer Gefühle und ihres Verhaltens nachzudenken, die sie zuvor nicht bewußt wahrgenommen haben – im großen und ganzen benötigen sie unsere Konfrontationen nicht. Wenn wir auf konfrontierende Reaktionen verzichten können, tauchen Einsichten aus dem Innern der Patienten selbst auf, so daß diese nicht das Gefühl haben, als seien ihnen diese Einsichten von außen auferlegt worden. Wir können nun fragen: Wann und wo ist in diesem Prozeß Platz für sogenannte „Selbstenthüllungen"?

---

[3] Merton Gill bemerkte einmal zu Recht, daß klassische Analytiker die ödipale Übertragung remobilisieren und sie als anachronistisch deuten; auf diese Weise schaffen sie eine Atmosphäre der Feindseligkeit. Selbstpsychologen remobilisieren eine archaische Selbstobjekt-Übertragung und begrüßen die Äußerung von zuvor abgewehrten Wünschen und Bedürfnissen; auf diese Weise schaffen sie für die Analyse dieser Wünsche und Bedürfnisse ein Klima der Akzeptanz.

Die Funktion von „Selbstenthüllungen" im analytischen Prozeß. Ob wir uns an einer Inszenierung beteiligen oder dies (bewußt oder unbewußt) verweigern oder aber unsere Beteiligung verleugnen und die Auffassung vertreten, daß Inszenierungen einzig vom Patienten ausgehen – unweigerlich wird der Augenblick kommen, in dem unsere Rekonstruktion der Bedeutung dieser Inszenierung verlangt, daß wir unseren eigenen Anteil offen anerkennen. Ich möchte diese Anerkennung nicht gerne als „Selbstenthüllung" bezeichnen, weil man mit diesem Begriff auch die Vorstellung verbindet, daß Analytiker dem Patienten ihre biographischen Daten, ihre persönliche Dynamik oder Genetik oder ihre unmittelbaren Gegenübertragungsgefühle preisgeben. Die Anerkennung, die ich für angemessen und sogar für notwendig erachte, füllt eine Lücke in der Rekonstruktion des Prozesses; das heißt, daß das Wissen des Patienten um das, was geschah, ohne sie lückenhaft bliebe.

Die Art der Selbstenthüllung, die dem Behandlungsprozeß tatsächlich schaden kann, nimmt häufig ihren Anfang, wenn der Analytiker nicht weiß, wie er dem überwältigenden Affekt des Patienten analytisch begegnen, das heißt, wie er ihn deuten soll; die unangemessene „Selbstenthüllung" hat die Funktion, die Reaktion des Patienten zu dämpfen.

Der Analytiker kann auch seine gelegentliche Verärgerung, seine Wut oder Enttäuschung anerkennen, denn diese Gefühle werden sich dem Patienten durch seinen Tonfall, seine Art zu sprechen, durch den Fokus seiner Interventionen usw. ohnehin verraten. Eine Verleugnung würde die für das analytische Unterfangen notwendige aufrichtige und offene Kommunikation zerstören. Die geäußerten Gefühle zeitigen auf jeden Fall Konsequenzen, die deutend bearbeitet werden müssen.

Die Frage der Selbstenthüllung muß ebenso wie die notwendige, offene Anerkennung des Anteils, den der Analytiker möglicherweise zu der Entgleisung beigetragen hat, eingehender untersucht werden. Von der Unterscheidung der beiden hier beschriebenen Formen der Selbstenthüllung könnte jede weitere Auseinandersetzung mit diesem wichtigen Aspekt der Responsivität profitieren.

Jenseits der Technik: Einige Leitsätze der analytischen Responsivität

Im folgenden möchte ich versuchen, mit aller gebotenen Vorsicht eine Synthese zu formulieren. Nachdem ich die Inszenierungen, die innere und äußere Realität sowie die Selbstenthüllungen erläutert habe, möchte ich sie nun in ein umfassenderes Verständnis des psychoanalytischen Prozesses integrieren. Ich möchte über die Erfahrung mit einem einzelnen Patienten hinausgehen und Grundsätzliches zu allen Patienten anmerken sowie aktuelle Trends in unserer Literatur betrachten, ohne diese allerdings zu rezensieren. Aus den verschiedenartigen zeitgenössischen Theorien über die Durchführung und den Prozeß der Psychoanalyse lassen sich wichtige Lehren ziehen. Wie auch immer die Art der Psychopathologie beschaffen sein mag und gleichgültig, wie sie in einer Ein-Personen- oder einer Zwei-Personen-Psychologie verstanden wird: Ihre psychoanalytische Behandlung ist nur im Kontext einer Zwei-Personen-Situation möglich, in dem die komplexe Beziehung der beiden Beteiligten sowie ihre unterschiedlichen Persönlichkeiten und unterschiedlichen unbewußten Ziele im Mittelpunkt stehen. Wann immer diese komplizierten wechselseitigen Zusammenhänge den empathischen Kontakt beeinträchtigen, sollte diese Störung unverzögert gedeutet werden; nur durch die Analyse dessen, was geschehen ist, läßt sie sich beheben. Nur dann können beide Beteiligte erneut zu bedeutsamen Kommunikationen übergehen.[4]

Zunächst einmal möchte ich festhalten, daß das Verständnis des psychoanalytischen Behandlungsprozesses, das sich für Anna und mich herauskristallisiert hat, auf den Begriff Technik verzichtet. Wir sprechen stattdessen von der Responsivität des Analytikers in der klinischen Situation.

---

[4] So hatte beispielsweise Herr K. in einer bestimmten Situation den Eindruck daß ich „nicht bereit" sei, ihm in seine tiefste Hölle zu folgen, weil ich mich weiterhin darauf konzentrierte, daß er seine Angst in einem Traum erfolgreich bewältigt hatte. Er fühlte sich nicht nur mißverstanden, sondern hatte auch das Gefühl, daß ich „nicht bereit" sei, „bei ihm zu bleiben", als er sich seiner archaischen Angst, im Stich gelassen zu werden, zu stellen versuchte, die in seinem Traum auftauchte. Es wäre ein Fehler gewesen, darauf zu bestehen, daß ich einen gedämpften Stolz in seiner Stimme wahrgenommen hatte, als er mir von diesem Erfolg in seinem Traum berichtete, und ihm zu erklären, daß ich auf den Leitaffekt, den Stolz, hatte eingehen wollen. Er wollte, daß ich mich weiterhin mit seiner quälenden Angst beschäftigte. Sehr wahrscheinlich wäre es besser gewesen, wenn ich beide Affekte gleichzeitig an- und ausgesprochen und ihn selbst gefragt hätte, welcher von beiden sein zentrales Erleben gewesen sei, um ihm dann dorthin zu folgen, wohin er mich führen wollte. Dies hätte ihm das Gefühl gegeben, daß ich mich ihm „bereitwillig und ohne Konflikt" anschloß – im Gegensatz zu seinem Vater, der dies, wie er behauptete, nie tat.

Wir können die Psychoanalyse nicht länger als ein „technisiertes" Verfahren betrachten. Sobald wir anerkennen, daß die Analyse einen Prozeß darstellt, der mit der Begegnung von zwei Personen beginnt, deren unterschiedliche innere Welten sich von Anfang an unweigerlich miteinander vermischen werden (wenn auch natürlich nicht im gleichen Ausmaß), haben wir in der Übertragung-Gegenübertragung eine einzigartige, idiosynkratische Konstellation, deren Lösung eine gleichermaßen einzigartige, idiosynkratische Vorgehensweise verlangt. Indem Patient und Analytiker ihre verschiedenen Selbste in ihre Begegnung einbringen, lassen sie sich auf zahlreichen Ebenen und in unterschiedlichster Weise aufeinander ein. Das Herausarbeiten und die Auflösung dieser unvermeidlichen Verstrickungen, die dann ein tieferes Verständnis dessen ermöglichen, was der Patient selbst in die Analyse eingebracht hat, ist das, was Anna und ich als den psychoanalytischen Prozeß bezeichnen. Da diese Verflechtungen immer einzigartig sind, determiniert durch die charakteristischen Eigenschaften und die Lebenserfahrungen der beiden Beteiligten, kann es keine Standardmethode geben, um sie auf der Ebene des Mikroprozesses (der unmittelbaren, von Stunde zu Stunde, Woche zu Woche gelebten Erfahrung) aufzulösen. Wir können aber einige Details des Makroprozesses postulieren: der globalen, psychogenetisch determinierten Bearbeitung der mißlungenen Entwicklungserfahrungen des Patienten. Die Projektion der Erfahrungen im Mikroprozeß auf die breite Leinwand des Makroprozesses verleiht Deutungen ihre – immer idiosynkratische – Spezifität. Ich glaube, daß alles, was wir in der analytischen Arbeit zur Lösung der unvermeidlichen und notwendigen Verstrickungen tun müssen, mit dem Verständnis des psychoanalytischen Prozesses vereinbar ist, das sich für uns abzeichnet. In dieser Arbeit müssen wir Technik durch eine wohl begründete, empirisch überprüfbare, disziplinierte Responsivität ersetzen, die auf den Patienten abgestimmt ist – während umgekehrt für die „Standardtechnik" galt, daß sich der Patient ihr anpassen sollte.

Die Wissenschaft der Psychoanalyse bezieht sich auf die Formulierung des Makroprozesses – auf das, was Patienten wiederholen und im Zusammenhang mit dieser Wiederholung erleben müssen, um geheilt zu werden –, aber die Kunst der analytischen Behandlung muß den unmittelbaren, einzigartigen Erfahrungen auf der Ebene des Mikroprozesses angepaßt sein, sonst ist die Analyse kein „heilender" Prozeß, sondern eine intellektuelle Übung. Mit dieser Erwähnung des Heilungsprozesses komme ich zu dem zentralen Punkt, daß unsere Interventionen in der jeweiligen Situation mit der – wiederum auf die breitere Leinwand unserer Theorie der heilenden Faktoren projizierten – „Heilungsphantasie" des Patienten vereinbar sein müssen. Das Verständnis der Heilungsphantasie des Patienten und ihre Einordnung in unsere Theorie der Heilung verleiht der Form und dem Inhalt unserer Interventionen, unserer Responsivität, ihren disziplinierten Charakter.

Können wir nun abschließend etwas über den Charakter des analytischen Prozesses sagen, das uns als zuverlässigere, erfahrungsnahe Orientierung zur Durchführung einer Analyse dienen kann? Ich werde versuchen, meine bisherigen Erläuterungen zusammenzufassen, indem ich drei psychoanalytische Behandlungsgrundsätze als Ausgangspunkt für weitere Überlegungen formuliere:

(1) Die psychoanalytische Behandlung kann nicht in der notwendigen Tiefe durchgeführt werden, wenn der Analytiker sich selbst (bewußt oder unbewußt) aus dem analytischen Prozeß heraushält und sich emotional auf den Patienten (und die Verflechtungen ihrer wechselseitigen Beziehung) nicht einläßt. Ohne solche Verwicklungen und ihre Auflösung bleibt die Behandlung oberflächlich. Nur der kontinuierliche Versuch, die ständigen komplexen Verflechtungen zu lösen, führt den Analytiker und seinen Patienten zu einer engagierten analytischen Beziehung und letztlich zu einem empathischen Verstehen dessen, was der Patient aus seiner Vergangenheit in die Analyse einbringt.[5]

(2) Prolongierte und unaufgelöste Verflechtungen führen zu Entgleisungen oder münden in Sackgassen; auch ein Scheitern der Analyse oder der Abbruch der Behandlung ist eine mögliche Folge. Hier können die konsequente Ausrichtung der Aufmerksamkeit auf die innere Realität des Patienten und die offene Anerkennung des Anteils, mit dem der Analytiker selbst zur Entstehung von Hindernissen während der Analyse beiträgt, den therapeutischen Dialog wiederherstellen und die analytische Arbeit auf der erwünschten Intensitätsebene aufrechterhalten.

(3) Jeder Patient kommt mit einer mehr oder weniger klaren, ausgesprochen konkreten Vorstellung über das, was er für seine Heilung

---

[5] Diese unvermeidliche Verflechtung tritt in vielerlei Formen auf; sogenannte Inszenierungen werden mittlerweile zögernd als legitime Aspekte des Prozesses anerkannt. Viele aber glauben nach wie vor, daß die Deutung diese Form der unbewußten Kommunikation verändern sollte – was sie nicht tut.

braucht, in die Analyse. Wir bezeichnen dies als seine „Heilungsphantasie" – eine Phantasie, die man, ohne es zu wollen oder aber vorsätzlich, leicht enttäuschen kann, wenn man der Ansicht ist, daß unrealistische Erwartungen im Keim erstickt werden sollten. Eine solche Haltung aber läßt es nicht zu, daß archaische Bedürfnisse und Wünsche an die Oberfläche treten; sie wird darüber hinaus die Entwicklung einer pathognomonischen Selbstobjekt-Übertragung verhindern. Dagegen vertrete ich die Ansicht, daß wir die Phantasie unkritisch akzeptieren und ihre infantilen und kindlichen Wurzeln erforschen sollten. Auf diese Weise wird die Phantasie schließlich eine flexiblere und weniger konkrete Form annehmen, aber weiterhin dem Fortschritt der Analyse als Antriebskraft dienen. Diese weniger konkrete Version wird es dem Analytiker eher ermöglichen, auf sie zu reagieren, ohne sich zu einer fehlgeleiteten Realitätsprüfung veranlaßt zu sehen.[6]

Können wir, mit diesen Grundsätzen zur Durchführung und zum Prozeß der Analyse im Hintergrund, einige Heilungsfaktoren identifizieren? Die analytische Beziehung, die es dem Patienten ermöglicht, sein Selbstbild zu verändern, weil er den Analytiker als akzeptierend erlebt, als bereit, angesichts seiner subjektiven Erfahrungen, wie archaisch (oder „verrückt") diese auch sein mögen, affirmativ zu bleiben, ist das sine qua non für die Effektivität der Deutungen des Analytikers. Effektivität bedeutet hier, daß die Akzeptanz und das Verständnis des Analytikers das geschwächte oder fragmentierungsanfällige Selbst des Patienten stärken; und dies wiederum wird sein Bedürfnis, sich defensiv hinter einer Mauer aus Gleichgültigkeit, Apathie oder Wut zu verschanzen und die emotionale Beteiligung am Behandlungsprozeß zu verweigern, verringern. Wie immer ihre vielschichtigen Beiträge zur Heilung beschaffen sein mögen, die zwei Schritte des Deutungsprozesses (Verstehen und Erklären) sind auch notwendig,

[6] Konkrete „Heilungsphantasien", in denen Patienten von ihren Analytikern bestimmte Aktionen oder sogar ganz spezifische verbale Reaktionen erwarten, die Analytiker – aus welchen Gründen auch immer – nicht erbringen können, werden den Fortschritt unter Umständen gravierend beeinträchtigen, wenn der Analytiker die Forderung nicht wirklich akzeptiert und ihre Gründe versteht und erklärt – was nicht heißt, daß er sie automatisch erfüllen müßte. Die akzeptierende Haltung trägt zu ihrer Veränderung bei (auch die Gründe, weshalb diese Forderungen nicht erfüllt werden können, bewirken gelegentlich eine Veränderung). Solche veränderten Phantasien können tatsächlich legitime Erwartungen enthalten, so daß der Analytiker ihnen analytisch begegnen kann – das heißt, er kann sie auf teilnehmende und fürsorgliche Weise akzeptieren, verstehen und erklären, so daß der Sauerstoff im Behandlungszimmer nicht knapp wird. Eine genügende Menge an Sauerstoff macht die Deutungen effektiv. Sauerstoffmangel wird sie ihrer Wirksamkeit berauben.

um die Beziehung zu „tragen" oder zu „konstituieren". Ohne das analytische Erleben des Patienten (und gelegentlich auch das des Analytikers) auf die Ebene des Gewahrseins zu heben und es zum Thema expliziter verbaler Verständigung zu machen, könnte es keine bedeutungsvolle analytische Beziehung geben. Der Deutungsdialog ist ein notwendiger, konstitutiver Bestandteil der Beziehung. Ohne einen solchen Dialog gibt es keine Analyse – ebenso wie es ohne eine zutiefst resonante Beziehung keine bedeutungsvolle analytische Verständigung geben kann. Anders formuliert: Es ist der Deutungsprozeß, der der Beziehung Substanz verleiht, und es ist die Beziehung, die den bedeutsamsten Inhalt zum Deutungsprozeß liefert.

Übersetzung: Elisabeth Vorspohl, Frankfurt am Main

Literatur

Adler, E., und J. L. Bachant (1996). Free association and analytic neutrality: the basic structure of the psychoanalytic situation. Journal of the American Psychoanalytic Association 44: 1011-1046.

Almond, R. (1995). The analytic role: a mediating influence in the interplay of transference and countertransference. Journal of the American Psychoanalytic Association 43: 469-494.

Busch, F. (1996). The ego and its significance in analytic interventions. Journal of the American Psychoanalytic Association 44: 1073-1099.

Chused, J. (1987). Idealization of the analyst by the young adult. Journal of the American Psychoanalytic Association 35: 839-859.

Chused, J. (1991). The evocative power of enactments. Journal of the American Psychoanalytic Association 39: 615-639.

Chused, J. F. (1996). The therapeutic action of psychoanalysis: abstinence and informative experiences. Journal of the American Psychoanalytic Association 44: 1047-1071.

Eissler, K. R. (1953). The effect of the structure of the ego on psychoanalytic technique. Journal of the American Psychoanalytic Association 1: 104-143.

Frank, J. (1956). Indications and contraindications for the application of the „standard technique". Journal of the American Psychoanalytic Association 4: 266-284.

Friedman, L., K. Kelly (1994). K. R. Eissler's „The effect of the structure of the ego on psychoanalytic technique. (Panel) Journal of the American Psychoanalytic Association 42: 875-882.

Gedo, J. (1995). Working through as metaphor and as a modality of treatment. Journal of the American Psychoanalytic Association 43: 339-356.

Hoffman, I. Z. (1983). The patient as interpreter of the analyst's experience. Contemporary Psychoanalysis 19: 389-422.

Johan, M. (1992). Enactments in Psychoanalysis. (Panel) Journal of the American Psychoanalytic Association 40: 827-841.
LaFarge, L. (1995). Transferences of deception. Journal of the American Psychoanalytic Association 43: 765-792.
Opatow, B. (1996). Meaning in the clinical moment. (Panel) Journal of the American Psychoanalytic Association 44: 639-648.
Orr, D., E. R. Zetzel (19...). Traditional psychoanalytic technique and its variations. Journal of the American Psychoanalytic Association 4: 526-537.
Raphling, D. L. (1995). Interpretation and expectation: the anxiety of influence. Journal of the American Psychoanalytic Association 43: 95-111.
Renik, O. (1995). The role of an analyst's expectations in clinical technique: reflections on the concept of resistance. Journal of the American Psychoanalytic Association 43: 83-94.
Schlesinger, H. J. (1995). The process of interpretation and the moment of change. Journal of the American Psychoanalytic Association 43: 663-688.
White, R. S. (1996). Psychoanalytic process and interactive phenomena. Journal of the American Psychoanalytic Association 44: 699-722.

Deutung und Unterbrechung

Ernest S. Wolf

Einleitung

Das dynamische Geschehen des Behandlungsprozesses hat in der Diskussion der zeitgenössischen Psychoanalyse einen bedeutsamen Stellenwert erlangt. In den verschiedenen, miteinander rivalisierenden psychoanalytischen Theorien findet der praktizierende Psychoanalytiker unterschiedliche Konzeptualisierungen jener Faktoren, die im Verlaufe einer psychoanalytischen Behandlung Veränderungen bewirken. Es scheint auf der Hand zu liegen, daß eine dynamische Sicht der Heilung oder Wiederherstellung einer kranken oder beschädigten Psyche irgendwie auch den Versuch umfassen muß, die Ursachen der psychischen Beeinträchtigung zu beseitigen. Infolgedessen sollte sich der Wandel, der in unserem Verständnis der Ätiologie psychischer Erkrankungen zu verzeichnen ist, auch in den Konzeptualisierungen des Heilungsprozesses niederschlagen. Darüber hinaus wäre zu erwarten, daß solche Veränderungen der Behandlungstheorie mit entsprechenden Veränderungen der therapeutischen Technik einhergehen. Veränderungen aber sind immer schwierig. Einige Psychoanalytiker haben bestimmte theoretische Modifizierungen übernommen, ihre klinische Haltung gegenüber Analysanden aber blieb im wesentlichen die alte. Andere Kollegen hingegen haben sich signifikanten Revisionen ihrer theoretischen Orientierung widersetzt, aber gleichwohl ihre technische Handhabung der analytischen Situation entscheidend verändert. Man hat häufig den Eindruck, als sei die Verbindung zwischen Theorie und klinischer Praxis verloren gegangen, genauer gesagt: Man kann beobachten, daß ein Großteil jener Analytiker, die der Trieb-Abwehr-Psychologie nach wie vor einen zentralen Stellenwert in ihren psychoanalytischen Konzeptualisierungen einräumen, auf die strenge Haltung der Abstinenz und technischen Neutralität, wie sie von Freud empfohlen wurde, verzichten. Man könnte nach den Ursachen für die größere Responsivität und interaktive Beteiligung zahlreicher zeitgenössischer Psychoanalytiker fragen: Hat dieser Wandel etwas mit einem nicht anerkannten Einfluß theoretischer Veränderungen zu tun oder mit – zumeist unbewußten – subjektiven Bedürfnissen? Oder aber mit der praktischen Überlegung, daß heutige Analysanden sich mit der sachlichen, kühlen Atmosphäre der Psychoanalyse vergangener Jahrzehnte nicht mehr zufrieden geben? Die Psychoanalyse durchläuft gegenwärtig eine schwierige Entwicklungsphase. Einer der komplexen Faktoren, die hierbei relevant sind, ist jene technische Intervention, die wir gewöhnlich als „Deutung" bezeichnen und die das Hauptthema dieses Buches darstellt. Wie wir aus den übrigen hier publizierten Beiträgen entnehmen können, spielen Deutungen während des gesamten psychoanalytischen Prozesses eine wichtige Rolle. Ich werde eine spezifische Funktion der Deutung betrachten und untersuchen, inwieweit sie jene analytische Interaktion, die wir heute als Unterbrechungs-Wiederherstellungs-Sequenz bezeichnen, auszulösen vermag und zu ihrer Klärung beitragen kann.

Historische Anmerkung

Bevor ich fortfahre, möchte ich in einigen wenigen Sätzen erläutern, was wir unter der „Deutung" verstehen. Fenichel (1945, S. 25) definiert die Deutung als Deduktionsverfahren, mit dessen Hilfe der Analytiker das, was der Patient eigentlich meint, rückschließt, um es ihm dann mitzuteilen. Da der Analytiker weiß, daß zahlreiche Äußerungen des Patienten in Wirklichkeit indirekte Hinweise auf andere Themen, also Verschiebungen und Übertragungen, darstellen, versucht er das, was sich hinter diesen Hinweisen verbirgt, rückzuschließen und dem Patienten seine Erkenntnis mitzuteilen. Die Deutung ist der Versuch, etwas Unbewußtes bewußt zu machen, indem man es beim Namen nennt. Freud zufolge sind Worte überbesetzt. Wenn man eine unbewußte Sache benennt, reicht deshalb unter Umständen bereits die zusätzliche, mit dem Wort assoziierte Besetzung aus, um das Unbewußte ins Bewußtsein zu heben (Freud 1915e, S. 300). Da aber Triebstrebungen der bewußten Wahrnehmung normalerweise kaum zugänglich sind, beschäftigt sich die Deutung zu Beginn nicht mit den Triebimpulsen selbst, sondern mit ihren Abkömmlingen und den gegen sie gerichteten Abwehrmechanismen. Weniger topographisch, sondern strukturell formuliert, läßt sich das Ziel mit Freuds (1933a, S. 86) Worten folgendermaßen definieren: „Wo Es war, soll Ich werden." Deutung und Einsicht bildeten die Eckpfeiler der freudianischen Technik.

Nachdem zahlreiche freudianisch orientierte Analytiker jahrzehntelange klinische Erfahrung sammeln konnten, traten nach und nach eine Reihe theoretischer und klinischer Unzulänglichkeiten zutage, die Modifizierungen und Weiterentwicklungen des Freudschen Analyseverfahrens erforderlich machten. Neue Erkenntnisse der Psychologie sowie die Beobachtungen der Säuglingsforscher weckten Zweifel am Trieb-Abwehr-Modell als primärem *fons et origo* der Motivation und ließen die Konzepte der libidinösen Besetzung und der Macht des Benennens der Dinge fragwürdig erscheinen. In der Praxis hielt die Deutung der an sie gerichteten Erwartung, Unbewußtes bewußt zu machen und eine Erweiterung des Ichs auf Kosten des Es zu bewirken, nur selten stand. Eine falsch verstandene Loyalität gegenüber Freud sowie die mißbräuchliche Anwendung des Konzeptes der „negativen therapeutischen Reaktion" verschleierten die Unzulänglichkeiten der verbalen Deutung.

Vor über sechzig Jahren, also lange bevor die Ineffektivität des traditionellen Deutungs- und Heilungskonzeptes die Aufmerksamkeit zahlreicher Psychoanalytiker weckte, begann Ferenczi (1932), ein experimentelles analytisches Verfahren zu entwickeln, das im Grunde den Versuch einer wechselseitigen Analyse des Patienten durch den Analytiker und des Analytikers durch den Patienten darstellte. Die praktischen, insbesondere im Zusammenhang mit der Vertraulichkeit auftauchenden Probleme gestalteten Ferenczis Experiment schwierig. Seine Kritikpunkte und therapeutischen Innovationen wurden erst ernst genommen, als das Trieb-Abwehr-Modell, bedingt durch Veränderungen der grundlegenden Theorie, nach und nach durch ein Modell verdrängt wurde, das die Beziehung des Individuums zu den signifikanten Personen seiner Umgebung ins Zentrum der theoretischen und klinischen Aufmerksamkeit rückte. Diese Verlagerung hin zu einer relationalen Psychologie vollzog sich im Gefolge eines langwierigen Erkenntnisprozesses, der bislang noch nicht zum Abschluß gekommen ist. Ich werde seine einzelnen Phasen hier nicht detailliert erläutern, sondern statt dessen einige der entscheidenden Schritte betrachten. Stracheys (1934) Beitrag beschäftigte sich mit der Übertragungsanalyse und leitete so jene Umorientierung ein, mit der die Beziehung als Kerngeschehen des analytischen Prozesses in den Mittelpunkt des Interesses rückte. Winnicott (1951, 1960) konzentrierte sich auf die Mutter-Kind-Beziehung als entscheidendem ätiologischen Faktor und betrachtete die analoge Beziehung zwischen Analytiker-Mutter und Analysand-Kind als zentralen, therapeutisch wirksamen Faktor. Unzulängliche mütterliche Zuwendung und Versorgung, so seine Beobachtung, läßt den normalen Entwicklungsprozeß entgleisen. Der Analytiker versucht, die defiziente frühe Erfahrung zu kompensieren: als hinreichend gute Mutter ersetzt er die nicht hinreichend gute Mutter der Entwicklungserfahrung.

Kohut hat die Schicksale der Mutter-Säuglings-Beziehung eingehend erforscht und beschrieben, indem er das Konzept des Selbstobjekts ins Zentrum des klinischen Denkens rückte. Seine Theorie leitet sich nicht aus Winnicotts Konzept des Übergangsobjektes her, sondern stellt einen eigenständigen Ansatz dar, so daß die beiden Konzeptualisierungen eine parallele Entwicklung im psychoanalytischen Denken nahelegen. Dennoch aber blieb die Trieb-Abwehr-Theorie auch für Kohut noch lange Zeit von grundlegender Bedeutung; ihre vollständige Ersetzung durch die Selbstobjekt-Theorie erfolgte erst mit seinem Werk *Die Heilung des Selbst* (Kohut 1977).

Deutung als Erfahrung

Die traditionelle, von Freud geschaffene Psychoanalyse stellte den Versuch dar, psychische Phänomene im Gegensatz zu der vorangegangenen Ära, in der Mystizismus und Hypnose das Feld beherrschten, wissenschaftlich zu untersuchen. So ließ Freud diese auf der Suggestibilität beruhenden Methoden nach anfänglichem Experimentieren mit hypnotischen Phänomenen bald wieder fallen und verzichtete darauf, Patienten zu berühren oder mit der Hand Druck auf ihre Stirn auszuüben. In ähnlicher Weise lehnte er auch jede Art von Suggestion, einschließlich verbaler Beeinflussungen, ab. Die sogenannte Neutralität wurde zur vorgeschriebenen Haltung. Neutral zu sein wie ein leeres Blatt Papier sollte gewährleisten, daß alles, was der Patient dem Analytiker zuschrieb, auf der Projektion vergangener Erfahrungen, das heißt auf Übertragungen, beruhte. Der Analytiker sollte nur Worte benutzen, das heißt verbale Deutungen geben, und entsprechend wurden auch den Patienten nur verbale Äußerungen zugestanden. Sie wurden gedrängt, alles zu sagen, was ihnen durch den Kopf ging – die sogenannten freien Assoziationen –, während der Analytiker verpflichtet war, seine verbalen Aussagen einzig und allein auf das verbale Material zu beziehen, das ihm der Patient lieferte. Zumindest theoretisch vermittelte der Analytiker dem Patienten auf diese Weise ausschließlich Informationen über dessen unbewußte Prozesse, wie sie sich in den freien Assoziationen offenbarten. Der Patient, so nahm man an, würde diese Informationen irgendwie in sein Unbewußtes assimilieren und auf diesem Weg zu den Einsichten gelangen, die Veränderungen bewirken konnten.

Man stellte jedoch fest, daß dieses hübsche und ordentliche Schema der Realität dessen, was in einer Analyse geschah, nicht gerecht wurde. Die Patienten hörten nicht nur die Worte, die ihre Analytiker an sie richteten, sondern nahmen weit mehr wahr. Sie registrierten die Einrichtung seines Behandlungszimmers, seine Kleidung, seine Stimmung, seinen Tonfall und seine Körperhaltung, generelle Einstellungen und vor allem die beabsichtigten oder unbeabsichtigten Enthüllungen über die Einstellungen, die er gegenüber dem Patienten vertrat. Die Analytiker wiederum merkten, wenn sie aufrichtig in sich hinein horchten, daß sie nicht neutral blieben, sondern mitunter starke innere Reaktionen und Affekte verspürten, die der Patient in ihnen auslöste. Kurz: Die Analyse ist kein Prozeß, der sich ausschließlich im Patienten entwickelt; sie ist noch nicht einmal ein Prozeß, den ein außenstehender Beobachter als Geschehen zwischen einem Patienten und einem Analytiker, das heißt als interpersonalen Prozeß, beschreiben könnte. Vielmehr besteht die Analyse aus Erfahrungen, die vom Analysanden und vom Analytiker geschaffen werden. Man kann zu Recht sagen, daß die Erfahrung beider Beteiligter aus einem in Bewußtsein, Intensität und Tiefe begrenzten Gewahrsein für verschiedene Phänomene und Vorgänge besteht, nämlich einem Gewahrsein für 1) die *eigenen* inneren Gedanken und Affekte, die durch Introspektion zugänglich werden, 2) zu einem geringerem Grad für die inneren Gedanken und Affekte des *anderen*, die durch stellvertretende Introspektion (das heißt Empathie) zugänglich werden, und 3) für die Anteile der Gedanken und Affekte des anderen, welche *die eigene Person* betreffen, die für sie *ein anderer* ist; dies ist der wichtigste und zugleich spekulativste Aspekt, der zugänglich wird, indem sich die eigene Introspektion und die stellvertretende Introspektion mit all dem verbindet, was man über das *Selbst* und über den *anderen* weiß. Anders formuliert: Die Erfahrung beider Beteiligter dreht sich nahezu ausschließlich um ihre Beziehung zu einander. Als Psychoanalytiker ringen wir noch immer mit der Aufgabe, diese Erfahrung des wechselseitigen Gewahrseins für das „Selbst in Gemeinschaft mit dem anderen" akkurat zu beschreiben und zu erklären, wie es unsere Gedanken, Gefühle und Handlungen beeinflußt.

Wir bezeichnen unsere Versuche, solche interaktiven Erfahrungen in Worte zu fassen, gewöhnlich als Deutungen. Es muß jedoch klar sein, daß weit mehr im Spiel ist als nur Worte. Man könnte all jene Aktivitäten des Analytikers als Deutungen definieren, die in ihrer Gesamtheit eine Veränderung in der Psyche des Analysanden bewirken. Die Modifizierung kann sich als vorteilhaft, das heißt als therapeutisch erweisen, sie kann aber auch zum Nachteil ausschlagen oder sogar antitherapeutisch wirken. Bei den Aktivitäten, die von meiner Definition erfaßt werden, kann es sich um verbale Aussagen handeln, aber auch um alle anderen bewußt eingesetzten Interventionen des Analytikers; dazu sind auch jene Situationen zu zählen, in denen eine mutmaßliche Nicht-Intervention gerade durch die Unterlassung einer Aktion eine Veränderung in der psychischen Welt des Analysanden herbeiführt. Es gibt keinen triftigen Grund, nonverbale Erfahrungen von den verbalen Erfahrungen auszuschließen, die der Analytiker konstruiert, um Veränderungen im Analysanden zu ermöglichen. Eine solche Eingrenzung des Deutungskonzeptes ließe einen Großteil, wenn nicht sogar die Mehrzahl der effektiven Interventionen des Analytikers unberücksichtigt.

Es steht außer Frage, daß sämtliche Deutungen Erfahrungen konstituieren, die eine Wirkung entfalten, weil sie als zielgerichtete Interventionen seitens des Analytikers erlebt wurden. Sollte man Erfahrungen, selbst wenn sie Aspekte der Analysand-Analytiker-Beziehung verändern, ausklammern, nur weil sie zufällig zustande kamen oder vom Analytiker nicht beabsichtigt waren? Ich denke, daß auch solche Erfahrungen unter den Begriff der Deutung fallen sollten (vgl. Wolf 1991).

Überblick über die Entwicklung des Konzeptes der Unterbrechung

Das Konzept der Unterbrechung-Wiederaufnahme hat in der Entwicklung der Theorie und Technik selbstpsychologischer Interventionen eine lange Geschichte. Es entstand aus Kohuts frühen Versuchen, die Strukturbildung, und zwar sowohl in der Entwicklung des Kindes als auch in der Psychoanalyse, zu beschreiben. Die Richtung, in die Kohuts Überlegungen verwiesen, deutete sich bereits in einer Abhandlung über das Verhältnis von Methoden zu Theorien an (Kohut und Seitz [1963] 1977), in der die Rolle untersucht wurde, die Umwelteinflüsse für die Transformation von Segmenten des Unbewußten in vorbewußte Strukturen spielen.

> „Die Umwelteinflüsse, die die Differenzierung des Vorbewußten fördern, können als *optimale* Frustrationen beschrieben werden, d.h. als Frustrationen, die die unmittelbare Befriedigung von freudesuchenden kindlichen Trieben verhindern, die jedoch nicht von solcher Ernsthaftigkeit sind (d.h. nicht traumatisch) sind, daß sie eine Entwicklung hemmen." (S. 64)

Und:

> „Optimal frustrierende Erlebnisse führen deshalb zur Herausbildung einer triebhemmenden (neutralisierenden) Struktur ... Die wichtigste Quelle einer gut funktionierenden psychischen Struktur ist jedoch die Persönlichkeit der Eltern und insbesondere ihre Fähigkeit, auf die Triebäußerungen der Kinder mit einer nicht feindselig erscheinenden Bestimmtheit und einer nicht schmeichelnd-verführerischen Zuneigung zu antworten." (S. 80)

Dieses Konzept der optimalen Frustration wurde zur Grundlage, auf der Kohut eine metapsychologische Theorie der Strukturbildung im Kindesalter sowie in der psychoanalytischen Behandlung entwickelte. Er bezeichnete diesen Strukturbildungsprozeß mit dem Begriff „umwandelnde Verinnerlichung" und bemühte sich nach wie vor, Triebpsychologie und Selbstpsychologie miteinander zu verbinden:

> „Vor der Rücknahme der Objektbesetzung zerfallen jene Aspekte der Objektimago, die verinnerlicht werden. Dieser Zerfall ist von großer psychoökonomischer Bedeutung; er bildet die metapsychologische Grundlage dessen, was mit einem der empathischen oder introspektiven Erfahrung näheren Begriff als optimale Frustration bezeichnet wird. Die Grundlage dieses Prozesses des fraktionierten Besetzungsentzuges von Objekten waren bekanntlich zuerst von Freud [1916-17g] bei der metapsychologischen Beschreibung der Trauerarbeit dargestellt worden." (Kohut [1971] 1973, S. 70)

Und:

> „Somit ist der wichtigste Aspekt der frühesten Mutter-Kind-Beziehung das Prinzip der optimalen Versagung, was entsprechend auch für die spätere

> Umwelt des Kindes gilt. Erträgliche Schwankungen des vorher bestehenden (und von außen aufrechterhaltenen) primären narzißtischen Gleichgewichts führen zum Erwerb innerer Strukturen ..." (Ebd., S. 86)

Darüber hinaus beschreibt Kohut, auf welche Weise der analytische Prozeß auf der Grundlage optimaler Frustration und analytischer Abstinenz durch Deutungen der Vermeidung des infantilen Wunsches oder Bedürfnisses nicht nur entgegenwirkt, sondern es beständig reaktiviert, so daß der einzig verbleibende Weg seine Integration in die reiferen Sektoren der Psyche durch den Erwerb neuer Strukturen ist (ebd., S. 227).

Auch Arlow und Brenner betrachten die Erzeugung einer Destabilisierung als erstrebenswert, wenn sie feststellen:

> „Was Analytiker ihren Analysanden mitteilen, dient der Destabilisierung des Gleichgewichtes ihrer psychischen Kräfte, und dies hat zur Folge, daß sie den Charakter ihres Konfliktes besser verstehen lernen ..." (Arlow und Brenner 1990, S. 678)

In jüngerer Zeit wurde dieselbe Überlegung von Schlesinger vertreten:

> „Eine unausweichliche Konsequenz der zum richtigen Zeitpunkt erfolgten und korrekten Deutung besteht in einer Störung der Neurose des Patienten und des analytischen Feldes. Kurzfristig ist genau dies das Ziel des Analytikers. Es ist von wesentlicher Bedeutung, daß der Analytiker aufmerksam beobachtet, wie sich die Störung entwickelt, damit er die Methoden, mit deren Hilfe der Patient die Stabilität wiederherzustellen versucht, diagnostizieren und sie in seinen Deutungen aufgreifen kann, um sie zu klären." (Schlesinger 1995, S. 663)

Im Gespräch mit Studenten aber vertrat Kohut die Ansicht, daß die durch optimale Frustration verursachte Störung nicht absichtlich vom Analytiker hervorgerufen werden sollte:

> „Es gibt *nie* einen Grund – und mit nie meine ich nie – um künstlich traumatisch zu sein. Wenn Sie Ihr bestes geben, ist das traumatisch genug, weil Sie die wirklichen Bedürfnisse nicht erfüllen können. Selbst der einfühlsamste Therapeut hinkt den Bedürfnissen des Patienten hinterher. ... Im allgemeinen erkennt man die Verletzungen und Enttäuschungen des Patienten, wenn er bereits verletzt ist. Erst dann wacht man auf." (Elson [1987] 1993, S. 100)

In der oben zitierten Aussage lehnt Kohut auch Alexanders (1956) Empfehlung des analytischen Rollenspieles ab.

Etwa 1977 hatte sich Kohut aus den Fallstricken der Trieb-Abwehr-Theorie gelöst. Indem er die Frustrationserfahrung empathisch zu verstehen suchte, stellte er fest: Nicht-destruktive Aggressivität,

> „... ein Teil der Selbstbehauptung der Forderungen des rudimentären Selbst ... wird immer dann mobilisiert (und grenzt das Selbst von der Umgebung ab), wenn optimale Frustrationen (nichttraumatische Verzögerungen empathischer Reaktionen des Selbstobjekts) erlebt werden" (Kohut [1977] 1979, S. 111)

Und schließlich spricht Kohut in seinem posthum veröffentlichten Werk über die Störung, die in der analytischen Beziehung eintritt, wenn der Patient Empathiefehler des Analytikers wahrnimmt: Der Analytiker muß

> „insbesondere zeigen, wie, nachdem die ursprünglichen, durch die Angst vor erneuter Traumatisierung durch Empathiefehler des gegenwärtigen Selbstobjekts – in der Selbstobjekt-Übertragung: die Fehler des Analytikers, die sich durch unrichtige, unzutreffende, zum falschen Zeitpunkt gegebene oder unsensible Deutungen manifestierten – motivierten Widerstände überwunden worden waren, schließlich die Eröffnung eines verläßlichen empathischen Kanals zwischen Selbst und Selbstobjekt auf einem charakteristischen, wellenförmigen Weg erreicht wurde. Kurz gesagt, er muß zeigen, daß die ruhig stützende Matrix, welche die spontan hergestellte Selbstobjekt-Übertragung auf den Analytiker liefert, die in den frühen Phasen der Analyse eintritt, immer wieder durch die unvermeidlichen, aber nur zeitweiligen und dadurch nicht traumatischen Empathiefehler des Analytikers unterbrochen wird – d. h. durch seine „optimalen Versagungen". (Kohut [1984] 1989, S. 105)

Kohut erläutert darüber hinaus, wie optimale Versagungen den Aufbau neuer Strukturen ermöglichen:

> „Auf jede optimale Versagung folgt eine Zunahme in der Elastizität des Patienten gegenüber Empathiefehlern, sowohl innerhalb als auch außerhalb der analytischen Situation; das heißt, daß jedesmal optimale neue Selbststrukturen erworben und existierende gefestigt werden." (Ebd., S. 108)

Wir haben, soviel können wir zusammenfassend festhalten, gesehen, daß sich Kohut auf Freuds Theorie der Strukturbildung durch Trauerarbeit stützte und davon ausgehend das Prinzip der optimalen Frustration als einer der Voraussetzungen für die Strukturbildung entwickelte. Indem er Stück für Stück auf die traditionelle Trieb-Abwehr-Theorie verzichtete, verlagerte Kohut die Betonung von der optimalen Frustration auf optimale Empathiefehler in der Selbstobjekt-Beziehung und die mit ihnen verbundene Unterbrechung der Beziehung. Die Behebung dieser Unterbrechung bahnt dann den Weg für die strukturelle Wiederherstellung.

In meiner Neubetrachtung dieser Themen habe ich mich auf die Unterbrechung und Wiederaufnahme der Beziehung konzentriert. In dem Kapitel „Conclusion" wies ich darauf hin, daß die im *Casebook* vorgestellten Fälle das folgende, typische Muster aufwiesen:

> „Dieses symptomatische Bild ist mühelos als Manifestation einer partiellen Selbstfragmentierung im Anschluß an die Unterbrechung der narzißtischen Übertragung zu verstehen ... Jeder unserer sechs Fälle demonstriert die Brüche in der narzißtischen Übertragung, die durch gravierende Ereignisse wie die Abwesenheit des Analytikers – einschließlich seiner emotionalen, auf einem vorübergehenden Empathiemangel beruhenden Abwesenheit – ausgelöst wurden. In solchen Situationen folgte auf die Unterbrechung regelmäßig ein Wiederaufflackern von Symptomen, die ein gestörtes narzißtisches Gleichgewicht zu erkennen gaben und für jeden der sechs Analysanden charakteristisch waren." (Wolf 1978, S. 443)

Die Unterbrechungs-Wiederherstellungs-Sequenz wurde zum zentralen Thema einer Reihe von Aufsätzen, die sich mit verschiedenartigen Aspekten des therapeutischen Prozesses beschäftigten. Die Unvermeidlichkeit der Unterbrechung wurde ebenso betont wie die Tatsache, daß die Fehler oder Defizite des Analytikers in dem oben beschriebenen Sinne „optimal" sein müssen, damit die empathische Verbindung durch eine angemessene Deutung wiederhergestellt werden kann (vgl. Wolf 1983, S. 323, 503). Mehrere detaillierte Fallgeschichten haben die Unterbrechungs-Wiederherstellungs-Konzepte in ihrer ganzen Komplexität illustriert (Wolf 1984, S. 143-156). Eine umfassende Neubetrachtung der ätiologischen und therapeutischen Signifikanz der Selbstobjekt-Erfahrungen und der Stärkung des Selbst durch den Unterbrechungs-Wiederherstellungs-Prozeß legte besonderes Gewicht auf die Dynamik struktureller Veränderung (Wolf 1993, S. 675-687).

Wachstum: Optimales Empathieversagen und optimale Entwicklung

Ich bin der Ansicht, daß sich aus den oben zitierten Beobachtungen über die Kinderentwicklung und die psychoanalytische Behandlung erwachsener Patienten ein allgemeines Prinzip des psychischen Wachstums ableiten läßt, das ich – mit aller gebotenen Zurückhaltung – als „Mühe-vor-Lohn-Prinzip" bezeichnen möchte. Man könnte auch sagen: „Ein Schritt zurück, und zwei nach vorn". Wir haben gesehen, daß auf eine Störung der wechselseitigen, interaktiven Analytiker-Analysand-Beziehung mitunter eine signifikante Wiederherstellung und Stabilisierung nicht nur der unterbrochenen Beziehung folgt, sondern darüber hinaus auch das Selbst beider Teilnehmer gestärkt wird. Natürlich ist es speziell die Stärkung des Selbst des Analysanden, die der analytischen Arbeit als Antriebskraft zugrunde liegt.

Es scheint, als ob sowohl die Entwicklung als auch die psychoanalytische Behandlung nicht in einer sanften Kurve verlaufen, sondern schrittweise erfolgen. Phasen, in denen keinerlei Fortschritte stattzufinden scheinen, oder sogar Sackgassen können in eine gewisse Regression oder einen emotionalen Aufruhr münden, bevor sich dann, unter günstigen Umständen, signifikante Fortschritte einstellen. So kann es den Anschein haben, als stünde die so erfreuliche Entwicklung eines Zweijährigen plötzlich still, wenn die charmante Kooperation des Kleinen in einen unangenehmen Negativismus umschlägt. Ein gellendes „Nein!" ist die provozierende Antwort auf jedwedes Ansinnen, bevor das heranwachsende Kind seine Umwelt durch eine neue und reifere Ebene seines Verhaltens in Entzücken versetzt (Wolf 1980, S. 125).

Ähnliche Beeinträchtigungen des subjektiven Wohlbefindens, die in selbstbehauptenden Verhaltensweisen Ausdruck finden, kennzeichnen auch andere Entwicklungsschritte zu einer höheren Ebene. Die Phase des Negativismus, die das zweijährige Kind durchläuft, wirkt wie ein Vorbild für eine analoge Phase in der Adoleszenz und den emotionalen Aufruhr, der den Übergang ins Teenageralter begleitet. Unter dynamischem Blickwinkel betrachtet, sind diese turbulenten Phasen als symptomatischer Ausdruck vorübergehender Desorganisationszustände des Selbst zu verstehen. Die Desorganisation wird durch Reaktionen der Selbstobjekt-Umgebung hervorgerufen, die der Heranwachsende subjektiv als unangemessen erlebt; solche scheinbar nicht phasen-adäquate

Reaktionen sind aber unvermeidlich, weil die Umwelt des Jugendlichen mit den Veränderungen, die sich fortwährend in ihm selbst vollziehen, nicht immer Schritt halten kann. Die Diskrepanz zwischen den Bedürfnissen des Kindes und dem, was es von seinen Selbstobjekten zu bekommen glaubt, erreicht irgendwann einen Punkt, an dem Selbstobjekt-Erfahrungen zur Aufrechterhaltung der Kohärenz seines Selbst nicht mehr ausreichen. Das ungestüme Verhalten ist dann ein direkter Ausdruck des fragmentierten Selbst. So signalisiert das „Nein" des zweijährigen Kindes sowohl seinen Kummer und seine Verzweiflung als auch den Versuch, die Organisation seines Selbst und seine Selbstgrenzen mit Hilfe einer Selbstbehauptungserfahrung – „Ich bin ich, und ich mache, was ich will" – wiederherzustellen. Und tatsächlich bindet die durch seine Selbstbehauptung mobilisierte Konfrontation die Bestandteile des Selbst fester zusammen; sie schafft eine neue Kohärenz und stärkere Grenzen. Das Kind geht aus jedem negativistischen Akt mit einem frisch gestärkten Selbst hervor, vorausgesetzt natürlich, daß die Bezugsperson mit nicht-feindseliger, sondern mit freundlicher, jedoch nicht verführerischer Bestimmtheit reagiert und sich weder zu vernichtender Vergeltung noch zur Ineffektanz in Form resignierter emotionaler Abwesenheit provozieren läßt.

Eine Reihe von Umständen leistet solch turbulenten und mitunter schmerzvollen Übergängen zu einem stärkeren Selbst Vorschub. Eine dieser Bedingungen ist ein verletzliches Selbst. Kohut hat von der Fragilität neuer Strukturen gesprochen. Das neu auftauchende Selbst des heranwachsenden Kleinkindes vermag diese Verletzlichkeit treffend zu illustrieren. Die Fragilität seines noch jungen Selbst ist einer der Faktoren, die dem Bedürfnis und der Bereitschaft des Kindes, die Grenzen und die Organisation dieses Selbst – vielleicht sogar in übertriebenem Maße – zu schützen, zugrunde liegen. Ein weiterer Faktor sind die unangemessenen Reaktionen, die dem verletzlichen Selbst von seiten der Selbstobjekte drohen und ihm unter Umständen nur inadäquate oder unzulängliche Selbstobjekt-Erfahrungen vermitteln. Eben hier gewinnt Kohuts Konzept des optimalen Empathieversagens – oder Bacals Konzept der optimalen Responsivität – richtungsweisende Bedeutung. „Optimal" bedeutet schlicht: nicht zu wenig und nicht zu viel. Ein den Umständen angemessenes optimales Defizit vermittelt ebenso wie die angemessene optimale Responsivität die benötigten Selbstobjekt-Erfahrungen, die ein Minimum an

Selbstkohärenz aufrechterhalten, ohne jedoch das unbehagliche Gefühl, das mit der Fragilität verbunden ist, zu betäuben. Auf diese Weise wird das Unbehagen subjektiv als Versagen des Selbstobjektes erlebt, während die Bezugsperson – Mutter, Lehrer, Analytiker – gleichzeitig in aller Regel annimmt, ein erstrebenswertes Responsivitätsniveau zu gewährleisten. Den Analytiker erwähne ich hier, weil dieser Prozeß auch in erfolgreich voranschreitenden Analysen auftaucht. Es ist in sämtlichen Entwicklungssituationen, das heißt sowohl in der Kindheit als auch in der Analyse, von entscheidender Bedeutung, daß die Bezugsperson/das Selbstobjekt anerkennt, daß der andere – das Kind oder der Analysand – sich nicht angemessen wahrgenommen fühlt. Dies öffnet den Weg zur Erklärung/Deutung des Geschehens. Man kann hoffen, daß es sich um ein optimales Versagen handelte und die so hervorgerufene Desorganisation des verunsicherten, fragilen Selbst ebenfalls optimal ist, so daß genügend Selbstanteile funktionsfähig bleiben, die es ihm ermöglichen, eine Erklärung zu akzeptieren, die das Beziehungsband und das desorganisierte Selbst durch eine Reorganisation wiederherzustellen vermag.

In theoretischer Hinsicht ist es hilfreich, sich vor Augen zu halten, daß diese Unterbrechungen in der Entwicklung und in der Psychoanalyse sowohl den Zustand des Selbst charakterisieren als auch den Zustand der Selbst-Selbstobjekt-Beziehung zwischen Kind und Bezugsperson oder zwischen Analysand und Analytiker. Häufig läßt sich schwer beurteilen, ob der psychische Auslöser in der Entwicklungssituation vom Kind oder von der Bezugsperson ausging bzw. in der analytischen Situation vom Analysanden oder vom Analytiker. In vergleichbarer Weise kann man nicht genau bestimmen, in welchem Maße jeder der beiden Beteiligten zu der wechselseitig unterbrochenen Erfahrung beigetragen hat. Was die Entwicklung einer korrekten Theorie betrifft, so könnte die Antwort auf diese schwierigen Fragen eine wichtige Rolle spielen, für den Entwicklungs- oder therapeutischen Prozeß aber, in dem die Wiederherstellung der Beziehung und die Heilung des Selbst das sind, was zählt, ist sie irrelevant.

Was ist optimal?

Nicht optimal wäre eine Reaktion, die das unbehagliche Gefühl des Kindes oder des Analysanden, das dazu beitragen sollte, unser Verständnis zu fördern und die Weiterentwicklung zu unterstützen, zu betäuben versucht. Übertriebene Responsivität kann sich als beinahe ebenso zerstörerisch erweisen wie unzulängliche Responsivität. Ich habe zum Beispiel eine übertrieben responsive Mutter beobachtet, die es nicht ertrug, wenn ihre Tochter das leiseste Zeichen von Unbehagen zu erkennen gab; sie war so sehr identifiziert, daß sie die Schmerzen, Freuden, ja alle Gefühle des Kindes derart rasch und intensiv selbst empfand, daß sie sie ausdrückte, bevor das Kind überhaupt Gelegenheit hatte, seinen eigenen Selbstzustand wahrzunehmen und zu äußern. So wurde die Tochter lange Zeit daran gehindert, sich als „Zentrum der Initiative", wie Kohut es genannt hat, zu erleben; schließlich sah sie den einzigen Ausweg, um sich selbst – und sei es auf Kosten ihrer Gesundheit – zu retten, in einer Form der Rebellion, die ihre Mutter nicht unterlaufen konnte: Sie hungerte und entwickelte das, was wir gewöhnlich als Anorexia nervosa bezeichnen.

In analoger Weise glauben auch manche Therapeuten, auf den Schmerz ihrer Patienten möglichst beruhigend und tröstend reagieren zu müssen. Sie begründen dies mit dem Argument, daß der therapeutische Prozeß für den Patienten zu einer Ersatzerfahrung werden müsse, damit er die widrigen Auswirkungen unzulänglicher früher Selbstobjekt-Erfahrungen tilgen oder ihnen zumindest entgegenwirken könne. Solche ersatzhaften Selbstobjekt-Erfahrungen vermitteln dem Patienten ein gewisses Wohlgefühl, solange er sie aktuell erlebt. In seinem Selbst aber bewirken sie keine grundlegende Veränderung. Viele Patienten nehmen während der Dauer ihrer Behandlung wahr, daß ihr Selbst an Stärke gewinnt, und sind zum erstenmal in der Lage, auch außerhalb der Therapie stabile Beziehungen aufzubauen. Solche Beziehungen können ihnen dann die benötigten Selbstobjekt-Erfahrungen vermitteln, die ihnen auch nach Beendigung der Therapie noch als Stütze dienen werden. Manche Patienten können davon ungemein profitieren, ja, unter Umständen ist es das beste, was sie durch eine Behandlung erreichen können. Das Ziel einer Psychoanalyse aber weist über eine vorübergehende Stärkung des Selbst durch ersatzhafte Selbstobjekt-Erfahrungen hinaus. Es besteht darin, dem Selbst Veränderung und eine Weiterentwicklung zu einer höheren Entwicklungsebene zu ermöglichen. Ein Königsweg zu diesem Ziel ist der Unterbrechungs-Wiederherstellungs-Prozeß.

Vignette: Wessen Agenda?

Eine junge, verheiratete Frau befand sich im dritten Analysejahr, als sich ihre chronische Depression merklich besserte. Dennoch wurde sie, obwohl sie sich ihrer schlanken, attraktiven Erscheinung und ihres herausragenden öffentlichen Erfolges als Künstlerin durchaus bewußt war, die hartnäckige Überzeugung nicht los, unsympathisch zu wirken – sie hielt sich für zu dick, für zu schweigsam und zu unfreundlich. Unter dynamischem/genetischem Blickwinkel betrachtet, stellte ihre Selbstverurteilung das Ergebnis einer langen Reihe psychisch traumatisierender Kindheitserfahrungen dar. Ihre Mutter war in Reaktion auf ihren brutalen und herrschsüchtigen Mann (den Vater der Patientin) zur chronischen Alkoholikerin geworden und verbrachte den größten Teil des Tages im Vollrausch. Als ältestes von insgesamt sechs Kindern trug die Patientin fast die gesamte Verantwortung für die Versorgung der jüngeren Geschwister. Wann immer möglich, zog sie sich zurück und suchte Zuflucht in ihrem Phantasieleben, das sie im Laufe der Zeit mit Hilfe ihrer künstlerischen Begabungen auszudrücken lernte.

Abgesehen von – allerdings immer seltener vorkommenden – Ausbrüchen, in denen sie den Analytiker verbal attackierte, wurde der analytische Prozeß von Zeit zu Zeit durch lange, als Abwehrmanöver dienende Schweigephasen unterbrochen. Da dies in der Regel immer dann der Fall war, wenn eine meiner Äußerungen sie wütend gemacht hatte, hielt ich ihr Schweigen häufig für einen Ausdruck ihres zornerfüllten Versuchs, mich niederzukämpfen. Zu diesem Schluß gelangte ich auf der Grundlage meiner Empathie, also indem ich mich gewissermaßen in ihre Situation hineinversetzte. Meine Empathie aber war, wie sich zeigte, nicht gut genug, weil sie einen zu hohen Gegenübertragungsanteil enthielt. Nach und nach wurde mir klar, daß ich selbst mich gelegentlich zurückziehe, um meinen Ärger zu bekunden. Meine empathische Schlußfolgerung war also in Wirklichkeit eine Projektion meiner eigenen Dynamik.

Im folgenden möchte ich eine reale Unterbrechungs-Wiederherstellungs-Sequenz aus dieser Analyse betrachten. Am betreffenden Vormittag schwieg die Analysandin zunächst mehrere Minuten lang. Während ich wartete, versuchte ich, mir das Wesentliche der letzten Sitzung ins Gedächtnis zu rufen, und erinnerte mich vage, daß ich einige aufmunternde Laute von mir gegeben hatte, als sie über ihre Arbeitsschwierigkeiten berichtete. Da ich in dieser Sitzung bislang noch nichts gesagt oder getan hatte, überlegte ich, ob etwas in meiner passiven und schweigsamen Haltung ihren stummen Zorn herausgefordert haben mochte. Nachdem ungefähr zehn Minuten schweigend vergangen waren, gab ich ihr folgende Deutung: „Ich frage mich, ob Sie die Erwartungen, die ich als Analytiker hege, nämlich daß Sie sprechen und mir sagen, was Sie denken, als Übergriff erleben, so als wolle ich Sie in Ihrer Freiheit beschneiden, zu sagen oder auch zu verschweigen, was immer Sie wollen." Nein, antwortete sie, so sei es nicht. Ich erinnerte sie nun daran, daß sie mich in der Vergangenheit häufig darauf hingewiesen hatte, daß ich mit meinen Kommentaren meinem eigenen Plan folgte und nicht daran interessiert wäre, was ihr durch den Kopf gehe. Vielleicht erlebe sie meine Erwartung, daß sie frei assoziiere, nun ebenfalls als meinen, nicht aber als ihren Plan. Wütend erklärte sie, daß ich ihr wirklich überhaupt nicht zuhörte. Sie habe gerade „Nein" gesagt, nein, ich sei nicht intrusiv, und nun käme ich mit weiteren Fragen über meinen und ihren Plan usw., als hätte ich ihr „Nein" gar nicht gehört. Die Tatsache, daß ich ihr nicht zuhörte, dem, was sie sagte, keine Aufmerksamkeit widmete, war der Grund ihres Schweigens – warum sollte sie sprechen, wenn ihr niemand zuhörte? Sie wollte nichts anderes von mir, als daß ich ihr wirklich zuhörte und aufnahm, was sie sagte.

Ich war sprachlos. Während ich mich empathisch in ihre Wut einfühlte, hatte ich mich auf ihr verzweifeltes Bedürfnis, Gehör zu finden, überhaupt nicht eingestimmt. Meine fehlende Abstimmung wiederholte ihre Erfahrung, von ihrer Mutter in deren volltrunkener Abgestumpftheit oder von ihrem Vater in seiner herablassenden Arroganz gegenüber Frauen nicht gehört zu werden. Indem ich meinen Anteil an diesem disruptiven Schweigen anerkannte, konnte ich die analytische Bindung und die Arbeitsbeziehung wiederherstellen.

Zusammenfassung

Die Entwicklung der Psychoanalyse zu einer Beziehungspsychologie läßt bestimmte Aspekte des Deutungsprozesses verständlicher erscheinen. Deutungen, so wissen wir heute, sind mehr als verbale Informationen; sie umfassen alles, was zur Schaffung der interaktiven, reziproken Erfahrung von Analytiker und Analysand beiträgt. Optimale Empathiefehler in dieser Analysand-Analytiker-Erfahrung geben Gelegenheit für optimale Unterbrechungen und anschließende Wiederherstellungen, die Reorganisationen des Selbst ermöglichen. Analoge Brüche in der Beziehung zur Selbstobjekt-Umwelt in der Kindheit und im Laufe der Entwicklung des Erwachsenen fördern in ähnlicher Weise die Weiterentwicklung des Selbst hin zu einer höheren Ebene der Organisation und Expansion.

Übersetzung: Elisabeth Vorspohl, Frankfurt am Main

Literatur

Alexander, F. (1956). *Psychoanalysis and Psychotherapy*. New York (Norton).

Arlow, J. A., und C. Brenner (1990). The Psychoanalytic Process. *Psychoanalytic Quarterly* 59: 678.

Elson, M. (Hg.) (1987). *The Kohut Seminars*. New York (Norton). (1993) *Auf der Suche nach dem Selbst. Kohuts Seminare zur Selbstpsychologie und Psychotherapie*. Übers. von I. Bruckmaier. München (Pfeiffer).

Fenichel, O. (1945). *The Psychoanalytic Theory of Neurosis*. New York (W. W. Norton). *Psychoanalytische Neurosenlehre*. 3 Bände. Gießen 1997 (Pychosozial-Verlag).

Die Deutung unter der Perspektive motivationaler Systeme

Joseph D. Lichtenberg

Im psychoanalytischen klinischen Austausch (Lichtenberg, Lachmann und Fosshage 1996) ist jede Deutung zugleich Kommunikation. Im allgemeinen gehen wir davon aus, daß Kommunikation zwischen dem Selbst eines Menschen und dem eines anderen, nämlich dem Selbst des Analytikers und dem des Analysanden, stattfindet und in einen intersubjektiven Bereich wechselseitiger Beeinflussung eingebettet ist. Bevor Analytiker ihren Patienten eine „Deutung" geben, das heißt ihnen etwas mitteilen, das den gemeinsamen Forschungsbemühungen ihrem Eindruck nach dienlich sein könnte, kommunizieren sie aktiv mit sich selbst. Die Berücksichtigung der Organisation von Erfahrung und Motivation in den von mir beschriebenen fünf Systemen kann für diesen ersten Schritt – die innere Kommunikation des Analytikers – von zentraler Bedeutung sein. Aus diesem Grund werde ich meine These in zwei Schritten darlegen: zunächst beschreibe ich die innere Kommunikation des Analytikers und daran anschließend seine geplanten, spontanen oder unwissentlichen Mitteilungen an den Patienten.

Als wir vor einigen Jahren gemeinsam Vorträge hielten, benutzte Ernest Wolf den konventionellen Begriff „Regression", um den optimalen psychischen Zustand des Analysanden zu beschreiben. Ich dachte bei mir (eine innere Kommunikation), daß „Regression" ein Überbleibsel aus der Ichpsychologie sei und daß wir in der Selbstpsychologie noch keinen adäquaten Ersatz gefunden hätten. Als Selbstpsychologen, so meine Überlegung, wären wir eigentlich auf ein Verständnis angewiesen, daß sowohl die optimale psychische Verfassung des Patienten als auch die vom Analytiker bereitgestellte Matrix berücksichtigt. Ich gelangte zu dem Schluß, daß wir unter der „optimalen Regression" des Patienten folgendes verstehen: 1. Der Patient ist in Kontakt mit seinen Bedürfnissen und Intentionen. 2. Er kann sich seinem inneren Monolog-Dialog ungestört widmen, um ihn dann in einen Diskurs zu transformieren (dies ist eine Definition der freien Assoziation). Und 3. nimmt er die Gegenwart und den Einfluß seines Analytikers sensibel wahr. Die analoge „Regression" oder der entsprechende optimale innere Zustand des Analytikers läßt sich folgendermaßen charakterisieren: 1. Er findet leichten Zugang zu seinen eigenen Bedürfnissen und Intentionen, so daß er sensiblen Kontakt zu den Bedürfnissen und Intentionen seines Patienten wahren kann; 2. Er kann seinem inneren Monolog, der von der Geschichte des Patienten und von ihrer gemeinsamen Erfahrung durchdrungen ist, aufmerksam folgen. Und 3. nimmt er ihre wechselseitige verbale und nonverbale Beeinflussung sensibel wahr.

Bedürfnisse und Intentionen

Wir erwarten von unseren Patienten, daß sie ihre Bedürfnisse in direkter Form äußern: Ich habe Hunger; ich muß zur Toilette; ich freue mich auf Ihre Ferien, denn dann habe ich genügend Zeit, um mich auf meine Prüfungen vorzubereiten; der Gedanke, daß Sie weg sind, ist mir verhaßt, ich werde mich sehr einsam fühlen; ich will mit meinem Bruder abrechnen, weil er meinen Vater gegen mich aufgehetzt hat; ich weiß, daß ich mit meinem Sexualleben zufrieden sein sollte – sie ist so bereitwillig –, aber ich sehne mich danach, Eroberungen zu machen. Analytiker sind auf einen Kontext angewiesen, um die Aussagen ihrer Patienten verstehen zu können – ob diese, wie in den genannten Beispielen, unverblümt formuliert werden oder ob sie in verworrener und verschleierter Form zum Ausdruck kommen, wie es im Diskurs des Patienten gewöhnlich der Fall ist. Die fünf motivationalen Systeme stellen fünf derartige Kontexte zur Verfügung, in deren Rahmen der Analytiker seine empathische Wahrnehmung organisieren kann. Die Deutung des Analytikers oder sein Verständnis – eine Formulierung, die Kohut bevorzugte – setzt einen Prozeß des Zuhörens voraus, in dem sich der Analytiker mitnichten als leere Leinwand verhält und frei von jeder Theorie ist, wie Schwaber es empfiehlt. Gelegentlich fällt es uns leicht, während des Zuhörens etwas zu begreifen, häufig aber kostet es uns einige Mühe, überhaupt eine Bedeutung zu erfassen. Ohne nennenswertes reflexives Gewahrsein kategorisieren wir Motive und Erfahrungen und ziehen unsere Rückschlüsse. Darüber hinaus geschieht dies, indem wir zwischen dem linearen Modus des Sekundärprozesses und dem Primärprozeß oszillieren, das heißt zwischen bewußtem Nachdenken und einem bildhaft-affektiv geladenen, nichtlinearen Modus kreativer Impressionen und *Gestalten*. Meiner Ansicht nach können Analytiker erheblich von einer Theorie profitieren, die ihnen dabei hilft, sich an der Motivation zu orientieren, die in dem generellen Bedürfnis des Patienten nach Aufrechterhaltung oder Wiederherstellung der Selbstkohärenz im Augenblick im Vordergrund steht und dominiert. Teilt der Patient dem Analytiker ein Bedürfnis nach physiologischer Regulation mit? Oder offenbart er den aus einer sich vertiefenden Bindung herrührenden Wunsch, daß ihm der Analytiker ein Gefühl der Nähe vermitteln möge? Oder bringt er seine Angst zum Ausdruck, daß es ihm nicht gelingen wird, ein Interesse an der Exploration aufrechtzuerhalten und er sich als Patient niemals kompetent fühlen wird, so wie er bereits in seinen ersten Schuljahren versagte? Oder gesteht er unter großem Zögern seine Abneigung gegen die forschenden Fragen des Analytikers und seine Angst, vor Wut zu explodieren oder sich in eine schmollende Pseudogefügigkeit zurückzuziehen? Oder beschreibt er seinen intensiven Wunsch, daß seine Frau ein Verlangen danach spürte, ihm den Kopf zu kraulen, den Rücken zu kratzen oder – besser noch – mit ihm zu schlafen, statt den Geschlechtsverkehr als Pflichtübung zu absolvieren? Diese Fragen und die Aktionspläne, die mit ihnen verbunden sind, haben eine je individuelle, bis in die Kindheit zurückreichende Geschichte. Die Kenntnis der generellen Merkmale, die den Verlauf der Entwicklung des Selbstgefühls in jedem der fünf motivationalen Systeme kennzeichnen, kann Analytikern, denen sie sozusagen im Hinterkopf präsent sind, als Orientierungshilfe dienen, die es ihnen ermöglicht, das Terrain des unmittelbaren klinischen Austausches abzustecken. Analytiker, die sich mit Hilfe der motivationalen Systeme orientieren, ähneln Individuen, die auf einer Landkarte Zeichen anbringen, um sich räumlich zu orientieren, oder Musikern, die mit Hilfe der Dur- und Mollvorzeichen in die Geheimnisse eines Werkes einzudringen versuchen, das sie spielen möchten.

Zugegeben, mit diesen Erläuterungen habe ich die Anwendung der motivationalen Systeme allzu vereinfacht dargestellt. Analytiker können die Information, die sie zur Deutung der vorherrschenden Motivation eines Patienten benötigen, nicht durch bloßes Zuhören gewinnen. Dies liefe sehr rasch auf ein intellektuelles Kategorisieren hinaus. Analytiker müssen ihre eigenen Bedürfnisse in jedem System mit besonderer Sensibilität wahrnehmen und die Herausforderungen, Konflikte und

Enttäuschungen zuverlässig erspüren können, die jeder Motivationsgruppe innewohnen. Analytiker können nicht wirklich empathisch sein, wenn sie nicht das Gefühl haben: „Oh je, da bin ich auch schon einmal gewesen, oder wenn ich dort noch nicht war, kann ich mir doch auf jeden Fall vorstellen, wie es sein würde." In der Praxis wird der (über die grobe Kategorisierung in eines der fünf Systeme hinausgehende) Versuch, die spezifische Form des Bedürfnisses zu ergründen, vermutlich über längere Phasen hinweg Ungewißheit wecken und immer wieder den klinischen Austausch erforderlich machen. Häufig läßt sich die Ungewißheit zu gewissem Grade klären, wenn Analytiker und Patient eine Modellszene zu konstruieren beginnen, die ihnen beiden im Hinblick auf Mitteilungen, um deren Verständnis sie sich bemüht haben, aufschlußreich erscheint. Bei der gemeinsamen Konstruktion von Modellszenen erfüllt das Bewußtsein des Analytikers für seine eigenen Bedürfnisse insofern eine wichtige Funktion, als es ihm die in den defizitären Erfahrungen des Patienten wurzelnden Probleme wahrzunehmen hilft, die unempathischen Situationen aus der Vergangenheit und Gegenwart sowie die Konflikte und Rolleninszenierungen, die sich daraus herleiten – insbesondere jene Konflikte und Rolleninszenierungen, an denen sie beide gemeinsam beteiligt waren.

Innerer Monolog und mündlicher Diskurs

Ich habe gesagt, daß der ideale innere Zustand des Analytikers während des klinischen Austausches auf seinem Kontakt zu seinem eigenen inneren Monolog beruhe. Auch Patienten müssen mit ihrem inneren Monolog in Verbindung sein und sich sicher genug fühlen können, um diese private Welt in den mündlichen Diskurs umsetzen zu können. Die Zugänglichkeit von Gedanken und Gefühlen wurde traditionell im Zusammenhang mit den Abwehrmechanismen diskutiert. Freud entdeckte zwei Barrieren, die sich der freien Assoziation entgegenstellen – unbewußte Barrieren, die es verhindern, daß Inhalte ins Vorbewußte eindringen, und bewußtseinsnähere Barrieren, die ihr Eindringen ins Bewußte erschweren. In der Praxis hat Freuds Theorie der Abwehrmechanismen häufig zu einer aversiven Haltung zwischen dem Analytiker, der die Widerstände abzubauen versuchte, und dem Patienten geführt, dem Scham- und Schuldgefühle vermittelt wurden, weil er die guten Absichten des Analytikers unterlief. Ich habe all die Theorien über Barrieren, Abwehrmechanismen und Widerstand als Manifestationen eines aversiven motivationalen Systems betrachtet. Der selbstpsychologischen Betonung der Empathie entsprechend, können nur solche Manifestationen der Aversion gemeinsam eingefühlt und diskutiert werden, die erlebbar sind. Was Patient und Analytiker als gemeinsame Erfahrungen miteinander teilen können, ist das Auftauchen von Gefühlen der Scham, Verlegenheit, Demütigung und Schuld, von Furcht, Traurigkeit oder Wut und dem Gefühl einer drohenden Destabilisierung – Gefühlen also, in denen sich Antagonismus und Rückzug manifestieren. Somit wird das motivationale System der Aversion in der gleichen Weise deutend bearbeitet wie jedes andere System auch.

Ich möchte Ihre Aufmerksamkeit auf die Erforschung der Organisation von Narrationen lenken, die für unser Verständnis des klinischen Austausches direkt relevant ist und somit Auswirkungen auf die Deutung hat. Nachdem Kohut (1971, 1977, 1984) die der Kohärenz des Selbstgefühls drohende Gefahr beschrieb und ich (Lichtenberg 1989) das motivationale System der Aversion konzeptualisierte, haben Main (1995), Fonagy (1995) und andere Bindungsforscher entdeckt, daß die Grundstruktur des Diskurses erwachsener Menschen entscheidend durch die Entwicklung sicherer oder unsicherer Bindungen im Alter von einem Jahr beeinflußt wird. Zuvor hatten diese Forscher, wie Ihnen vielleicht bekannt ist, vier Gruppierungen herausgearbeitet: Einjährige, die (1) sicher gebunden waren und (2) andere mit vermeidendem Bindungsverhalten oder (3) ambivalent gebundene und schließlich (4) Einjährige, deren Bindungsmuster Desorganisation und Dissoziation aufwiesen. In der Beziehung zur Mutter entwickelt sich ein bestimmtes, überdauerndes Muster, während sich das gleiche oder ein anderes Muster mit dem Vater herausbildet. Main und Fonagy entdeckten in Interviews mit Erwachsenen, die ihre kindlichen Bindungserfahrungen in Worte fassen sollten, eine Korrelation zwischen dem Organisationsmodus der *Narration* und der Bindungsgruppierung des Einjährigen. Darüber hinaus ließ sich anhand der Organisationskategorie der Narration eine Vorhersage über die Bindungskategorie der Kinder treffen, die von diesen Erwachsenen erzogen wurden. Eine sichere/autonome Narration ließ auf ein sicher gebundenes Kind schließen; eine oberflächlich-flüchtige Narration auf ein Kind mit vermeidendem Bindungsverhalten; eine Narration, die eine zwanghafte Beschäftigung mit Details zu erkennen gab, auf ambivalent gebundene Kinder; und Erwachsene schließlich, deren Narration desorganisiert und unbeteiligt erschien, hatten Kinder, deren Bindung entsprechend desorganisiert und dissoziiert war. Diese dramatischen Forschungsergebnisse führten zu der gleichermaßen dramatischen Schlußfolgerung: „Eine spezifische Form der Inkohärenz im Diskurs der Mutter/des Vaters läßt auf spezifische Formen der Unsensibilität gegenüber bestimmten Signalen des Säuglings – jenen, die Integration und Wachstum fördern – schließen" (Lichtenberg 1995, S. 271). Bitte beachten Sie, daß es sich bei den Erwachsenen, deren Narrationen als sicher/autonom klassifiziert wurden, nicht nur um Personen handelte, deren Lebenserfahrungen keinen bedeutenden Streß aufwiesen, im Gegenteil: Häufig handelte es sich um Menschen mit der Fähigkeit, sogar extrem belastende Erfahrungen in eine kohärente Narration zu fassen. Zudem ist zu beachten, daß das „Adult Attachment Interview" nur Fragen über die Kernbindungen beinhaltet. Es schließt nicht aus, daß die betreffende Person in einem Interview über Erfahrungen aus anderen motivationalen Systemen möglicherweise eine besser organisierte Narration entwickeln könnte.

Die Ergebnisse des „Adult Attachment Interviews" implizieren noch eine weitere Modifizierung unseres Verständnisses der sogenannten Abwehrhaltung. Patienten, deren Narrationen gewissermaßen schlagzeilenartig angelegt sind – „Meine Mutter war großartig" –, ohne daß die Behauptung durch treffende Beispiele illustriert wird, sowie Patienten, deren Narrationen eine Nebensächlichkeit an die nächste reihen und keinen Bezug zu den gestellten Fragen aufweisen – also die zwanghaft detailversessenen Sprecher –, oder Patienten mit bruchstückhaften Narrationen und dissoziierten Affekten geben möglicherweise keine konfliktdeterminierten Abwehrmechanismen zu erkennen, sondern vielmehr, zumindest was die Erforschung ihrer Bindungserfahrungen anlangt, Defizite ihres Selbstgefühls. Wenn Analytiker erwarten, daß diese Patienten, sei es in ihrem inneren Monolog oder im gemeinsamen Dialog, „frei assoziieren", werden sie ebenso wie die Patienten unweigerlich enttäuscht. Damit Analytiker die Informationen erhalten, die sie für ihre Forschungsbemühungen benötigen, müssen sie Patienten, die alle Erfahrungen als nebensächlich abtun wollen, helfen, ausführlicher zu berichten; den detailversessenen Vielrednern müssen sie es ermöglichen, sich kürzer zu fassen, und den Desorganisierten und Distanzierten muß eine Möglichkeit aufgezeigt werden, in ihrer Narration Sinnzusammenhänge zu stiften. Intuitiv haben wir dies immer gewußt. Indem wir dem Patienten helfen, eine kohärente Narration zu konstruieren, erleichtern wir es ihm – wie wir nun sehen – zugleich, ein Defizit, unter dem er leidet, auszugleichen. Was unsere Möglichkeit der empathischen Wahrnehmung fördert, fördert auf ähnliche Weise auch die Selbstreflexionsmöglichkeiten solcher Patienten, die eine derartige Erfahrung unter Umständen zum erstenmal in ihrem Leben machen. Ich möchte hinzufügen, daß kohärente Kommunikation für einige wenige kreative Patienten und Analytiker auch in nonverbaler symbolischer Form, etwa durch Musik, Kunst oder auch Mathematik, stattfinden kann. Meine Mitarbeiter und ich sind der Ansicht, daß zwei der zehn technischen Prinzipien, die wir empfehlen, für die Probleme aller Patienten relevant sind. Eines dieser Prinzipien betrifft das Füllen der narrativen Hülle, das heißt das Verstehbarmachen der Erfahrung eines Patienten, indem man, wenn nötig, nach dem Wer, Was, Wo, Wann oder Wie fragt. Der zweite technische Grundsatz lautet, daß die Botschaft so, wie sie übermittelt wird, die Botschaft enthält. So, wie sie erfolgt, zeigt uns die Kommunikation, welcher Inhalt vermittelt wird, welche Kommunikationsprobleme mit dem Selbst und mit anderen in ihr enthalten sind und mit welchen affektiven und gestischen Hinweisen der Patient sie begleitet. Wir sind der Ansicht, daß die ausführlichere und intensivere Beschäftigung mit der unmittelbaren Kommunikation größeres Verständnis ermöglichen wird, als wenn man voreilig zu genetischen Erklärungen übergeht.

Wir glauben, daß sich Analytiker in ihrem eigenen Denken und Fühlen weiterentwickeln und in der Lage sein sollten, in ihrer inneren Kommunikation eine zunehmend detailliertere Sammlung an Informationen über den Patienten zu berücksichtigen. Wir benutzen die gemeinsame Konstruktion von Modellszenen, um die Wiederbelebung signifikanter Ereignisse aus der Vergangenheit zu erleichtern. Aber wir betrachten die eingehende, ruhige Erforschung des aktuellen gemeinsamen Diskurses als Voraussetzung für das Verständnis der Rätsel und Ungewißheiten, die den auf der Vergangenheit beruhenden Erklärungen zwangsläufig vorangehen.

Sensibilität für die Anwesenheit des Analytikers und seinen Einfluß

Der dritte Aspekt des sogenannten regressiven Zustandes betrifft die Sensibilität des Patienten für die Anwesenheit des Analytikers und seinen Einfluß sowie die Sensibilität des Analytikers für die verbale und nonverbale Beeinflussung, die beide Beteiligte gegenseitig ausüben. Das Gefühl des Patienten, im Analytiker einen vertrauenswürdigen Zuhörer zu besitzen, schafft den Hintergrund für eine Atmosphäre der Sicherheit. Wenn dieser Hintergrund gewährleistet ist, bringen Patienten häufig bedeutsame Themen aus der Gegenwart oder Vergangenheit zur Sprache, die keine direkte oder indirekte Verbindung zum Analytiker aufweisen. Früher oder später werden dann auch die mehr oder weniger realen sowie die mehr oder weniger vom Analysanden wahrgenommenen positiven oder negativen Eigenschaften des Analytikers zur Sprache kommen. Wir haben das technische Prinzip erläutert, diesen Zuschreibungen zentralen Stellenwert für die Erforschung der Übertragungen durch Patient und Analytiker beizumessen. Nebenbei bemerkt, definieren wir Übertragungen als Erwartungen, die sich aus Erfahrungen der Vergangenheit herleiten. Diese Erwartungen bewirken, daß in der Gegenwart eine Beziehung geschaffen wird, die sich dem Empfinden des Patienten zufolge auf heilsame Art von einer früheren akuten oder permanenten Traumatisierung unterscheidet oder ihr auf unerwünschte Weise ähnelt. Solche Erwartungen können sich in Reaktion auf minimalste aktuelle Hinweise oder in Reaktion auf stärkere Provokationen entwickeln. Übertragungen werden im Einklang mit Aspekten des gegenwärtigen intersubjektiven Bereichs neu entwickelt, so daß Übertragungserwartungen niemals photographieähnliche Projektionen, sondern Neuschöpfungen darstellen; das heißt, sie bilden keine originalgetreuen Abbilder der Vergangenheit. In Diskussionen mit Patienten müssen Analytiker ihr möglichstes versuchen, um sich selbst so zu sehen, wie es die Zuschreibungen der Patienten nahelegen. Gelegentlich kann sich der Analytiker in einem Bild, das der Patient von ihm entwickelt hat, leicht wiedererkennen, indem ihm möglicherweise bewußt wird, daß er zu Beginn der Stunde ungeduldig war, daß er anders angezogen ist als sonst, daß er schläfrig ist oder dem Patienten auf bestimmte Weise geholfen hat. Zu anderen Zeiten wird der Analytiker die Perfektion oder die Mängel, die ihm der Patient zuschreibt, nicht auf Anhieb wiedererkennen, wenn er jedoch über die Beobachtungen, die der Patient angestellt hat, nachdenkt und sie ausführlicher mit ihm bespricht, gelingt es ihm besser, sich so zu sehen, wie er von ihm wahrgenommen wird. Häufig sind Analytiker nicht in der Lage, den Ursprung einer ihnen vom Patienten zugeschriebenen Eigenschaft in ihren eigenen Haltungen, in einer eigenen Kommunikation oder Aktivität tatsächlich zu erkennen. Denkbar ist auch, daß irgendeine triviale Formulierung oder Verhaltensweise des Analytikers den Patienten zu idiosynkratischen Rückschlüssen veranlaßt, die kaum einen Zusammenhang mit dessen wirklicher Absicht aufweisen. Selbst wenn Analytiker keinen Zusammenhang zwischen der Zuschreibung ihres Patienten und sich selbst wahrnehmen können, sollten sie sich vergegenwärtigen, daß ein Großteil der Kommunikation im intersubjektiven Bereich unwissentlich vonstatten geht. So behauptet beispielsweise Schore (1994), daß sich die Scham, die Analytiker empfinden, wenn ihnen ihr eigenes empathisches Versagen bewußt wird, dem Patienten unter Umständen direkt mitteilt (rechte Hemisphäre an rechte Hemisphäre). Wenn Analytiker einen Bruch in ihrer Empathie wahrnehmen, führt dies entweder zu einer kurzfristigen Beeinträchtigung der Kohärenz mit anschließender rascher Wiederherstellung oder zu einer längerfristigen Aversionsreaktion mit Antagonismus und Rückzug. Die Art und Weise, wie Analytiker ihrer eigenen Scham, ihrem Ärger oder ihren Schuldgefühlen begegnen, wird eine wichtige und im allgemeinen unerkannt bleibende Rolle im anschließenden klinischen Austausch spielen. Uns allen ist die Art vertraut, in der sich unsere Patienten auf den Rhythmus unserer „Hm's" und „Ah's" einstimmen, auf unsere zufallenden Augenlider und unsere flache Atmung, darauf, wie wir uns im Sitzen interessiert oder mit besorgter Aufmerksamkeit vorbeugen oder uns in behaglicher Kontemplation zurücklehnen; wir wissen, wie sie auf unser Magenknurren, unsere Schweigepausen, unsere kurzen Kommentare oder auf lange, gewundene Erklärungen reagieren. Ich würde jedem Analytiker empfehlen, niemals zum Schein Verantwortung zu übernehmen oder sich in Selbstanklagen zu ergehen. Mein Rat lautet vielmehr, daß Analytiker den Einfluß, der von ihren Beiträgen ausgeht, unvoreingenommen wahrnehmen sollten. Anders formuliert: Wenn wir sagen können, daß die Botschaft des Patienten als Ganzes die Botschaft an den Analytiker enthält, so enthält auch die Botschaft des Analytikers als Ganzes die Botschaft an den Patienten.

Die Deutung im herkömmlichen Sinn: Ein klinisches Beispiel

Betrachten wir nun das herkömmliche Deutungsverständnis – Deutung als verbale Intervention des Analytikers. Das Festhalten an dem Begriff „Deutung" bindet die Selbstpsychologen zwar an die historischen analytischen Wurzeln, dennoch aber sind wir nicht der Ansicht, daß unsere Interventionen dem Muster folgen: „Ich, der wissende Analytiker, erkläre Ihnen, um was es geht, weil Sie Ihrem Unbewußten gegenüber blind sind." Statt dessen sind wir der Meinung, daß unsere Interventionen einen weiten Bereich verbaler und nonverbaler Kommunikationen enthalten, deren eigentlicher Zweck die gemeinsame Arbeit an der Erweiterung des Bewußtseins darstellt. Meine Kollegen[1] und ich haben drei Typen verbaler Interventionen beschrieben: Die häufigsten sind jene Aussagen und Fragen des Analytikers, die den Blickwinkel des Patienten widerspiegeln. Die Interventionen des zweiten Typs halten Beobachtungen unter dem Blickwinkel des Analytikers fest. Und jene des dritten Typs schließlich kommen am wenigsten häufig vor und werden von uns als „disziplinierte spontane Einlassungen" bezeichnet.

Im folgenden möchte ich alle drei Interventionstypen anhand einer konstruierten Stunde aus der Analyse eines dreißigjährigen Lehranalysanden illustrieren, der sich im ersten Jahr seiner Ausbildung befand. Im Anschluß an die einleitenden Klagen des Patienten sagte der Analytiker: „Sie sagen mir, daß Sie über eine Menge Dinge unglücklich sind, vor allem aber über Ihre Schlafstörungen letzte Nacht." Als der Patient die Richtigkeit dieses Kommentars bestätigte, indem er die Gefühle beschrieb, die sein Schlafproblem in ihm auslöste, und in diesem Zusammenhang auch die Stunde vom Vortag erwähnte, bemerkte der Analytiker: „Sie sind enttäuscht darüber, daß Sie nicht schlafen konnten, obwohl Sie im Anschluß an unsere gestrige Diskussion eigentlich damit gerechnet hatten." Nun beschrieb der Patient eingehender, daß er überzeugt gewesen sei, gut schlafen zu können, nachdem sie gemeinsam herausgefunden hatten, daß sein Schlafproblem in seiner Adoleszenz wurzelte, als er nach der Wiederverheiratung seiner Mutter zu seinem Vater gezogen war. Der Analytiker murmelte ein zustimmendes „Hm", und

[1] Frank Lachmann, James Fosshage, Alan Kindler und Susan Lazar.

der Patient berichtete nun, daß er vor dem Zubettgehen noch eine Tasse Kaffee habe trinken wollen. Als er merkte, daß er keinen entkoffeinierten Kaffee mehr im Haus hatte, trank er normalen Kaffee, weil er fest überzeugt war, nach der Sitzung auf jeden Fall schlafen zu können. Der Analytiker äußerte ein „Puh", mit dem er seine Verwunderung, in die sich auch Ärger mischte, bekundete. Nun schilderte der Patient einen Traum, in dem ihm ein Lehrer auf der High School zu helfen versuchte. Aus der Aktivität des Traumes schloß der Analytiker, daß der Patient die Bemühungen des Lehrers unterlaufen hatte. Er sagte, daß *er* glaube, daß die Aktion im Traum das Unterlaufen der Bemühungen eines Helfers zu erkennen gebe. Als er zu erläutern begann, daß auch der Genuß von koffeinhaltigem Kaffee eine bewußte oder unbewußte Sabotageaktion darstellen könne, unterbrach ihn der Patient und sagte, daß er viel zu schlau sei, um sich vom Analytiker einen solchen Zusammenhang einreden zu lassen. Ohne Plan oder weiteres Nachdenken erwiderte der Analytiker spontan: „Manchmal ist es wesentlich schlauer, nicht ganz so schlau zu sein!" Augenblicklich erwiderte der Patient: „Aha! Jetzt hab ich Sie erwischt! Jetzt habe ich ihre Geduld überstrapaziert." Der Analytiker erkannte die Zuschreibung und die Bedeutung, die seinem ausweichenden Verhalten zukam, mit dem er der hartnäckigen Provokation des Patienten zuvor begegnet war, und antwortete: „Ja. Ich glaube, das ist Ihnen gelungen." Dies eröffnete einen Weg zur gemeinsamen Exploration dieses Austausches und der Art und Weise, wie er zustande gekommen war.

Interventionen unter dem Blickwinkel des Patienten

Die ersten drei Interventionen („Sie sagen mir, daß Sie über eine Menge Dinge unglücklich sind, vor allem aber über Ihre Schlafstörungen letzte Nacht." „Sie sind enttäuscht darüber, daß Sie nicht schlafen konnten, obwohl sie im Anschluß an unsere gestrige Diskussion eigentlich damit gerechnet hatten." Und: „Hm") stellten allesamt Versuche des Analytikers dar, sein Verständnis zu vermitteln und den Blickwinkel des Patienten zu bestätigen. Diese Reaktionen beschränken sich nicht nur auf ein bloßes Echo der Worte des Patienten, sondern sind weit komplexer. Häufig können Analytiker kaum mehr tun, als einen Affekt widerzuspiegeln, etwa mit Bemerkungen wie: „Richtig wütend!" oder „Vor Scham blockiert" oder „Zu erregt, um noch denken zu können". All solche schlichten Bemerkungen, mit denen der Analytiker nur sein Verständnis zu bekräftigen scheint, beinhalten eine Auswahl motivationaler Zielrichtungen, ein Betonen und Hinterfragen sowie die Verbalisierung von offen zutage tretenden oder angedeuteten Affekten und Übertragungsimplikationen. Indem der Analytiker den Blickwinkel des Patienten korrekt widerspiegelt, bestätigt er ihm, daß er ihm zuhört. Darüber hinaus gibt die nochmalige Formulierung dem Patienten Gelegenheit, die Essenz seiner Botschaft zu hören – was ihm vielleicht nicht möglich ist, während er selbst berichtet. Eine weniger akkurate Widerspiegelung durch den Analytiker ermöglicht es dem Patienten, die falsche Wahrnehmung eines Faktums oder eine falsche Akzentsetzung zu korrigieren. Und wenn der Analytiker seine falsche „Lesart" korrigiert, spürt der Patient, daß er den Analytiker beeinflußt hat, das heißt, ihm wird ein Gefühl der Effektanz vermittelt. Selbst wenn es dem Analytiker nicht gelingt, den Blickwinkel des Patienten korrekt widerzuspiegeln, und er dessen Botschaft falsch rekonstruiert, hat dies unter Umständen den wohltuenden Effekt, das Interesse und die gute Absicht des Analytikers zu vermitteln. Mißverständnisse dieser Art werden, sofern sie nicht allzu häufig auftreten, vom Patienten ignoriert; er wird die Botschaft noch einmal in Worte fassen und dem Analytiker auf diese Weise eine neue Gelegenheit zu empathischer Wahrnehmung geben. Insgesamt gesehen, sollen Deutungen, die den Blickwinkel des Patienten widerspiegeln, das kontinuierliche Fließen des Assoziationsstroms sicherstellen, Wege zum Bewußtsein erschließen und die Bereiche des der Untersuchung zugänglichen Materials erweitern.

Interventionen aus der Sicht des Analytikers

Die zweite Form der Interventionen, eine Aussage, die unter dem Blickwinkel des Analytikers eine Meinung, eine Zustimmung oder eine Klärung der Zielsetzung in Worte faßt, wird durch die Bemerkung des Analytikers illustriert, *er* glaube, daß die Aktivität im Traum die Bemühungen einer hilfreichen Gestalt sabotiere. Überzeugt, daß ihm der Patient bis zu diesem Punkt gefolgt war, faßte er im Anschluß daran seine Auffassung in Worte, daß die Entscheidung des Patienten, vor dem Zubettgehen koffeinhaltigen Kaffee zu trinken, auf einen solchen Hang zur Sabotage schließen lasse.

Interventionen, die von einem patientenzentrierten Modus auf eine beobachtende Haltung des Analytikers wechseln, haben den Vorteil, die Individualität des Analytikers stärker ins Zentrum zu rücken; sie verhindern es, daß der Patient den Eindruck gewinnt, der Analytiker ergehe sich in gekünstelten Wiederholungen von Formulierungen und unterdrücke sein eigenes Selbst. Ich betrachte diese deutende Haltung nicht als Abweichung von einem empathischen Modus, wenn das empathische Zuhören und Reagieren des Analytikers in dem Sinne definiert ist, daß es dem Bedürfnis und Verlangen des Patienten nach Selbstobjekterfahrungen gerecht wird. Wir sehen, daß die empathische Responsivität des Analytikers auch in einer stärker konfrontierenden Interaktion zum Tragen kommt, wenn er – wie in dem genannten Beispiel – ein für ihn erkennbares Muster erklärend erläutert. Unter diesen Umständen kann die analytische Atmosphäre durch ein gewisses Maß an Spannung charakterisiert sein. Der Patient kann die Einschätzung des Analytikers akzeptieren und in der Lage sein, eine neue Perspektive einzunehmen, er kann aber auch – wie in unserem Beispiel – aversiv auf die Mutmaßungen reagieren, weil er sie als intrusiv erlebt. Im Falle von Unterbrechungen müssen Patient und Analytiker zunächst ihre Selbstkohärenz wiederherstellen und dann im Laufe ihres Dialoges die Bedeutung, die jeder der beiden Beteiligten mit der Intervention verbunden hat, mit größter Aufmerksamkeit zu ergründen versuchen. In unserem genannten Beispiel fand ein solches Überdenken erst in den nachfolgenden Sitzungen statt.

Disziplinierte spontane Einlassungen

Ich habe eine dritte Gruppe von Interventionen als „disziplinierte spontane Einlassungen" im Austausch zwischen Analytiker und Patient bezeichnet. Das „Puh" des Analytikers sowie seine Bemerkungen „Manchmal ist es wesentlich schlauer, nicht ganz so schlau zu sein!" und „Ja, das ist Ihnen gelungen", sind dafür Beispiele. Das „Puh" war wie ein Ausatmen, eine spontane emotionale Reaktion, die auf die Verblüffung zurückging, die er angesichts der Information über den nächtlichen Kaffeegenuß empfand, sowie auf seinen unmittelbaren Eindruck, das etwas im Gange sei, das untersucht werden mußte. Nebenbei bemerkt: Der Analytiker hätte aufmerksamer registrieren können, daß der Patient auf seine spontane

Einlassung nicht reagierte. Die Tatsache, daß der Analytiker Bedenken anmeldete, als der Ausbildungskandidat seine Schlauheit ins Feld führte, gab zu erkennen, daß er etwas direkt ansprechen zu müssen glaubte, um weiteren Fortschritt zu ermöglichen. Indem er schließlich bestätigte, daß er sich dazu hatte provozieren lassen, seine übliche, weniger emotionale, nachdenklichere Haltung fallenzulassen und sich statt dessen vorübergehend in einen „adversarischen Verbündeten" zu verwandeln (Wolf, Lachmann), brachte er seine Überzeugung zum Ausdruck, daß die Aufrichtigkeit und empathische Abstimmung eine solche Bestätigung erforderten.

Was verstehen wir unter *disziplinierter* spontaner Einlassung? Mit „diszipliniert" meinen wir, daß der Analytiker weder mit seinen Worten noch durch seine Handlungen den Rahmen grundsätzlicher Freundlichkeit, Berechenbarkeit und Zuverlässigkeit durchbricht und die Sicherheit vermittelnde Atmosphäre nicht gefährdet. „Diszipliniert" bedeutet, daß er die ethischen Normen uneingeschränkt achtet und sich dem therapeutischen Ziel verpflichtet fühlt. Als „spontan" bezeichne ich die häufig unerwarteten Kommentare des Analytikers sowie Gesten, Mimik und Handlungen, die in plötzlich aufwallenden, nicht unterdrückten Gefühlen wurzeln. Diese Kommunikationen erfolgen nicht geplant oder wohlüberlegt, sondern brechen sich spontan Bahn. Der Analytiker ist über sie unter Umständen ebenso verblüfft wie der Patient. Den Begriff „Einlassung" [engagement] wählen wir, um zum Ausdruck zu bringen, daß diese Kommunikationen einem Agieren gleichen, weil sie in höherem Maße interaktional sind als das übliche Muster von Assoziation und reflektierender Reaktion. Im Laufe des intensiven Wechselspiels, das sich in einer Analyse entfaltet, und insbesondere im Rahmen der Auseinandersetzung mit charakterlichen Problemen werden neben dem beobachtbaren formalen Diskurs zugleich auch Rollen inszeniert. Anders formuliert: Während der Analytiker versucht, mit einer inneren Erfahrung des Patienten durch vorwiegend verbale Verständigung in Kontakt zu bleiben, werden auf einer anderen Ebene des intersubjektiven Bereichs Rollen gestaltet, so daß eine wechselseitige Rollenresponsivität stattfindet. Infolgedessen kann es passieren, daß der Analytiker zwar guten Kontakt zu dem gesprochenen Diskurs hat, in seiner Wahrnehmung der gleichzeitigen Rolleninszenierung aber hinterher hinkt. Während der Analytiker zum Beispiel versucht, einen Patienten zur gemeinsamen Exploration zu motivieren, kann der Patient versuchen, den Analytiker dazu zu bewegen, die Rolle des ruhigen Forschers und Deuters fallenzulassen und statt dessen zu kämpfen, zu lieben, zu beruhigen, zu nähren und zu raten – das heißt zu *handeln*, statt zu reden und nachzudenken. Die Spannung, die aus diesem motivationalen Unterschied herrührt, führt zwangsläufig zur Übernahme bestimmter Rollen. Häufig wird der Analytiker diese sich aufbauenden Spannungen erkennen und zur Sprache bringen, nicht selten aber nehmen auch die erfahrensten Analytiker die Anfangsphasen einer Inszenierung nicht wahr und werden sich ihrer erst bewußt, wenn sie selbst mitten drin stecken. Dies bringt keine Unzulänglichkeit zum Ausdruck, sondern zeugt vielmehr von einer begrüßenswerten Offenheit für Einflüsse, für Spiel und Wechselspiel.

Disziplinierte spontane Einlassungen können uns Aufschluß über eine Rolleninszenierung geben, die unserer bewußten Wahrnehmung entgangen ist. Warum „brechen" sie aus uns heraus? Ich habe meine eigenen spontanen Reaktionen und die anderer Analytiker untersucht und bin dabei zu dem Schluß gelangt, daß spontane Einlassungen in ganz bestimmten Situationen auftreten, nämlich dann, wenn wir als Analytiker glauben, nicht mehr authentisch sein zu können, ohne das, was gerade vor sich geht, zu kommentieren. Dieser Deutung entspricht das berühmte Beispiel Kohuts, in dem er einem Patienten, der damit prahlte, nur rechtzeitig zu seiner Sitzung gekommen zu sein, weil er in halsbrecherischem Tempo durch Chicago gefahren war, erklärte: „Ich werden Ihnen jetzt die wichtigste Deutung geben, die Sie je von mir bekommen haben: Sie sind ein Idiot!"

Kehren wir zu unserem früheren Beispiel zurück, in dem der Analytiker dem Ausbildungskandidaten dabei helfen wollte, seiner Schlaflosigkeit beizukommen, indem er das Problem der physiologischen Regulation untersuchte. Zwar hatte der Analytiker die Aufmerksamkeit bereits gelegentlich auf das provozierende Verhalten des Analysanden gelenkt, bis zum Zeitpunkt dieses Dialoges aber hatte er dessen wachsendem Verlangen, sich durch spielerische Sabotageakte ein Machtgefühl zu verschaffen, nicht angemessen Rechnung getragen. Es stellte sich heraus, daß sich die Intensivierung der Rolleninszenierung aus zwei Quellen herleitete. Da war zum einen die Beziehung des Patienten zu seiner Mutter, für die er zumeist sehr liebevolle Gefühle empfunden hatte; was jedoch das Essen, die Sauberkeitserziehung und das Schlafengehen – das heißt den gesamten Bereich der physiologischen Regulation – anlangte, so hatten sie gemeinsam ein charakteristisches Muster entwickelt, nämlich ein spielerisches, zugleich aber auch gereiztes Hin- und Hergezerre. Zweitens begann der Patient, dessen Beziehung zu seinem Vater vorher idealisierend, wenn auch nicht angstfrei gewesen war, in der Adoleszenz (nachdem er zum Vater gezogen war), das Wissen und die Autorität des Vaters in den Bereichen der Exploration und Selbstbehauptung in Frage zu stellen. Somit mischte sich eine aversive Tönung in zwei motivationale Systeme, nämlich in die Regulation physiologischer Bedürfnisse und in die Praktizierung von Exploration und Selbstbehauptung in Bereichen des Wissens. Zum Zeitpunkt seiner disziplinierten spontanen Einlassung konnte der Analytiker sich nur des Einflusses sicher sein, dem er selbst ausgesetzt war. Später, nachdem die minimale Unterbrechung beendet war, konnten sie die gelebten Erfahrungen herauszuarbeiten beginnen, die den agierten Erwartungen des Patienten zugrunde lagen, und ebenso konnte der Analytiker über seine Tendenz nachdenken, sich in bestimmte Rollen hineinziehen zu lassen und sie zu agieren. Ihm wurde bewußt, daß er starr und unbeirrt eine, wie er glaubte, empathische Haltung zu bewahren versuchte, während er sich in Wirklichkeit gegenüber den Erwartungen, die an ihn gerichtet wurden, sabotierend und unresponsiv verhielt.

Wie Sie sehen, eröffnet das Konzept der motivationalen Systeme die Möglichkeit, einen weiten Bereich von Interventionen zu berücksichtigen. Da sich Analytiker für gewöhnlich vorantasten, wenn sie ihre empathische Wahrnehmung den Veränderungen der motivationalen Dominanz anzupassen versuchen, halte ich es für das beste, Deutungen nicht – wie es in manchen Schulen üblich ist – als „dicke Brocken" während oder am Schluß der Sitzung zu geben. Vielmehr werden sogenannte vollständige Deutungen, die Bedürfnis, Wunsch und Aversion, Vergangenheit und Gegenwart, Übertragung und Hinweise und Auslöser abdecken, am besten gemeinsam von Analytiker und Patient konstruiert und stückweise während der Sitzung formuliert. In „verdaubaren Häppchen" faßt der Analytiker den Affekt und die Assoziationen des Patienten in Worte, reagiert mit einer weiteren Konstruktion/Intervention und geht der Reaktion des Patienten dann tiefer auf den Grund. Wenn eine Unterbrechung auftritt, hat die Erforschung ihrer Auswirkungen Vorrang. An solchen Punkten ziehen Analytiker Rückschlüsse, um den Charakter des Bruchs und ihren eigenen Beitrag, mit dem sie ihn möglicherweise ausgelöst haben, zu verstehen. Wenn man Interventionen über einen bestimmten Zeitraum – eine Stunde, eine Woche, einen Monat oder länger – hinweg verfolgt, vermittelt der Analytiker, daß er das therapeutische Ziel beharrlich im Blick behält, so daß die Interventionen eine kumulative Wirkung annehmen. Das Hin-und-Her des analytischen Dialogs vertieft die Deutungssequenz, macht die Permutationen eines jeden motivationalen Systems der weitergehenden Erforschung zugänglich und verändert auf diese Weise beide Beteiligte des analytischen Prozesses.

Schlußfolgerung

Ich habe die Komplexität zu illustrieren versucht, die einer selbstpsychologischen Konzeption der Deutung oder – wie ich es lieber formuliere – der inneren und äußeren Kommunikation zwischen Analytiker und Patient inhärent ist. Die Kenntnis der für jedes der fünf motivationalen Systeme charakteristischen Bedürfnisse, Wünsche und Absichten ist ein wertvolles theoretisches Instrument, mit dem sich diese Komplexität entflechten läßt. Je nachdem, welches System gerade dominiert, welches aktiv und welches inaktiv ist, variieren die Inhalte und vor allem die affektiven Ziele in den inneren Monologen und äußeren Diskursen beider Teilnehmer. Die empathische Wahrnehmung bleibt die generelle Form des Zuhörens. Da jedoch die Selbstpsychologie die Rigidität und Restriktivität von Abwehr- und Konfliktdeutungen ersetzt hat, sollten und können wir uns meiner Meinung nach nicht dazu verleiten lassen, uns doktrinär auf ein ausschließliches empathisches Zuhören und Reagieren zu beschränken oder ein übertriebenes Vertrauen in die genetische Deutung von Defiziten zu setzen. Der klinische Austausch und unser reflektierendes Gewahrsein für die Permutationen dieses Austausches vermitteln uns in jedem der fünf motivationalen Systeme, das in den Mittelpunkt der Aufmerksamkeit rückt, ein zentrales Instrument zur Erforschung des Selbst beziehungsweise genauer: der beiden am kommunikativen Dialog beteiligten Selbste.

Übersetzung: Elisabeth Vorspohl, Frankfurt am Main

Literatur

Fonagy, P. (1995). Psychoanalytic and empirical approaches to developmental psychopathology: An object-relations perspective. In: T. Shapiro und R. Emde (Hg.). *Research in Psychoanalysis*. Madison (International Universities Press).

Kohut, H. (1971). *The Analysis of the Self*. New York (International Universities Press).(1973) *Narzißmus*. Übers. von L. Rosenkötter. Frankfurt am Main (Suhrkamp).

Kohut, H. (1977). *The Restoration of the Self*. New York (International Universities Press). (1979) *Die Heilung des Selbst*. Übers. von E. vom Scheidt. Frankfurt am Main (Suhrkamp).

Kohut, H. (1985). *How Does Analysis Cure?* Hg. von A. Goldberg. Chicago (University of Chicago Press). (1987) *Wie heilt die Psychoanalyse?* Übers. von E. vom Scheidt. Frankfurt am Main (Suhrkamp).

Lichtenberg, J. (1995). Can empirical studies of development impact on psychoanalytic theory and technique? In: T. Shapiro und R. Emde (Hg.). *Research in Psychoanalysis*. Madison (International Universities Press).

Lichtenberg, J., F. Lachmann und J. Fosshage (1996). *The Clinical Exchange: Techniques Derived from Self and Motivational Systems*. Hillsdale, NJ (The Analytic Press).

Main, M. (1995). Discourse, prediction, and recent studies in attachment: Implications for psychoanalysis. In: T. Shapiro und R. Emde (Hg.). *Research in Psychoanalysis*. Madison (International Universities Press).

Schore, A. (1994). *Affect Regulation and the Origin of the Self*. Hillsdale, NJ (Erlbaum).

Intimität mit dem Selbst

Joseph D. Lichtenberg

In diesem Vortrag möchte ich Sie einladen, über ein selten diskutiertes Thema nachzudenken – über Intimität (Vertrautheit) mit dem Selbst. Als „Intimität mit dem Selbst" bezeichne ich ein Erleben, das, wie die meisten Erlebensweisen, schwer in Worte zu fassen ist; und durch das wissenschaftliche Vokabular wird es noch prosaischer, wo poetischere Worte, wie Seele oder Geist, passender wären. „Erkenne dich selbst", eine Ermahnung des Orakels von Delphi, ist ein Teil davon, betont aber – ebenso wie der Begriff Introspektion – den kognitiven Aspekt. Der Rat des Polonius – „Dem eigenen Selbst bleib' treu und ... du kannst nicht falsch sein gegen andere" – legt die Betonung auf die ethische oder moralische Seite der Selbst-Intimität. „Sich selbst lieben" bezieht sich auf einen emotionalen Zustand, der – vor Kohut (1971, 1977, 1984) – als Pathologie verdammt wurde. Die alten Götter reagierten aber anders auf das Vertieftsein des Narziß in sein Spiegelbild – sie machten ihn unsterblich. „Intimität mit dem Selbst" umfaßt Wissen, gerechte (fair-minded) ethische Beurteilung, und Liebe, oder wenigstens einfühlsame Zuneigung.

Wir können einen Patienten, aber auch uns selbst fragen: „In welcher Beziehung stehst du zu dir selbst?", und wir könnten eine interessante Antwort bekommen. Aber bei den doch weitgehend festgelegten Fragen, die in evaluativen Interviews oder Forschungsprotokollen gefragt werden, taucht sie selten auf. Warum hat dieses Thema so wenig Aufmerksamkeit bekommen?

Lange Zeit hat die intrapsychische Perspektive in der Psychoanalyse dominiert. Beziehungen zum Selbst wurden im wesentlichen als anthromorphisierende Hinweise auf die Beziehung zwischen dem Ich (Selbst) und den Trieben und/oder dem Überich betrachtet. Die einzige Diskussion, die für mein Thema höchst relevant ist, war der Hinweis von Analytikern wie Sterba auf Spaltungen in ein „beobachtendes Ich" und ein „erlebendes Ich". Intimität (Vertrautheit) war kein Begriff, der in solche Diskussionen gepaßt hätte. Mit dem Aufkommen der Objektbeziehungstheorien und vor allem mit Bowlbys Arbeiten über die Bindung (1958, 1960) rückte die Art der zwischenmenschlichen Beziehungen in den Vordergrund der Betrachtung. Diese Theorien (ausgenommen Bowlby) gingen größtenteils von einer Triebtheorie aus, mit starker Betonung der Aggression, und untersuchten die Transaktionen zwischen einem Subjekt und einem Objekt. Selbst Bowlby definierte die Bindung durch Verhaltensmuster. Kohut beschrieb explizit die erlebnismäßigen Reaktionen von Menschen auf andere, deren emotionale Verfügbarkeit essentiell wichtig für ihr Wohlbefinden war. Kohuts Werk (1971, 1977) beschäftigt sich also in erster Linie mit der Beziehung des Selbst zu den „Selbstobjekten", d.h. zu anderen Menschen, durch deren Unterstützung Selbstkohäsion hergestellt und aufrecht erhalten wird. Erst Säuglingsforscher wie Stern (1990), Nelson (1986), Main (1992) und Fonagy (1998) lieferten uns die Grundlagen für ein Verständnis unserer intimen Beziehung zum eigenen Selbstempfinden (sense of self).

Bevor ich die Entwicklungen darlege, die zu Selbst-Intimität (Selbstvertrautheit) führen, lassen Sie mich noch einen anderen Zugang suchen, um Sie auf mein Verständnis einzustimmen. Wenn ich Sie frage: „Was tun Sie jetzt gerade?", bekomme ich wohl als häufigste Antwort: „Ihnen zuhören"; offensichtlich wahr, aber völlig inadäquat. Vergleichen Sie Ihr Zuhören mit dem eines Tonbandgeräts. Das Tonbandgerät nimmt genau das auf, was ich sage, inklusive Tonfall, und kann es ebenso exakt wiedergeben. Sie können weder das eine noch das andere tun, weil Sie nämlich zwei Gespräche gleichzeitig hören, während das Tonband nur eines aufnimmt. Das eine ist das, was ich sage, das andere ist der Dialog-Monolog, der sich in Ihrem Kopf abspielt. Locke sprach von einem ständigen Bewußtseinsstrom, und Laurence Sterne beschrieb in *Tristan Shandy* die seltsame Natur der Gedanken und Gefühle, die diesen Fluß bestimmen. Dramatiker wie Shakespeare und O'Neill benutzen den Dialog-Monolog als „beiseite gesprochene Worte", Freud machte ihn zum Kernstück der freien Assoziation. Während Sie mir zuhören, sagen Sie sich vielleicht; „So ist es, und ich stimme ihm zu, daß es selten erwähnt wird"; oder: „Es geht dauernd um das Bewußtsein, wo bleibt das Unbewußte?" Das wäre Ihr stummer Anteil an einem Dialog mit mir. Oder Sie könnten sagen: „O Gott, es ist acht Uhr und ich habe meine Tabletten noch nicht genommen!"; oder Sie könnten einer persönlichen Träumerei über einen kürzlichen Flirt oder einen Streit nachhängen, wobei Sie, ohne nachzudenken, beschlossen haben, mich mit minimaler Aufmerksamkeit zu bedenken, bis ich etwas sage, wovon *Sie* denken, daß es wert ist, gehört zu werden – z. B. etwas, was klinisch nützlich ist. Das wäre ein Monolog, den Sie mit sich selbst führen. Ein Tonbandgerät antwortet nicht, stimmt nicht zu oder streitet ab, betont und verzerrt nicht, erinnert keine vergessene Pille oder ein nicht gemachtes Telefonat, erinnert keine Flirts oder Beleidigungen. Intimität mit dem Selbst aber bedeutet, daß Sie all dies erleben, daß es reichhaltig und voll von Erwartungen ist, offen für Neues und für Emotionen, und daß Sie sich dessen reflektierend gewahr werden können – so wie ich Sie gerade darauf aufmerksam gemacht habe.

Ich werde versuchen aufzuzeigen, daß die Intimität mit dem Selbst abhängig ist von:

1. der Bereitstellung durch Andere von Gelegenheiten zur Intimität, von vorgeburtlicher Zeit an durch das ganze Leben.
2. der allmählichen Entwicklung eines Selbstempfindens, das im Zusammenhang mit Motivationen, die über fünf Systeme an- und abschwellen, als kohäsiv erlebt wird.
3. der allmählichen Entwicklung einer Fähigkeit für reflektives Selbstbewußtsein oder der Mentalisierung quer über die Domänen der Kommunikation vom Selbst zum Anderen und vom Selbst zum Selbst.

Für das Thema Intimität begann ich mich zu interessieren, als ich gemeinsam mit Russell Meares daran arbeitete, meine Studien zur Motivation und seine Untersuchungen über das Spiel miteinander in Einklang zu bringen (Meares und Lichtenberg, 1995; Lichtenberg und Meares, 1996). Um sich als Person mit anderen und mit sich selbst intim (vertraut) fühlen zu können, braucht man eine gewisse Vorstellung von Bedürfnissen, Wünschen und Sehnsüchten. Um unsere Möglichkeiten voll auszuschöpfen, als Therapeuten empathischen Zugang zur Sichtweise unserer Patienten zu bekommen – was ganz gewiß eine Form der Intimität ist –, brauchen wir eine Theorie der Motivation, die breit genug ist, um unsere Bedürfnisse, Wünsche und Sehnsüchte sowohl in der Säuglingszeit während eines 24-Stunden-Zyklus wie auch später als eine Mischung aus Kontinuitäten und Transformationen während des Lebenszyklus zu erklären.

Ich habe die These aufgestellt (Lichtenberg, 1989, 1992), daß sich in frühester Kindheit fünf Motivationssysteme entwickeln, jedes in Reaktion auf ein angeborenes Bedürfnis:

1. Ein System entwickelt sich als Reaktion auf das Bedürfnis nach psychischer Regulierung physiologischer Erfordernisse: Hunger, Durst,

Schlaf, Ausscheidung, Atmung, taktile und propriozeptive Aktivität, Gleichgewicht und allgemeine Gesundheit.
2. Ein zweites Motivationssystem entwickelt sich als Reaktion auf das Bedürfnis nach Bindung.
3. Ein weiteres System entwickelt sich als Reaktion auf das Bedürfnis nach Exploration und der Festlegung von Präferenzen.
4. Ein viertes System entwickelt sich als Reaktion auf das Bedürfnis, aversiv mit Antagonismus und/oder Rückzug zu reagieren.
5. Ein weiteres Motivationssystem entwickelt sich als Reaktion auf das Bedürfnis nach sinnlichem Vergnügen und sexueller Erregung.

Zu einem bestimmten Zeitpunkt kann das eine der fünf Systeme das Erleben des Babys oder Erwachsenen dominieren, während die anderen Systeme nur am Rande beteiligt sind oder ruhen. Intimität (Vertrautheit) mit anderen entwickelt sich in der Säuglingszeit automatisch dadurch, daß jedes System die Reaktionsbereitschaft von Pflegepersonen braucht, um sich zu entwickeln, und Pflegepersonen werden intuitiv von ihrer natürlichen Neigung geleitet, ihre Reaktionen auf die Bedürfnisse des Babys abzustimmen. Auf diese Weise etabliert sich ein wechselseitiges Regulationssystem. Wir glauben, daß der Erfolg oder Mißerfolg der Reziprozität der Betreuer-Säuglings-Interaktionen jeweils die Art der inneren Welt des Kindes und seines wachsenden Selbstgefühls bestimmt.

Woher wissen Sie, daß Sie hungrig sind? Ein Gefühl in Ihrem Magen sagt es Ihnen, oder wahrscheinlicher Ihre innere Zeituhr, und wenn Sie nicht hinhören, sagt es Ihnen Ihr Magen, der sich leer anfühlt. Geht das nicht automatisch? Nein. Fragen Sie Ihre Patienten mit Eßstörungen, ob sie wissen, wann sie hungrig oder satt sind, und Sie werden erstaunt sein, wie wenig diese mit ihrem physiologischen Zustand vertraut sind. Die Beobachtung von Säuglingen lehrt uns, daß die Zustände, die wir als „hungrig" oder „satt" bezeichnen, bereits das Ergebnis der genauen Reaktion einer Pflegeperson auf das Schreien des Babys sind, das Nahrung braucht. Ein Muster etabliert sich: ein Bedürfnis nach Nahrung – ein Signal von Unbehagen – die Reaktion der Pflegeperson – ein Saugreflex – Nahrungsaufnahme – Entspannung – Sattheit – ein Signal der Zurückweisung – Beendigung der Fütterung bei beiderseitiger Zufriedenheit. Und vom ersten Tag an ist die Mutter in der Lage zu sagen: „Oh, Herzchen, bist du hungrig?" und „Oh, du willst noch mehr" oder „Ok, du bist satt". Signale, Reaktionen und Worte sind die Basiszutaten der wechselseitigen Regulation.

Schauen Sie sich ein Videoband an, wo eine Mutter ihr 8 Monate altes Kind mit einem Löffel füttert. Sie beachtet die Pausen, macht eine Geste der Annäherung, beobachtet die Reaktion des Mundes und fährt fort oder wartet. Und so identifiziert sich das Kind: Ich esse, wenn ich dazu bereit bin; ich verbinde das Gefühl von Bedürfnis mit Sehnsucht, mit meinem eigenen Handlungsentwurf (Intentionalität in Hartmanns Terminologie), und mein Handlungsentwurf wird respektiert. Wenn das Kleinkind dann das Hungergefühl mit Gesten und mit Nahrungsworten verbinden kann, ist eine vollständige Integration gelungen – und dann können wir den Zustand „Hunger" bzw. „Sattheit" bei Kindern als gegeben ansehen, die glücklich genug waren, diese Erfahrung der wechselseitigen Regulierung zu machen. Beobachtungen dieser Art ermöglichen uns eine operationale Sichtweise von Aspekten eines dieser Motivationssysteme. Unsere Studien über die Rolle des Spiels zeigen, daß es viel zur Qualität des Erlebens beiträgt.

Bei meinem Portrait der Mutter-Säuglings-Interaktion, bei der das Hunger- bzw. Sattheitsgefühl entwickelt wird, hatten Sie wahrscheinlich eine Mutter vor Augen, die lächelt, spielerisch die Stirn runzelt, mit einem Blick von Zufriedenheit, sogar Stolz. Sie haben sich wahrscheinlich nicht eine Mutter vorgestellt, die roboterähnlich oder abgelenkt oder deprimiert oder kochend vor Ressentiment oder voll Angst ist, etwas falsch zu machen – obwohl all diese unglücklichen Affektzustände, die Antithese zum Spiel, tatsächlich existieren. Sie haben sich auch kein Baby vorgestellt, das sich wegen eines Speiseröhrenverschlusses erbricht, das infolge eines abdominalen Syndroms oder eines reizbaren Darms mit Diarrhö reagiert oder das eine Neigung zu hyperaktiven Reaktionen auf Überstimulierung hat, usw.. Wir wissen, wie oft solche Erlebnisse zu unfruchtbaren oder gestörten inneren Welten führen, wenn sie nicht durch spätere Erfahrungen oder andere Pflegepersonen gemildert oder kompensiert werden (Väter sind bedeutsamer als unsere mutterzentrierte Psychologie es wahrhaben will; Cath, 1982,1989).

Kehren wir zurück zur unbeeinträchtigten Mutter und ihrem Kleinkind. Wir sehen, daß die Mutter darauf eingestellt ist, zu füttern, aber das Einjährige gestikuliert „nein", was jetzt aber nicht heißt, „ich bin nicht hungrig", sondern „ich übe jetzt Neinsagen", einen Handlungsentwurf für Zurückweisung. Die Mutter verwandelt es in ein Spiel: sie ahmt die Mund-Nein-Bewegung nach und sagt: „Die Brücke ist zu – oh, jetzt ist sie offen!" und sie gibt vor, selbst einen Löffel voll zu essen: „Mhmmmmm, gut!" Sobald das Kind sich auf das Spiel einläßt, lächelt es, der Mund öffnet sich und der „Nein-Mund" wird zu einem Teil der Interaktion. Füttern wird zum Spiel und das Spiel wird zum Füttern. Und jeder Partner lernt, wie er den anderen überlisten kann, während sie Täuschungen üben, die unter Vertrauten erlaubt sind. Klug und freundlich mit seinem eigenen Körper leben zu können ist ein bedeutsamer Aspekt der Selbstintimität.

Bindungserfahrungen entwickeln sich ähnlich in Mustern von wechselseitiger Regulierung. Nach dem Füttern und Wickeln werden Eltern einen Säugling oft in die Mittellinie legen und Augenkontakt herstellen. Sie beginnen dann das altbekannte Spiel der Konversation mit hoher Stimme, besonderen Betonungen und ausgedehnten Vokalen. Ihre Mimik, Augenöffnung, Mundöffnung, Zunge herausstrecken sind übertrieben, in sekundenschneller Beinahe-Synchronizität mit steigenden und fallenden Rhythmen. Jeder Beteiligte initiiert etwa 50 % der Abläufe. Jeder, der diese Konversationsspiele beobachtet, lächelt – und wenn Sie darüber nachdenken, wird Ihnen klar, daß Säuglinge zu viel größerer Bezogenheit in der Lage sind als psychoanalytische Theorien der Vergangenheit dies annahmen.

Etwa mit einem Jahr haben sich die angesammelten Muster der Eltern-Kind-Interaktionen in konsistente Bindungsmuster verfestigt, die folgendermaßen kategorisiert worden sind: sicher, ambivalent, vermeidend und desorientiert/desorganisiert (Main und Goldwyn, 1992). *Ein* Muster kann die Form der Bindung zur Mutter, ein anderes die zum Vater charakterisieren.Es ist besonders faszinierend, daß jedes Muster beständig bleibt, auch wenn es Jahre später getestet wird. Im Interview mit Erwachsenen kann deren Kindheitsmuster wiedererkannt werden, und man kann vorhersagen, welche Muster sie selbst mit ihren Säuglingen bilden werden.

Um auf die Bedeutung des Spiels zurückzukommen: Wir glauben, eine grundlegende Komponente einer sicheren Bindung ist die Freude, die beide Partner jeweils an der Gesellschaft des anderen empfinden. Spielen, auch im kürzesten Moment eines Kitzelns, eines Versteckspiels, eines „ich freß' dich auf", eines liebevollen Klapses, des Herunterwerfens von Essen durch das Baby, damit es wieder aufgehoben wird, des scherzhaften Herausziehens des Arms aus dem Ärmel durch das Kleinkind: das alles gestaltet die Atmosphäre ihrer Intimität als positive *affektive* Erfahrung. Wie Stern (1985) ausgeführt hat: Das Kommen und Gehen von Rhythmen, ihre Steigerung und ihr Abklingen, schaffen das Gefühl von Vitalität des sich entwickelnden Selbstempfindens, und wenn Sie die meisten Formen von Spiel überprüfen, so haben diese aufsteigende und fallende Rhythmen. Intimität mit anderen und das liebevolle Band, das durch spielerische Interaktionen wächst, vermittelt älteren Kleinkindern ein Modell für die Intimität mit dem Selbst, wenn sie die endgültige Trennung (split) zwischen sich selbst als Sprecher und sich selbst als Zuhörer vollziehen.

Wenn Füttern, Wickeln und Konversation erledigt sind, haben Pflegeperson und Säugling im allgemeinen ihr Bedürfnis und ihre Sehnsucht nach einander erschöpft. Der Säugling wird dann in die Wiege gelegt, in seinen Laufstall oder Sitz gesetzt, von den Eltern mit Mobiles, Spieluhren und Kuscheltieren versorgt und von Natur aus mit sich bewegenden Armen und Zehen, die erforscht werden können. Sobald das Baby zum explorativen Modus wechselt, ändert sich sein Affekt dramatisch. Es fokussiert mit den Augen und reagiert mit Interesse – als ein Affekt. Eltern wissen intuitiv, wie sie ein aufgeregtes Baby beruhigen können, indem sie seine explorative Aufmerksamkeit z.B. auf eine Rassel lenken. Wenn ein 10 Wochen alter Säugling mit einem experimentellen Apparat konfrontiert wird, bei dem er ein gewünschtes visuelles Bild durch Veränderung seiner Saugrhythmen oder durch eine bestimmte Art, den Kopf zu drehen, aktivieren kann, so wird er mit wachsender Effizienz daran arbeiten, dies zu erreichen. Er wird das Spiel wesentlich länger fortsetzen, wenn es mit seiner eigenen Aktivität in Zusammenhang steht, als wenn er einfach damit versorgt wird. Andere Experimente zeigen, daß Säuglinge ihr Leben mit angeborenen Präferenzen für bestimmte Stimuli beginnen und diesen sehr schnell neu dazugelernte Präferenzen hinzufügen. Das Durchsetzen des eigenen Handlungsentwurfs ist ebenfalls eine angeborene Präferenz von variabler Intensität. Ein Kind hat ein Bedürfnis, daß man mit ihm spielt, damit es ein Muster von „mit anderen spielen" etablieren kann; andererseits braucht es nichts weiter als die Gelegenheit dazu (Sander nennt es „open space" – Spielraum; 1983a, 1983b), um allein zu spielen. Die intrinsischen affektiven Belohnungen sind Interesse sowie ein Gefühl von Effizienz und Kompetenz, die das ganze Leben lang anhalten; andernfalls degenerieren Spiel und später Arbeit zu Langeweile und Plagerei.

Sander macht noch eine weitere subtile, aber wichtige Bemerkung über explorativ-selbstbehauptendes Spielen während solcher Perioden von Freiraum („dis-engagement" – das bezeichnet einen Zustand des Säuglings ohne Inanspruchnahme durch innere Bedürfnisse oder äußere Ablenkung – Anm. d. Übers.). Die Aktivitäten des Säuglings, quer durch das ganze Spektrum der Motivationssysteme, die Wiederholung von Mustern, ihre Regelmäßigkeit und Vorhersagbarkeit, stellen die Basis für Bindung her, eine sichere, wenn es positiv verläuft, ambivalent oder vermeidend, wenn negativ, und wenn es keinerlei Verläßlichkeit gibt, eine desorganisiert/desorientierte Form der Bindung. Wenn positiv und konsistent, erlebt der Säugling immer wieder ähnliche Ereignisse, bei denen er Teilnehmer ist. Jedes Ereignis löst eine Emotion aus: Hungerschmerz – Entspannung – Sattheit, Bauchspannung – Befreiung – Entspannung; Zuneigung; Interesse; Effizienz, usw.. Sander nimmt an, daß der Säugling mit jeder Wiederholung diese Emotion erneut erlebt. Das schafft die grundlegende Basis für ein auftauchendes Selbstempfinden (sense of self): die Empfindung, einen Gefühlszustand wieder herzustellen und damit ein Gefühl der Vertrautheit, des Gleichen: das ist das Zentrum des „Selbst". In allen Situationen von Säugling-mit-Pflegeperson ist der Säugling ein Teilnehmer an der Interaktion. Beim befreiten Spiel (disengaged play) hat der Säugling die allerbeste Möglichkeit, sich selbst als der Wiedererschaffer des inneren Erlebens zu erleben, das wir Emotion nennen. Ein emotionales Erleben selbst wieder erschaffen zu können ist deshalb die grundlegende Basis für unsere Intimität mit uns selbst.

Das Kind hat zwei Möglichkeiten, seine Psyche über die Wiederherstellung emotionaler Erfahrung zu entdecken: die eine läuft über seine selbst aktivierte Exploration, „während es in Anwesenheit eines Anderen allein ist"; die zweite geschieht vermittels der spiegelnden Reaktionsfähigkeit der Pflegeperson. Coates (1998) liefert das hübsche Beispiel eines zweijährigen Kleinkindes, das aufgeregt „Blumen" pflückt und an ihnen riecht, während es aufgeregte, aber unverständliche Laute von sich gibt. Seine Mutter nimmt seine Lust wahr, lächelt verständnisvoll und sagt: „Du magst diese Farben wirklich, nicht wahr? Du bist einer, der Blumen liebt." Nun gibt es zusätzlich zu den Blumen und zur Aufregung des Kindes einen dritten Raum (Ogden, 1994), in dem sich der Junge von einer spontanen Sinneserfahrung zur Entdeckung des Erlebens im intersubjektiven Raum bewegt, wie sie in der Psyche seiner Mutter existiert.

Das Kind schaut seine Mutter an, sieht sich selbst und lächelt; es kommt zu einem Erkennen und zur Entdeckung eines Teils des Selbst, das „vom Anderen gehalten wird". Coates fügt hinzu: „Das Kind kommt an einen Punkt, wo es den Gefallen an Farben und Blumen als Teil seiner Auffassung von sich selbst erlebt", und weil ihm seine Mutter auf eine unaufdringliche Weise begegnet ist, „hat es das Erlebnis seiner eigenen Kreativität" (1998, S. 122/123).

Wir stellen nicht nur positive Emotionen wieder her, sondern wir haben während des ganzen Lebens auch häufig das Bedürfnis, negative Emotion wieder herzustellen. Als Säuglinge müssen wir Aversion signalisieren, z. B. gegen eine Brustwarze, die zu tief in unserem Hals sitzt, indem wir sie ausstoßen; gegen ein Gesicht, das zu nah kommt, indem wir Augen und Kopf wegdrehen; gegen jeden Schmerz durch Schreien. Wenn wir einer Situation ausgesetzt sind, die keine bekannten Objekte enthält, erleben wir Furcht und klammern an; wenn wir unsere eigenen Erwartungen oder die der anderen nicht erfüllen, fühlen wir Scham; und wenn wir jemanden verletzen, der uns wichtig ist, fühlen wir uns schuldig. Wir müssen unsere Fähigkeit kennen, Widerstand zu leisten, wenn unsere Pläne durchkreuzt werden, um Macht zu erleben; und wir müssen unsere Fähigkeit kennen, uns zu befreien, uns zurückzuziehen, zu vermeiden und zu wissen, wie wir in Gefahrensituationen reagieren müssen. Viele dieser aversiven Reaktionen werden bereits im Säuglingsalter gut geformt, aber die Fülle ihrer Bedeutung eröffnet sich dem Kind erst ab etwa 9 bis 11 Monaten. Von da an schauen Kinder bei jeder Situation von Unsicherheit in Mutters Gesicht, um ihren emotionalen Gesichtsausdruck zu lesen, als eine Basisinformation zur Orientierung: ein Fremder kommt herein, ich bin ängstlich, aber Mutter lächelt; vielleicht ist es ok – ich schaue noch einmal; Mutter lächelt wirklich; ich lächle auch. Oder es ist das Gegenteil, und ich schreie und klammere mich an sie. Durch diese Erleben von affektiver Bezugnahme lernt das 10 Monate alte Kind einen zentralen Bestandteil menschlicher Subjektivität: andere fühlen Emotionen, und es selber tut es auch. Immer wieder stellt es seine Emotion her, Mutter tut das gleiche, und jeder beeinflußt den anderen dadurch, daß es jeweils zusammenpaßt oder nicht (match or mismatch), ein zentraler Bestandteil der Intersubjektivität. Intimität mit dem Anderen ist nicht länger etwas, das durch angeborene und erlernte Austauschmuster geschieht, sondern etwas, das durch das Erkennen und Angleichen von emotionalen

Zuständen hergestellt wird. Zuneigung, Bestätigung und Bewunderung werden danach in Situationen von Intimität gesucht und gegeben, zuerst mit anderen und dann in Beziehung mit dem Selbst.

Entgegen Freuds Annahme – die auf Rekonstruktionen von Erwachsenen beruhte – beginnen Säuglinge ihr Leben nicht als sexuelle Wesen, die Libido nach dem Modell des Orgasmus abführen müssen. Säuglinge sind vor und nach der Geburt sinnliche Wesen, die nichtnährendes Nuckeln, Mund- und Hautsensitivität benutzen, um ihren affektiven Zustand nach oben oder nach unten zu regulieren. Mütter schütteln ihre Babys in den Wachzustand und wiegen und streicheln sie, um sie zu beruhigen und zum Schlafen zu bringen. Väter toben mit ihnen herum, setzen sie auf Säuglingswippen und beschleunigen die Rhythmen. Die Genitalien spielen bis zum Alter von etwa 10 Monaten keine besondere Rolle, und bis etwa 18 Monate gibt es in der Regel keine erkennbare masturbatorische Stimulation. Erst danach können wir von einem Bedürfnis nach beidem sprechen, nach sinnlichem Vergnügen *und* sexueller Erregung. Als Therapeuten können wir Patienten helfen, in ihrer inneren Welt die nützliche Unterscheidung zwischen der Sehnsucht nach sinnlicher Erfahrung mit sich selbst oder mit anderen und einem sexuellen Erregungszustand zu machen.

Säuglinge und Kleinkinder erleben Wahrnehmungen als wahr, d.h. als unbestreitbare Realität. Diese Tendenz, Wahrnehmung als Realität zu betrachten, wird allmählich revidiert, setzt sich aber als eine Tendenz durch das ganze Leben hindurch fort. Die Erkenntnis der Fehlbarkeit der eigenen Wahrnehmungen schwankt ständig. Unter dem Einfluß intensiver emotionaler Zustände geht die Erkenntnis der Möglichkeit eines Fehlers oft verloren. Eine Offenheit, das eigene Potential für Fehler in Wahrnehmung und Kognition zu akzeptieren, ist notwendig, um mit den eigenen Zuschreibungen von Kausalität und der eigenen Verantwortung für fehlerhafte Folgerungen zu leben, besonders dann, wenn Sinneseindrücke betroffen sind, die vom eigenen Körper ausgehen.

Schmerzliche oder intensive Empfindungen, die vom Körper ausgehen, werden als unabhängige Stellen von meist dystoner Realität erlebt. Zwei Entwicklungstendenzen erlauben es dem sich entwickelnden Kind, Wahrnehmungen und Konzeptionen als fehlbar zu betrachten. Die eine Tendenz ist das Dezentralisieren der Perspektive, d.h. die Erkenntnis des 3-4 Jahre alten Kindes, daß es Dinge verschieden sieht, wenn die Ge-

gebenheiten verschieden sind, und daß es *eine* Sicht haben kann, während eine andere Person oder sogar das Kind selbst in der Vergangenheit oder Zukunft eine andere Sicht haben können. Diese Art der Dezentralisierung geschieht mit geringerer Wahrscheinlichkeit, wenn es sich um *aktuelle* Empfindungen und nicht um vergangene handelt und wenn weniger Distanz besteht, um ein Konzept alternativer Perspektiven erkennen zu können. Die zweite Tendenz ist die Erkenntnis, daß die aus einer Wahrnehmung gezogene Schlußfolgerung falsch sein kann. Diese Erkenntnis kann bei einem 5jährigen Kind bestätigt werden, wenn man das Kind z.B. dadurch täuscht, daß man ihm eine Süßigkeit anbietet, die genau wie eine Schachtel aussieht. Dem Kind wird dann gesagt: „Hier ist eine weitere Schachtel – eigentlich eine Süßigkeit, genau wie diejenige, die du selbst hast. Sie ist für deinen Freund. Wenn der sie sieht, was wird dein Freund wohl denken?" Wenn er antwortet, „eine Schachtel", dann wissen Sie, daß ihm das Konzept zur Verfügung steht, daß Erscheinungen (Wahrnehmungen) irreführend sein können, und daß dieselbe Möglichkeit, getäuscht zu werden, auch auf andere zutrifft – deren Psyche arbeitet genau so wie die seine. Intimität mit dem eigenen Selbst muß deshalb die Vorstellung mit einschliessen, daß ich getäuscht werden kann, d.h. daß ich inkorrekte Schlußfolgerungen und kausale Zusammenhänge ziehen kann und daß andere ebenso getäuscht werden können. Andere können mich täuschen und ich sie. Und was wahrscheinlich für unsere Betrachtung eines vollen und reichen Empfindens von Subjektivität am wichtigsten ist: Ich kann mich bezüglich meines Körpers, meiner Absichten und der Emotionen meiner bedeutungsvollsten Beziehungen täuschen.

Die Entwicklungen, die zwischen 18 und 24 Monaten stattfinden, sind entscheidend für viele spezifisch menschliche Qualitäten, einschließlich der Anfänge von erkennbarer reflektiver Intimität mit dem Selbst. Diese Entwicklungen sind unter anderem: ein Aufwallen von perinealer Stimulation und masturbatorischer Aktivität; ein Aufwallen von Aggression; ebenso ein Aufwallen einer altruistischen Reaktion auf jemanden, der Schmerz leidet, und von Schuldgefühlen darüber, jemanden verletzt zu haben; der Beginn des symbolischen Spiels und des symbolischen Gebrauchs der Sprache, mit einer Explosion der Wortschatzaneignung; das Erkennen des eigenen Spiegelbildes; der Gebrauch von Pronomen für sich und andere. Ab diesem Alter kann das Kind sich selbst sowohl als

Subjekt als auch als Objekt erleben. Im Umgang mit anderen und mit sich selbst in seiner neu geschaffenen symbolischen inneren Welt kann es intensiven Ärger erleben, wenn sein Handlungsentwurf gestört wird. Gleichzeitig führt der altruistische Zuwachs zu Mitgefühl für die Verletzungen von anderen und letztlich seiner selbst. Kausalität und Schuldzuschreibung (blame) werden zu einem feststehenden Aspekt der Intimität mit anderen und mit dem Selbst. Im Spiel mit Spielzeug und Puppen arbeiten Kinder all die sich verändernden Muster aus, wer wem was antut. Im Spiel mit Gleichaltrigen lernen Kinder, daß man sich abwechselt, und das Hin und Her zwischen Besitzen und Verlieren. Sie objektivieren auch ihre Körperteile (mein Zeh macht mir weh) und beziehen sich aufeinander (Johnny zieht seine Hose an). All dies wird nun im lebenslangen Prozeß der inneren Konversation mit sich und anderen repräsentiert – ein Monolog-Dialog. Dies wird durch zwei unterschiedliche Organisationsmodi der symbolischen Repräsentation als Ganzem und durch den symbolischen Gebrauch der Sprache möglich.

Was das Gehirn betrifft, so bringen wir assoziative Verknüpfungen mit der Myelinisierung des Kortex mit getrennten Netzwerken, die rechts- oder linksseitige Dominanz mit sich bringen, zusammen. Vom Standpunkt des Sprachgebrauchs aus ist der eine Organisationsmodus eher syntaktisch, der andere eher imaginativ und metaphorisch, aber beide benützen Sprache. Vom Standpunkt des Erlebens aus wird Information, die aus Wahrnehmungsstimuli gewonnen wird, gleichzeitig in beiden Modalitäten verarbeitet, mit variierendem Zugang zum Bewußtsein. Der primäre oder nichtlineare Verarbeitungsmodus beherrscht den inneren Monolog-Dialog, indem er Elemente von Worten, Bildern, Geräuschen und Emotionen in variierenden Kombinationen verbindet, die den persönlichen kognitiven Stil jedes einzelnen Individuums bilden. Der sekundäre oder syntaktische lineare Verarbeitungsmodus beherrscht den Kommunikationsstil des formalen Gesprächs. Der Sekundärvorgang liefert die notwendige Organisation für die Ausformung von Skript und Schemata in „narrative Hüllen" (narrative envelopes), in die ab dem 3. Lebensjahr wiederholte Elemente der täglichen Erfahrung als „Ereignisse" (events) niedergelegt werden – z.B. einkaufen gehen, Abendessen, wenn Vater zuhause ist, ins Bett gebracht werden (Nelson, 1988).

In beiden Modi stellen wir unser Erleben her, indem wir Themen und Zusammenhänge aus der Gesamtheit der täglichen Erlebnisse herausgreifen. In unserem Selbstgespräch (private discourse), in Momenten der größten Intimität mit uns selbst, gehen wir über die Themen und Skripte, lassen wieder die Freude über das erstehen, was war, hätte gewesen sein können oder sein wird, oder wir bearbeiten die Enttäuschungen, Verletzungen und Befürchtungen über das Vergangene, indem wir die Reaktionen wieder erfinden, die es gab oder hätte geben sollen. Diese emotionale Abstimmung (attunement) mit uns selbst schafft das Gleichgewicht zwischen einer Erkenntnis dessen, was wir glauben, ertragen zu können, und dem, worüber wir uns selbst hinwegtäuschen müssen. Wir erreichen dieses Gleichgewicht durch kontinuierliche bewußte und unbewußte Evaluierung des Erlebens. Sekundärprozeßhafte Evaluierung umfaßt das Antizipieren, Überprüfen, Entscheiden, Planen und Zielsetzen innerhalb und außerhalb des Bewußtseins (Weiss, 1993, Weiss und Sampson, 1986). Primärprozeßhafte Evaluierung umfaßt die Analyse von Ereignissen (events), die man allein oder mit anderen erlebt und bestimmt deren affektive Bedeutung für einen selber und für andere (Stimmungen, Motive und Intentionen – Dorpat und Miller, 1992).

Ein Kind, das wiederholtem Versagen von Empathie sowie Traumata ausgesetzt ist, wird mit einem schwierigen Dilemma konfrontiert. Wenn ihm eine flüchtige Folgerung sagt, daß sein Vater zu verärgert, zu absorbiert oder zu betrunken ist, um ihm zuhören oder ihm mit einem Problem helfen zu können, kann es entweder seinen Gemütszustand so erinnern, wie es ihn wahrgenommen hat (genau oder ungenau), oder es kann seine Wahrnehmung auslöschen. Indem es seine Einschätzung von Vaters Gemütszustand erinnert, kann es einen authentischen Eindruck von sich selbst und von ihm bewahren. Wenn es ihn auslöscht, bleibt es zurück mit einem Verlust an Authentizität über einen Aspekt ihrer Bindung und mit einer Einschränkung der inneren Kommunikation und der Intimität.

Sobald die beiden Arten der symbolischen Repräsentation aktiv geworden sind, wird die gelebte Erfahrung des Kleinkindes unwiderruflich verändert. Mit dem symbolischen Spiel und dem Sprachverständnis und -gebrauch erfinden Kinder Sätze, die sie vorher nie gehört hatten und gestalten ihre eigenen Spiele. Die Eltern erwarten jetzt auch mehr von ihnen, und sie können sich nicht länger bequem auf eine Gesten- und Zeichensprache verlassen. Das Kleinkind erlebt entsprechend viele Verletzungen und Enttäuschungen. Das symbolische Spiel, allein oder zusammen mit anderen, ist eine große Hilfe, um diese aversiven Erlebnisse zu sortieren, ihnen Form zu geben und Alternativen auszuarbeiten. Gerade weil das Spiel vorgetäuschte und aktuelle Realität und deren Zusammenspiel gleichzeitig beinhaltet, liefert es die Grundlage für das Nachdenken und das Erkennen der Absichten und Hoffnungen in bezug auf sich selber und andere.

Indem das Selbst dem Selbst die bedeutungsvollen Ereignisse des Tages mit ihrer emotionalen Wirkung auf das Selbst in Form eines inneren Diskurses wiederholt, manchmal als lautes Selbstgespräch, fördert es entscheidend die Entwicklung, daß das Selbst mit dem Selbst vertraut wird. Nelson (1989) hat diesen Monolog-Dialog hervorragend als „Kissengespräch" beschrieben, und Stern (1990) hat einen solchen inneren Diskurs im *Tagebuch eines Babys* kreativ imaginiert und aufgezeichnet. Während die Kernerfahrung des Selbstempfindens dem entspricht, was Edelmann (1992) primäres Bewußtsein nennt – ein Zustand, in dem man die Dinge in der gegenwärtigen Welt bewußt wahrnimmt –, braucht Intimität mit dem Selbst ein Bewußtsein höherer Ordnung. Mit der Entwicklung von Sprache und symbolischer Repräsentation beginnen Kleinkinder, ihre Erfahrungen anderen im Gespräch mitzuteilen und, wenn sie allein sind, oft auch sich selber. Das Selbstgespräch – ob laut oder stumm – ist besonders wichtig für die Intimität mit dem Selbst. Wenn die Selbstintimität einmal entwickelt ist, wird sie ein wichtiger Faktor für die Fähigkeit, allein zu sein, zu meditieren und gerne sein eigenes Selbst zu sein. Selbstintimität beinhaltet, zu erkennen, daß man eine Welt der Imagination erschafft (Winnicott, 1953, 1971), in der man „herzensnahe" Motive zum Ausdruck bringt. In der Welt der Imagination spricht das Kind zu erfundenen Gefährten, die entweder aktuelle Spielgefährten darstellen oder für das Spiel zum Trost und zur Erleichterung des Alleinseins neu geschaffen werden.

Selbstintimität braucht auch ein Gefühl für Privatheit, eine Grenze der Innenwelt, die es dem Kind erlaubt zu glauben, daß Gedanken, die es bei sich selbst behält, anderen nicht zugänglich sind. Untersuchungen (Meares und Orlay, 1988, Meares, 1993) zeigen, daß die meisten Kinder, die älter als 4 Jahre sind, den Begriff der Heimlichkeit kennen; sie eignen ihn sich zwischen 3.5 und 5.5 Jahren an. Die Studien von Meares (1993) zeigen, daß das Erlernen einer Strategie des Lügens eng mit dem Erreichen eines Konzepts der Heimlichkeit verbunden ist. So kommen für Kinder im Alter von 4 bis 6 Jahren eine Reihe von Erlebnisweisen zusammen: eine Zunahme des Interesses an Erzählungen, inklusive persönlicher Versionen der Ödipussage; ein konsistenterer innerer Monolog; die Fähigkeit, sich selbst als einen Spielgefährten zu nehmen; das Wissen, daß die eigenen Gedanken und Gefühle einen „Geheimgarten" bilden, und ein wachsender Gebrauch von schützendem Schweigen und Verstellung.

Meares zitiert eine Geschichte, die von Edmund Gosse (1907) erinnert wurde: Im Alter von 5 Jahren entdeckte dieser, daß sein Vater offenbar nichts von einem kleinen Vergehen wußte, das Gosse kurz zuvor begangen hatte: „der kurioseste aller Gedanken, die in dieser Krise durch mein ursprüngliches, unentwickeltes kleines Gehirn gingen, war der, daß ich in mir selbst einen Gefährten und einen Vertrauten gefunden hatte. Es gab ein Geheimnis in dieser Welt, und es gehörte mir und jemandem, der mit mir im selben Körper wohnte. Wir waren zu zweit, und wir konnten miteinander reden. Es ist schwierig, solch rudimentäre Eindrücke zu fassen, aber sicher ist, daß gerade in dieser dualistischen Form das Gefühl für meine Individualität jetzt plötzlich in mir wach wurde, und ebenso sicher war es ein großer Trost für mich, einen Sympathisanten in meiner eigenen Brust zu finden." (S.58)

Um zusammenzufassen: Das positive Gefühl der Intimität mit dem eigenen Selbst ist grundlegend darauf aufgebaut, daß man seine eigene Gesellschaft mag, zum einen als Spielgefährten und Erbauer einer privaten Welt der Illusion, zum anderen als Denker und Problemlöser in Reaktion auf den Streß innerer und äußerer Anforderungen. Das Spiel stellt einen positiven Rahmen zur Verfügung, in dem man über eigene Hoffnungen und Absichten lernen und reflektieren kann, wie auch über die Hoffnungen und Absichten anderer. So kann ein Kind z.B. lernen, seine eigenen rivalisierenden Absichten oder die anderer zu erkennen, ohne Zuweisung einer bösen Absicht dem Selbst oder Anderen gegenüber. Das Spiel bietet also eine optimale Gelegenheit, um zu lernen, wie Psychen arbeiten – die eigene und die anderer. Unsere Psyche und unser Körper werden dadurch zu integrierten Begleitern unseres Selbst. Aus dieser Gefährtenschaft mit der eigenen Psyche und dem eigenen Selbst entsteht Selbstsympathie und der Wunsch und die Fähigkeit, wenn nötig Barrieren zu errichten, oder aber mit anderen zu teilen, wo man sich von Liebe, Bedürfnis und Sicherheit geleitet fühlt. Phantasierte vitalisierende und beruhigende (Selbstobjekt-) Erfahrungen (Bacal, 1990) und tatsächlich vitalisierende und beruhigende (Selbstobjekt-) Erfahrungen, die in der Beziehung mit anderen hervorgerufen werden (Lichtenberg, Lachmann und Fosshage, 1992), entstehen beim Zusammentreffen von Selbstintimität und Intimität mit anderen. Ein starkes Gefühl der Intimität mit dem eigenen Selbst und mit anderen hebt und belebt die Qualität der menschlichen Erfahrung. Dieses tiefe Gefühl von innerer und äußerer Gemeinschaft hat seinen Ursprung sowohl im explorativen Spiel als auch im Affekt der Spielfreude und wird in unsere private Sprache eingebettet, sobald wir diese erworben haben.

Ich bin Dr. Russell Meares für seine Pionierstudien in *The Metaphor of Play* (*Die Metapher des Spiels)*, seine Studien über Heimlichkeit und seine Entdeckung des Zitats von Edmund Gosse zu Dank verpflichtet.

Übersetzung: Hannelore Bodansky und Alex Holder

Literatur

Bacal, H. (1990): The elements of a corrective selfobject experience. Psychoanalytic Inq. 10:347-372.
Bowlby, J. (1958): The nature of a child's tie to his mother. Internat. J. Psycho-Anal, 39: 350-373.
– (1960): Grief and mourning in infancy and early childhood. The Psychoanalytic Study of the Child, 15:9-52. New York: Intern. Univ. Press.
Brothers, D. (1995): Falling Backward, New York, Norton.
Cath, S., Gutwitt, A. and Ross, (1982): Father and Child. Boston, MA: Little, Brown.
– & Gunsberg, L. (1989): Fathers and Their Families. Hillsdale, NJ: Analytic Press.
Coates, S. (1998): Having a mind of one's own and holding the other in mind. Psycho Dialogues 8: 115-148.
Dorpat, T & Miller, M. (1992): Clinical Interaction and the Analysis of Meaning. Hillsdale, NW: Analytic Press.
Edelman, G. (1992): Göttliche Luft, vernichtendes Feuer. München, Zürich (Piper) 1995
Fonagy, P. and Target, M. (1998): Mentalization and the changing aims of child psychoanalysis. Psa. Dialogues 8:87-114.
Gosse, E. (1907): Father and Son. Harmondsworth, England: Penquin 1983
Kohut, H. (1971): Narzißmus. Frankfurt (Suhrkamp) 1973.
– (1977): Die Heilung des Selbst. Frankfurt (Suhrkamp) 1979.
– (1984): Wie heilt die Psychoanalyse? A. Goldberg, P. Stepansky (Hrsg.) Frankfurt (Suhrkamp) 1987.

– (1984): Introspection, empathy and the semicircle of mental health. In Empathy I, ed. J. Lichtenberg, M. Bornstein & D. Silver, Hillsdale, NJ: The Analytic Press.

Lichtenberg, J. (1989): Psychoanalysis and Motivation, Hillsdale, N.J. Analytic Press.

– (1989): Model scenes, motivation, and personality. The Significance of Infant Observational Research for Clinical Work with Children, Adolescents, and Adults. Eds. S. Dowling and A. Rothstein, Intern. Univ. Press: Madison, Conn. 91-107.

Lichtenberg, J., Lachmann, F., and Fosshage, J. (1992): Self and Motivational Systems: Toward a theory of technique. Hillsdale, NJ: Analytic Press.

– (1996): The Clinical Exchange: Technique Derived from Self and Motivational Systems. Hillsdale, NJ: Analytic Press.

Lichtenberg, J. and Meares, R. (1996): The role of play in things human. Psychoanal. & Psychother.,13:3-16.

Main, M., and Goldwyn, R. (1992): Adult attachment classification system. In: M. Main (Ed.) A Typology of Human Attachment Organization: Assessed in discourse, drawings, and interviews. New York: Cambridge Univ. Press.

Meares, R. (1993): The Metaphor of Play, Northvale, NJ: Jason Aronson.

– and Lichtenberg, J. (1995): The form of play in the shape and unity of self. Contemporary Psychoanalysis 31: 47-64

Nelson, K. (1986): Event knowledge: Structure and Function in development. Hillsdale, NJ: Erlbaum.

– (1989): Ed. Narratives from the crib. Cambridge, MA: Harvard, Univ. Press.

Ogden, T. (1994): Subjects of Analysis. Northvale, NJ. Aronson.

Sander, L., (1983a): To begin with Reflections on ontogeny. In: Reflections on Self – Psychology, ed. J. Lichtenberg and S. Kaplan. Hillsdale, NJ: Analytic Press. 85:104.

– (1983b): Polarity, paradox, and the organizing process in development. In: Frontiers of Infant Psychiatry, ed. J.D. Call, E. Galenson & RR. Tyson. New York: Basic Books, pp. 315-327.

– (1986): The inner experience of the infant: A framework for inference relevant to development of the sense of self. Presented to Mahler Symposium. (Unpublished).

Stern, D. (1985): Die Lebenserfahrung des Säuglings. Stuttgart (Klett-Cotta) 1992.

– (1990): Tagebuch eines Babys. München (Piper) 1991.

Sterba, R. (1934): The fate of the ego in analytic therapy. Int. J. Psycho-Anal. 15:117-126.

Weiss, J. (1993): How Psychotherapy Works. New York: Guilford.

Weiss, J. and Sampson, H. (1986): The Psychoanalytic Process. New York: The Guilford Press.

Winnicott, D. (1953): Übergangsobjekte und Übergangsphänomene. In: Winnicott, D.W. (1971) a. a. O., S. 10-36.

– (1971): Vom Spiel zur Kreativität. Klett, Stuttgart (1973)

Anlage 1

Intimität mit dem Selbst ist abhängig von:

1. der Bereitstellung von Gelegenheiten für Intimität durch Andere von vorgeburtlicher Zeit an während des ganzen Lebens

2. der allmählichen Entwicklung eines Selbstempfindens, das als kohäsiv erlebt wird im Zusammenhang mit Motivationen, die über fünf Systeme an- und abschwellen

3. der allmählichen Entwicklung einer Fähigkeit für reflexive Selbstwahrnehmung oder Mentalisierung über die Domänen der Kommunikation von Selbst zu Anderen und Selbst zum Selbst

Anlage 2

Selbstzustand	**Beziehung** Ausgedachtes „Selbst"	**Vorwiegende Entwicklung**
Intrauterin	Mütterliche Konversation beginnt väterliche Involviertheit	Saugsinnlichkeit, propriozeptive Vorbereitung, Aversive Reaktionen, Gedächtnisprosodie
Auftauchend	Intuitive Reaktionen auf Zustände in 5 Motivationssystemen	Wiederholtes affektives Wiedererwachen, das zur Grundlage der Vertrautheit mit dem Selbst führt
Kern	Gemeinsame Regulierung in jedem Motivationssystem mittels wiederholter variierender Reaktionen auf die Rhythmen und Formen der Pflegepersonen (M/V/Andere)	Stabilisierung der Muster in Kategorien; Spaßigkeit entwickelt sich in einer Welt von einseitig wahrgenommener symbolischer Kommunikation
Subjektiv	M/V/A bieten Gesichtsausdruck als Orientierung an – sicher? glücklich? Gefahr? Not? (Lächeln, unbewegt, depressiv, verängstigt, Scham)	Affekt ist ein gemeinsames Erleben, das gesucht wird Kommunikation in Zeichensprache, um Intentionalität anzuzeigen
Symbolisierend	Konflikthafte Agendas Spaßigkeit Sprache als anweisend-regulie- rend Erhöhte Erwartungen (Reinlichkeitserziehung usw.) Bestätigung von Rücksichtnahme Beziehung zu Gleichaltrigen – paralleles und interaktives Spiel	Konsolidierung von Spielaffekt als vitalisierende Quelle der Selbst- identifizierung und als-ob-Spiele Sprache als Kommunikation Innerer Monolog beginnt Nächtliche Denktätigkeit in Form einfacher Träume Destabilisierung, die aus der Spannung zwischen Zeichensprache versus verbaler Kommunikation entsteht Altruistische Reaktionen Sich abwechseln, Nehmen und Geben
Organisieren von Ereignissen	Kategorisierung von M/V/Kindergärtnerin als Schlagzeilen mit Spalten – Anfang, Mitte, Ende	Pronomen der Selbstbestimmung in Geschichten über Ereignisse und in als-ob-Spielen
Narratives Organisieren	Austausch von kreativen Geschichten Inszenieren von Reaktionen auf ödipale Annäherungen Geheimhaltung und Irreführung als Übung	Ödipales Drama als vorgetäuscht und real Fehlbarkeit der Wahrnehmung und Schlußfolgerung Erkenntnis, wie Seelen funktionieren Erwartung einer Zeitdimension im Gedächtnis Reflektive Selbstwahrnehmung - ich tat, fühlte, dachte; ich glaube, er tat, fühlte, dachte; ich glaube, er denkt, daß ich tat, fühlte und dach- te; ich glaube, daß Mutter denkt, daß Vater **tat, fühl**te und dachte und ich bin (oder bin nicht) ihrer Meinung

Empathisches Versagen: Katastrophe oder Chance?

Anna Ornstein

Eine häufige Kritik an der Selbstpsychologie lautet, daß sie die Meinung vertritt, Heilung sei durch Empathie möglich. Sie arbeite nicht mit Deutungen, um den Patienten dabei zu helfen, ihr symptomatisches Verhalten und die Züge ihrer Persönlichkeit aufzugeben, die sie daran hindern, ihre Fähigkeiten bestmöglichst auszuschöpfen. Im Zusammenhang mit dieser Kritik steht der Einwand, daß die Selbstpsychologie die Macht der unbewußten Widerstände nicht anerkennt, welche sich einer Veränderung entgegenstellen. Mit anderen Worten: Selbstpsychologen nehmen die Mitteilungen ihrer Patienten für bare Münze; sie erkennen nicht, daß alle Patienten, ungeachtet ihres bewußten Wunsches nach Veränderung, unbewußt dennoch hartnäckige Widerstände gegen eine Modifizierung ihres pathologischen Verhaltens aufbauen. Diese Vernachlässigung des Unbewußten, so die Kritiker, ist vor allem bei Patienten, die an einer Charakterpathologie leiden, ein krasser Fehler. Ich spreche hier von jenen Fällen, bei denen die Symptome „ich-synton" geworden sind, und bei denen jeder Versuch, die unangemessenen Persönlichkeitszüge zu benennen, von den Patienten mit großer Wahrscheinlichkeit als unempathisch erlebt wird.

Die Bedeutung, die die Selbstpsychologie dem empathischen Eintauchen in die innere Welt des Patienten sowie der Notwendigkeit beimißt, eine der Selbstobjektübertragungen herzustellen, wurde als Gegensatz zur Deutung unbewußter Charakterzüge der Persönlichkeit angesehen. Verstehen wir unter Deutungen Aussagen, die den Patienten mit seinen gewohnheitsmäßigen Denk- und Verhaltensweisen konfrontieren und diese in Frage stellen müssen, dann sind sie tatsächlich unvereinbar mit den Grundsätzen der Selbstpsychologie; Selbstpsychologen müssen vielmehr ihre Patienten aus deren innerer Perspektive verstehen und nicht so, wie sie von anderen Menschen erlebt werden. Aber, so wenden die Kritiker ein, gerade weil Selbstpsychologen die subjektive Sicht der Patienten akzeptieren, und deren Symptome und Charakterzüge nicht in Frage stellen, entschuldigen und perpetuieren sie zwangsläufig Verhaltensweisen, die sowohl für den Patienten selbst als auch für seine Umwelt destruktiv sind.

Diese schwerwiegenden Einwände stammen letztlich daher, daß Kohut in seinem ersten Buch „The Analysis of the Self" (1971; deutsch: Narzißmus, 1973) nicht ausgeführt hat, wie die Selbstpsychologie Abwehr und Widerstand versteht. Er konzentrierte sich in diesem Buch nahezu ausschließlich auf die Beschreibung der verschiedenen Selbstobjektübertragungen. Erst viele Jahre später, in seinem postum veröffentlichten Werk „How Does Analysis Cure?" (1984; deutsch: Wie heilt die Psychoanalyse? 1987), widmete er der Analyse von Abwehr und Widerstand ein Kapitel, in dem er den Unterschied zwischen dem selbstpsychologischen und dem traditionellen Ansatz deutlich machte. Nach seinen Worten geht die traditionelle Psychoanalyse davon aus, daß diese komplexen psychischen Strukturen vom Lustprinzip beherrscht werden; sie werden als isolierte psychische Mechanismen (Projektion, Verleugnung, Regression usw.) gedeutet, die sich der Arbeit der Analytikerin[1] in den Weg stellen. Aus der Sicht der Selbstpsychologie dagegen fokussiert die Analytikerin die innere Welt des Patienten und erkennt auf diese Weise, daß Abwehrmechanismen nicht eine verbotene, mit Triebbedürfnissen und -wünschen zusammenhängende Wahrheit verbergen, sondern daß sie ein verletzliches Selbst vor weiterer Traumatisierung und Fragmentierung schützen. Meiner Ansicht nach müssen defensive Strukturen[2], auch wenn sie für das Selbst Schutzfunktionen erfüllen, gedeutet werden. Da wir diese Strukturen anders verstehen als in der traditionellen Psychoanalyse, müssen wir sie natürlich auch anders deuten. Ich halte es für wichtig, die im Charakter verankerten Abwehrmechanismen in den Deutungsprozeß miteinzubeziehen, weil sie die psychischen Strukturen sind, die letztlich die Grundlage dafür bilden, daß unerträgliche Angst und andere Affekte gehalten werden können, die sonst unter Streß zur Selbstfragmentierung führen könnten.

---

[1] Im folgenden steht „der Patient" für Patient/in und „die Analytikerin" für Analytiker/in.

[2] Kohut unterschied zwischen defensiven und kompensatorischen Strukturen: „Ich nenne eine Struktur defensiv, wenn ihre einzige und hauptsächliche Funktion darin besteht, den primären Defekt im Selbst zu überdecken. Ich nenne eine Struktur kompensatorisch, wenn sie diesen Defekt kompensiert, statt ihn zu verdecken" (Kohut (1977) dtsch 1979, S. 20). Ich möchte dieser Definition hinzufügen, daß wir, wenn wir von defensiven Strukturen sprechen, diese nicht auf isolierte Mechanismen beschränken. Defensive Strukturen können äußerst komplex sein. Und neben der individuellen Art und Weise, in der verschiedene Mechanismen an ihrer Entstehung beteiligt sind, können auch Affekte wie Wut und Sexualisierung zu defensiven Zwecken eingesetzt werden.

Wie Abwehrorganisationen funktionieren, kann man besonders gut beobachten, wenn man gestörte Ehebeziehungen analysiert. In der Ehe, ähnlich wie in anderen intimen Beziehungen, werden spontan infantile Bedürfnisse und die entsprechenden Abwehrstrukturen aktiviert. Gerade in diesen Beziehungen können wir beide Aspekte dieser komplexen psychischen Strukturen beobachten, nämlich, daß 1. das symptomatische Verhalten dazu dient, die Selbstkohäsion zu erhalten, und 2. die negative Art und Weise, in der das mit diesen Strukturen verbundene Verhalten andere Personen in der Umgebung des Patienten beeinflußt.

Klinisches Beispiel

Frau und Herr Graves waren seit zehn Jahren verheiratet. Für beide war es die zweite Ehe. Sie waren schon bei vielen Therapeuten, die meistens beide Partner aufgefordert hatten, ihr Verhalten zu ändern und es den Wünschen und Erwartungen des anderen anzupassen. Der Ursache ihres Verhaltens jedoch, den psychischen Strukturen, die es auslösten, war nicht nachgegangen worden. Sie hatten gewissenhaft die ihnen erteilten Ratschläge befolgt, da dem Paar sehr viel daran lag, die Ehe zu retten. Obwohl sie den Anweisungen gemäß handelten und ihr Verhalten entsprechend änderten, wurde ihre Beziehung immer schlechter. Als sie zu mir zur Beratung kamen, dachten sie ernsthaft an Scheidung.

Im Laufe unseres gemeinsamen Gesprächs wurde deutlich, daß Herr Graves ein außerordentlich verletzbarer Mann war, der nach Spiegelung verlangte („mirror-hungry"), und der nach seinen eigenen Worten im Haus mit eiserner Hand herrschte; er kontrollierte alle Personen in seiner Umgebung. Er widersprach der Darstellung seiner Frau nicht, daß er jahrelang nachtragend war und sich sofort rächte, wenn er sich von ihr verletzt fühlte. Frau Graves schilderte auch, daß sich ihr Mann jedes Mal wochenlang zurückzog und nicht mit ihr sprach, wenn sie etwas nicht angemessen würdigte, was er für sie getan hatte.

Andererseits versuchte Frau Graves mit allen Mitteln, nicht „unfreundlich" zu sein; sie erspürte schon im voraus, in welcher Stimmung ihr Mann war und versuchte, sich so gut wie möglich anzupassen. Mit anderen Worten: um die Ehe zu retten, mußte ein sadomasochistisches Gleichgewicht aufrechterhalten werden. Im Laufe der Zeit konnte Frau

Graves sich nicht mehr beherrschen, sondern äußerte die Wut auf ihren Mann offen, was das prekäre Gleichgewicht ihrer Beziehung bedrohte. Die Eheleute sahen die Beratung bei mir als letzte Chance, um ihre Ehe zu retten.

Das Bedürfnis von Herrn Graves, seine gefühlsmäßig wichtigen Beziehungen unter Kontrolle zu halten, schien die Hauptursache der ehelichen Schwierigkeiten zu sein. Das war offenbar für beide klar. Ein Kollege hatte die beiden an mich überwiesen und Herrn Graves zu einer Analyse geraten. Nach einigen gemeinsamen Gesprächen akzeptierte dieser den Vorschlag. Zu Beginn unserer gemeinsamen Arbeit vermutete ich, daß sein Bedürfnis, andere zu kontrollieren, mit seiner narzißtischen Verletzlichkeit und seiner sehr fragilen Selbststruktur zusammenhing. Beides war darauf zurückzuführen, daß er die für seine Entwicklung notwendige Selbstobjektresponsivität nicht erfahren hatte. Er beschrieb seine Mutter als eine Frau, die sich nur wenig um das Leben und die Aktivitäten ihrer Kinder kümmerte und seinen Vater als einen Mann, der ihn demütigte und beschimpfte. Wie alle Menschen, die unter solchen Umständen aufwachsen, hielt auch Herr Graves seine Kindheit für durchaus normal; er war kein aufsässiges oder schwieriges Kind. Im Gegenteil, er war gehorsam und hoffte, dafür eine liebevolle Reaktion zu erhalten. Die Wut, die man eigentlich als Reaktion auf die Gleichgültigkeit und Demütigung erwartet hätte, wurde verdrängt und verleugnet. Da die chronische narzißtische Wut seine Selbstkohäsion ständig bedrohte, entwickelte er rigide und starre Abwehrstrukturen in seinem Charakter. Sein tyrannisches und kontrollierendes Verhalten hielt seine Wut in Schach und sorgte dafür, daß er organisiert und funktionsfähig blieb. Auf diese Weise kontrollierte er auch die Menschen in seiner Umgebung, damit sie ihn nicht plötzlich durch ihr Verhalten verletzen konnten: er mußte sein gesamtes Umfeld kontrollieren, um so für sein fragiles Selbst ein relativ sicheres Milieu zu schaffen. Das Bedürfnis zu kontrollieren erfüllte aber noch eine weitere, sehr wichtige Funktion: Herr Graves zwang damit *unbewußt* seine Übertragungsobjekte, ihm die für seine Entwicklung notwendigen Selbstobjektreaktionen zur Verfügung zu stellen: eine bedingungslose Akzeptanz und bestätigende Reaktionen.

Eine Deutung, mit der diese komplexen psychischen Strukturen angesprochen werden konnten, war deshalb besonders schwierig, weil der Affekt einer chronischen narzißtischen Wut die gesamte Selbststruktur beherrschte. Herr Graves konnte die *direkte* Äußerung seiner Wut relativ gut kontrollieren, aber der destruktive Affekt zeigte sich *indirekt* in bestimmten Zügen seiner Persönlichkeit. Mit seiner überempfindlichen Art, hinter der er seinen Sadismus kaum verbergen konnte, stieß er gerade all jene Menschen ab, deren Anerkennung und Bewunderung er sich am sehnlichsten wünschte. Herr Graves hatte wegen eines viele Jahre zurückliegenden „Vorfalls" jahrelang nicht mehr mit seinem einzigen Bruder gesprochen. Seine Mutter (sein Vater lebte nicht mehr) besuchte er selten, aber er erinnerte sich offenbar an jede einzelne Situation, in der er sich von ihr enttäuscht fühlte. Nach seiner Meinung war seine Verachtung ihr gegenüber völlig gerechtfertigt wegen der Art und Weise, in der er sich von ihr behandelt fühlte. Die Vorstellung, daß seine zweite Ehe mit einer Frau, die er aufrichtig liebte, zerbrechen könnte, bewog ihn dazu, den Rat anzunehmen, eine Analyse zu machen.

Unbewußte Abwehr, Widerstand und der Deutungsprozeß

Kohut vertrat 1984 in seinem Buch die Ansicht, daß der selbstpsychologisch orientierte Analytiker den einzelnen (Details der beteiligten) psychischen Mechanismen nur untergeordnete Aufmerksamkeit widmen solle: „Wie der Pianist, der seine ganze Aufmerksamkeit dem Werk widmet, das er aufführt, und der künstlerischen Botschaft, die es übermittelt, so auch der erfahrene, selbstpsychologisch informierte Analytiker: Die Details treten zurück, wenn er die allmähliche Stärkung des Selbst des Patienten und die Selbstobjekt-Faktoren untersucht, die diese Entwicklung fördern oder hemmen." (Kohut (1984) 1987,S. 209)

Diese Richtlinie scheint mir ziemlich unverbindlich formuliert. Mit zunehmender klinischer Erfahrung haben wir gelernt, daß ein Selbst mit einer auf defensiven Strukturen beruhenden Strukturierung äußerst anfällig für Verletzungen und Fragmentierungen ist. Nach dem gegenwärtigen Stand der Selbstpsychologie kommen wir nicht umhin, die individuelle, idiosynkratische Beschaffenheit der Charakterstörung in unserer Deutungsarbeit zu berücksichtigen. Die Konstellation verschiedener Persönlichkeitszüge und der Selbstzustand sind aufs engste miteinander verwoben; man kann sich nicht auf das eine konzentrieren und das andere ignorieren. Um sinnvolle analytische Arbeit zu leisten, müssen im Charakter verankerte Abwehrstrukturen durch flexiblere kompensatorische psychische Strukturen ersetzt werden. Diesen Prozeß bezeichnet die traditionelle Psychoanalyse als „Durcharbeiten"[3]; dieser Prozeß ist ein Grund dafür, daß es so lange dauert, bis eine Psychoanalyse erfolgreich abgeschlossen werden kann.

Wir müssen uns also folgende Fragen stellen: Wie sollen wir das symptomatische Verhalten deuten, das dem Schutz eines verletzlichen Selbst dient, aber das gleichzeitig verhindert, daß die blockierte Entwicklung wiederaufgenommen werden kann? Welches ist die optimale therapeutische Haltung und Reaktion auf Charakterzüge, in denen die chronische narzißtische Wut aufgenommen und gehalten („contained") wird, und die es dem Selbst, wenn auch nur notdürftig, ermöglichen, funktionsfähig zu bleiben? Kann der Analytiker weiter in einer Perspektive empathischen Zuhörens bleiben angesichts eines Verhaltens, das gerade diejenigen Beziehungen aufs äußerste strapaziert und schließlich zerstört, die die Patienten bewußt erhalten wollen?

Ich habe versucht, diese Fragen in verschiedenen eigenen oder gemeinsam mit Paul (Ornstein & Ornstein 1974, 1975, 1980, 1985, 1990, 1991, 1996) geschriebenen Aufsätzen zu beantworten. In diesen früheren Publikationen haben wir uns mit verschiedenen Aspekten dieses komplexen Prozesses eingehend beschäftigt. In diesem Vortrag hoffe ich, diese Fragen noch weiter zu klären, indem ich die Sequenzen darlege (wenn auch nur in groben Umrissen), die man im Laufe einer Analyse beobachten kann; Sequenzen, die darauf hinweisen, daß sich das Selbst langsam konsolidiert und die defensiven Strukturen allmählich durch flexiblere kompensatorische psychische Strukturen ersetzt werden.

Wir messen der Stärkung des Selbst[4] als wichtigste psychoanalytische Aufgabe deshalb eine so große Bedeutung bei, weil wir die Theorie vertreten, daß Symptome und Charakterstörungen im Vergleich zu einer

---

[3] Das Konzept des Durcharbeitens ist Bestandteil der Libidotheorie. Es beschreibt die Zeit, die aufgrund der Zähigkeit der Libido notwendig ist, bis habituelle Abwehrstrukturen überflüssig werden. Wir möchten dieses Konzept durch ein anderes ersetzen, das innerhalb des selbstpsychologischen Verständnisses dieses Prozesses angesiedelt ist.

[4] Es ist hilfreich, eine Gegenüberstellung vorzunehmen, da im Deutungsprozeß zum einen der Selbstzustand, und zum anderen traditionell die Qualität des therapeutischen Bündnisses betont wird. Werden unbewußte Abwehrmechanismen aus der Perspektive des Beobachters von außen gedeutet, dann muß der Analytiker sich auf die Stärke des therapeutischen Bündnisses verlassen, da solche Konfrontationen unter Umständen als Angriff auf die fundamentalsten Anteile des Selbst erlebt werden.

Fehlentwicklung des Selbst sekundär sind; die Entwicklung des Selbst wird beeinträchtigt, wenn Selbstobjektreaktionen im Laufe der Entwicklung entweder fehlen oder unangemessen sind. Unter diesen Umständen entwickelt das Selbst keine primären und kompensatorischen psychischen Strukturen; statt dessen benötigt es defensive Strukturen, um seine Kohäsion aufrechtzuerhalten.

Zur Zeit kann man beobachten, daß unter Psychoanalytikern in den Vereinigten Staaten, die sich als „moderne Ich-Psychologen" bezeichnen, erneut ein Interesse an der Deutung unbewußter Abwehrmechanismen entstanden ist. Es ist interessant, daß in den neuesten psychoanalytischen Publikationen empfohlen wird, nicht mehr nach den früheren ich-psychologischen Ratschlägen zu verfahren, wonach die Abwehrmechanismen Schicht für Schicht gedeutet werden sollen; statt dessen soll der Analytiker ein „atrophiertes Ich stärken", damit es in der Lage ist, „bewußt Lösungen zu finden durch bewußt erlebte, vorübergehend intensivierte Triebabkömmlinge, die von Affekten begleitet sind." Mit anderen Worten: Auch in der Ich-Psychologie hat sich die Erkenntnis durchgesetzt, daß die Deutung der unbewußten Abwehrmechanismen ohne ein starkes Ich (ein konsolidiertes Selbst) vielleicht zu intellektueller, nicht aber zu wesentlicher emotionaler Einsicht führen kann. Paul Gray (1994), einer der anerkanntesten Vertreter der modernen Ich-Psychologie, drückte dies folgendermaßen aus: „Betont man in einer analytischen Situation die Arbeit mit beobachtbarem, verbalisiertem Material, so bedeutet das, responsiv mit der wichtigen Aufgabe umzugehen, dem zwar reif erscheinenden, aber unreif erlebten Ich nach und nach zu ermöglichen, eine Vielzahl von Triebabkömmlingen zuzulassen; dies geschieht, indem eine auf Erfahrung begründete Einsicht vermittelt wird, die genauso wichtig ist wie die kognitive Einsicht." (Paul Gray, 1994)

Die Selbstpsychologie geht davon aus, daß das Selbst dadurch gestärkt wird, daß der Analytiker die Schilderungen des Patienten akzeptiert und versucht, die Bedeutung der Symptome nicht nur im Zusammenhang mit ihren unbewußten Motiven zu verstehen, sondern auch in ihren Auswirkungen auf sein gegenwärtiges Leben. Empathisches Zuhören und entsprechendes Reagieren führt dazu, daß eine der Selbstobjektübertragungen entstehen kann, die ihrerseits eine größere Selbstkohäsion bewirkt, so daß Deutungen tieferer, unbewußterer Schichten im Erleben des Patienten möglich werden. Die unbewußten

Aspekte des Verhaltens treten immer dann in den Vordergrund, wenn es der Analytikerin nicht gelingt, empathisch beim inneren Erleben des Patienten zu bleiben. Diese unvermeidlichen Unterbrechungen in der analytischen Beziehung bieten die beste Gelegenheit, die unbewußten Aspekte des symptomatischen Verhaltens zu deuten. Nach diesem Verständnis hängt der Fortschritt einer Analyse vom Umgang mit den Unterbrechungen in der Übertragung ab, und davon, wie sie rekonstruktiv gedeutet werden; mit der Zeit müssen die Rekonstruktionen auch die Art und Weise miteinbeziehen, in welcher die Unterbrechungen in der Übertragung durch schädliche Erlebnisse im Laufe der Entwicklung mit ausgelöst werden.

Phasen im analytischen Prozeß, Selbstkohäsion und der veränderte Fokus bei der Deutung

Das Erkennen der verschiedenen Phasen innerhalb des analytischen Prozesses kann nur eine allgemeine Orientierung sein, die Anhaltspunkte dafür bietet, welche *relative Kohäsion* das Selbst des Patienten zum betreffenden Zeitpunkt erreicht hat. Das Erkennen dieser Phasen unterstützt uns auch bei der Beurteilung, wie die Selbstkohäsion das Durcharbeiten der unbewußten Bedingungen der Symptome beeinflußt.

1.Die Anfangsphase. Zu Beginn der Behandlung lernen sich die beiden Partner kennen, und die Analytikerin ist zunächst vor allem daran interessiert, daß der Patient sich auf eine bedeutsame therapeutische Beziehung einlassen kann. In früheren Publikationen (Ornstein & Ornstein 1986, 1996) vertraten wir die Ansicht, daß die Therapeutin von Anfang an versuchen solle, dem Patienten ihr tentatives Verstehen mitzuteilen, statt auf die Schilderungen des Patienten mit langem Schweigen oder Fragen zu reagieren, die in erster Linie dazu dienen, die Art der Störung herauszufinden. Diese Form von Responsivität bietet dem Patienten die Gelegenheit zu erkennen, wie die Analytikerin zuhört und in welcher Weise sie das Gehörte organisiert. Dieser „therapeutische Dialog" ermöglicht es dem Patienten auch, das tentative Verstehen der Analytikerin zu korrigieren. Die Analytikerin muß von Anfang an deutlich machen, daß sie sich um ein immer tieferes Verständnis der Art der Ängste des Patienten und der *einzigartigen Züge* seiner Selbstorganisation bemüht. Der therapeutische Dialog erleichtert es, gemeinsam über die häufig widersprüchlichen, subtilen und/oder intensiven emotionalen Erfahrungen zu sprechen, die in der Beziehung zwischen der Analytikerin und dem Patienten entstehen.

2. Die Angst im Zusammenhang mit der Mobilisierung von Selbstobjektübertragungen. Charakteristisch für diese Phase ist, daß Selbstobjektübertragungen zaghaft und flüchtig auftauchen, was sich z. B. darin äußert, daß der Patient auf Trennungen während des Wochenendes reagiert oder die Haltung und Reaktion der Analytikerin aufmerksamer wahrnimmt. Spürt der Patient, daß er gegenüber der Analytikerin sensibler wird, so versucht er unter Umständen, sich vor einer weiteren emotionalen Verwicklung zu schützen und zieht sich zurück. Die Mobilisierung der Selbstobjektübertragungen weckt aus mindestens zwei Gründen die Angst vor Retraumatisierung: 1. die Angst, Affekte (Sehnsucht, Besitzgier, Eifersucht) zu erleben, die wegen ihrer Verdrängung und Verleugnung zu einer um so stärkeren Bedrohung für das Selbst geworden sind; und 2. die Angst, daß Wünsche und Bedürfnisse aus der Kindheit erneut abgewiesen und/oder ins Lächerliche gezogen werden. Die panische Angst vor Wiederholung in dieser Phase der Analyse hängt hauptsächlich mit der Furcht zusammen, daß die Analytikerin in ihrer Reaktion auf die (unbewußten) Übertragungserwartungen des Patienten versagen könnte; dies käme einer erneuten Traumatisierung gleich. Während dieser Zeit macht sich eine konstante empathische Responsivität bezahlt: das Gefühl des Patienten, zunehmend besser verstanden und akzeptiert zu werden, gibt ihm ein Gefühl von Sicherheit, das die Konsolidierung einer der Selbstobjektübertragungen erleichtert.

3. Die Konsolidierung der Selbstobjektübertragungen stärkt zwar die Selbstkohäsion, sie führt aber auch zu einer größeren Verletzbarkeit des Patienten in seiner Beziehung zur Analytikerin. Die unvermeidlichen Empathiefehler der Analytikerin führen mit großer Wahrscheinlichkeit zu häufigen und schwerwiegenden Unterbrechungen in der analytischen Beziehung. Wie schon erwähnt, bieten diese unvermeidlichen Vorkommnisse die beste Gelegenheit, nicht nur die verletzlichen Stellen, sondern auch die spezifischen Merkmale der unbewußten Abwehrmechanismen (Verleugnung, Projektion, Externalisierung u.s.w.) zu erkennen, die das symptomatische Verhalten auslösen. Die Rekonstruktion der Ereignisse, die diese Unterbrechungen auslösten, ermöglicht, ausführlich und affirmativ darüber zu sprechen, warum es für den Patienten notwendig ist, sich auf idiosynkratische Art und Weise (z.B. durch arroganten Rückzug oder sadistische Angriffe auf die Analytikerin) vor Fragmentierung zu schützen. Die kurativen Bestandteile dieser Phase finden sich in der Art und Weise, in welcher die Analytikerin die Unterbrechungen rekonstruiert: ob sie in der Lage ist, ihre eigenen Anteile zu erkennen, oder ob sie defensiv wird, und die Unterbrechungen nur im Bezug auf die Psychopathologie des Patienten deutet. Die Häufigkeit, in der sich derartige Unterbrechungen ereignen, hängt nicht nur mit der Frustration der Übertragungserwartungen des Patienten zusammen, sondern diese Erwartungen verursachen auch bestimmte Einstellungen und Reaktionen in der Gegenübertragung, die der Analytikerin lange Zeit möglicherweise nicht bewußt werden. Deshalb können nur sorgfältige und gründliche Rekonstruktionen der Unterbrechungen im Hier und Jetzt und der Art und Weise, in der sie die Vergangenheit repräsentieren, das symptomatische Verhalten des Patienten „legitimieren". Sie stellen die Erfahrungen in der Analyse dar, die in erster Linie zu einer allmählichen Konsolidierung des Selbst des Patienten führen. Diese Konsolidierung des Selbst in der Beziehung zur Analytikerin ändert jedoch noch nicht automatisch das Verhalten des Patienten außerhalb der Analyse.

4. Das symptomatische Verhalten außerhalb der Analyse. Man vergißt sehr leicht die Tatsache, daß die Konsolidierung des Selbst, die ein Patient in der Analyse erreicht hat, in der Beziehung zu anderen Menschen nicht aufrecht erhalten werden kann, wenn diese nicht empathisch reagieren und versuchen, die *Gründe* für sein Verhalten zu verstehen. In dieser Phase der Analyse kämpfen alte Gewohnheiten, sich selbst zu schützen, mit neuen Einsichten und entstehenden Selbststrukturen um die Oberhand. In dieser Behandlungsphase kann die Konsolidierung des Selbst nur aufrechterhalten werden, wenn sich der Patient in der emotionalen Gegenwart und Verfügbarkeit der Analytikerin sicher fühlen kann. Zu dieser Zeit kann die Häufigkeit der Unterbrechungen innerhalb der Analyse seltener werden, aber in der Beziehung zu anderen wichtigen Menschen in seinem Leben setzt der Patient sein symptomatisches Verhalten fort: jedes Mal, wenn er das Gefühl hat, daß seine Selbstkohäsion bedroht ist, setzen die gewohnten Abwehrmechanismen ein. Die Analytikerin hört jetzt wahrscheinlich sogar mehr über die Personen, die im Leben des Patienten eine Rolle spielen und die er als unempathisch, zurückhaltend und ausgesprochen grausam erlebt. Eine der verhängnisvollsten Gegenübertragungsreaktionen in dieser Phase ist, daß die Analytikerin ihren „besonderen Status" im Leben ihres Patienten akzeptiert, indem sie sich als die einzige Person sieht, die ihn wirklich versteht. Dieses spezifische Gegenübertragungsproblem kann zu ungelösten Verwicklungen zwischen Patient und Analytikerin führen.

5. Scham als Bedrohung der Selbstkohäsion. Hat sich ein Selbst neu konsolidiert, so geht das mit der Förderung der Selbstreflexion einher. Symptomatisches Verhalten, das bislang mehr oder weniger ich-synton war, wird nun zunehmend „ich-dyston". Selbstreflexion geht aber leicht in Selbstanklage über. Dadurch, daß der Patient zu mehr Selbstreflexion fähig ist, muß er sich mit neuen, beunruhigenden Affekten auseinandersetzen: mit Intoleranz gegenüber seinem eigenen Selbst, die zu Scham und Verzweiflung führt; er verliert das Vertrauen in die Wirksamkeit der Behandlung und erlebt Gefühle von Sinn- und Hoffnungslosigkeit. Wurde bisher das Wiedererleben von schmerzlichen Affekten im Zusammenhang mit den Reaktionen der Analytikerin gefürchtet, so kann der Patient jetzt nicht empathisch mit sich selbst umgehen, was zu Unterbrechungen und gefürchteten Wiederholungen führt.

Man darf nicht vergessen, daß es für eine Analytikerin leichter ist, mit dem symptomatischen Verhalten des Patienten empathisch umzugehen; für den Patienten selbst ist es aber schwierig, den Anteilen in sich selbst eine Berechtigung zuzugestehen, die er jetzt „krank" und/oder „kindisch" empfindet. Die Deutungsarbeit muß sich jetzt ändern und dem Patienten helfen, sich und sein früheres Verhalten zu akzeptieren. Dieser Aspekt des Deutungsprozesses wird häufig übersehen. Um diese spezifische Hürde zu überwinden, ist es wesentlich, daß der Patient erkennen und auch schätzen kann, was er in der Analyse erreicht hat. Dieser Prozeß ist vergleichbar mit dem Bedürfnis des Kindes, daß die Veränderungen, die es aufgrund seiner Entwicklung erreicht hat, gesehen und gewürdigt werden, damit es diese Veränderungen vollständig in seine Selbstorganisation integrieren kann. Empathie gegenüber dem früheren Verhalten (die auch mit Empathie gegenüber der Bezugsperson einhergehen kann, die die für die Entwicklung notwendigen Selbstobjektfunktionen nicht zur Verfügung stellen konnte) fördert die Fähigkeit des Patienten, für sich selbst „gute Elternfunktionen" zu übernehmen. Eine Analyse kann nicht als abgeschlossen betrachtet werden, ohne daß der Patient eine akzeptierende, empathische Haltung gegenüber dem eigenen Selbst und den Erfahrungen aus der Vergangenheit einnehmen kann. Dieser Aspekt der Behandlung betrifft die Herstellung einer psychischen Kontinuität, der einen integralen Bestandteil des Heilungsprozesses darstellt (A. Ornstein, 1994).

Als Herr Graves zu mir kam, war er sich nicht klar darüber, wie sich sein kontrollierendes Verhalten auf seine Frau auswirkte und ihm zu notwendigen Selbstobjektreaktionen verhalf. In unseren ersten Gesprächen widersprach er der Aussage seiner Frau nicht, daß er ein tyrannischer Mann sei, mit dem man nur schwer zusammenleben könne; er glaubte jedoch, daß sein eigenes Verhalten durch die Einstellung seiner Frau ausgelöst wurde. Nachdem sich sein Selbst konsolidiert hatte, so daß er allmählich die defensiven durch kompensatorische Strukturen ersetzen konnte, erlebte Herr Graves jedes Mal tiefe Schamgefühle, wenn er merkte, daß er sich entweder mir oder seiner Frau gegenüber wieder auf die alte und gewohnte Weise verhalten hatte. Er versuchte dann auch immer wieder, seine Probleme zu externalisieren, um mit diesen Schamgefühlen fertig zu werden. Meistens bedauerte er es aber, wenn er sich wieder zurückgezogen oder seiner Frau die Schuld an seinem Verhalten zugeschoben hatte und versuchte nicht, sich zu rechtfertigen.

Zusammenfassung

Ich habe in diesem Beitrag versucht, unsere gemeinsame Arbeit über den Deutungsprozeß zusammenfassend darzustellen, eine Arbeit, die 1975 mit einer gemeinsamen Publikation begann und uns – aus unterschiedlichen Perspektiven – seitdem immer wieder beschäftigt hat. In diesem Vortrag habe ich mit Hilfe eines klinischen Beispiels versucht, die verschiedenen Phasen des analytischen Prozesses zu beschreiben, an denen eine fortschreitende Konsolidierung des Selbst erkennbar wird. Es ist entscheidend, diese Veränderungen aufmerksam zu verfolgen, weil die Selbstkohäsion und die Deutung der unbewußten Aspekte des symptomatischen Verhaltens aufs engste miteinander verknüpft sind

Übersetzung: Iris Hilke, Tübingen.

Literatur

Gray P. (1994): The Ego and the Analysis of Defense. Jason Aronson.
Kohut H. (1971): The Analysis of the Self. Int. U. Press.
Kohut H. (1977): The Restoration of the Self. Int. U. Press.
Kohut H. (1984): How Does Analysis Cure? The U. of Chicago Press.
Ornstein A. (1974): The Dread to Repeat and the New Beginning: a contribution to the psychoanalytic treatment of narcissistic personality disorders. The Annual of Psychoanalysis 2: 231-248. Int. U. Press.
Ornstein A. & Ornstein P. (1975): On the Interpretive Process in Psychoanalysis. Int. J. of. Psychoanalytic Psychotherapy 4: 219-271. Jason Aronson.
Ornstein P. & Ornstein A. (1980): Formulating Interpretations in Clinical Psychoanalysis. Int. J. of Psycho-Anal. 61: 203-211.
Ornstein A. & Ornstein P. (1985): Clinical Understanding and Explaining: the empathic vantage point. Progress in Self Psychology 1: 43-61. Guilford Press.
Ornstein A. (1986): Reconstruction and the Establishment of Psychic Continuity. Reconstruction of Trauma; its significance in clinical work. Workshop Series of the Am.Psa.Assn.
Ornstein A. & Ornstein P. (1986): Empathy and the Therapeutic Dialogue. The Lydia Rappaport Lecture Series, Smith School of Social Work, Northampton, MA.
Ornstein A. (1990): Selfobject Transference and the Process of Working Through. Progress in Self Psychology 6: 41-56.
Ornstein A. & Ornstein P. (1996): Speaking in the Interpretive Mode and Feeling Understood: Crucial Aspects of the Therapeutic Action in Psychoanalysis. Understanding Therapeutic Action; Psychodynamic Concepts of Cure. The Analytic Press.

Künstlerische Kreativität, ihr Ausdruck, ihre Rezeption und der Heilungsprozeß

Anna Ornstein

Einführung

Mit Bleistift in einem versiegelten Güterwaggon geschrieben lautet der Titel eines Gedichtes des israelischen Dichters Don Pagis:

> „Hier auf diesem Transport
> ich Eva
> und Abel mein Sohn
> wenn sie meinen anderen Sohn sehen sollten
> Kain, Menschensohn
> dann sagen sie ihm, daß ich ..."

Hier bricht der Satz ab. Das Gedicht wurde nicht vervollständigt und kann nie vervollständigt werden. Der unvollständige Satz symbolisiert einen Bruch, eine Lücke, die geschaffen wurde durch die Menschen, die in einem versiegelten Güterwaggon auf dem Weg waren zu ihrer Auslöschung ...

Ich habe mich entschlossen, meinen Vortrag[1] mit einem Gedicht zu beginnen, da ich die Beziehung zwischen emotionalem Leiden und künstlerischer Kreativität und der Art und Weise diskutieren möchte, in der Kunst, als das Produkt künstlerischer Kreativität, dabei zu Hilfe genommen werden kann, geistige Agonie zu ertragen und möglicherweise auch zu meistern. Als Analytikerin mit besonderem Interesse am Heilungsprozeß habe ich mein Augenmerk auf die Form gelenkt, in der Kunst, die entweder den Holocaust explizit zum Inhalt machte oder sich allgemeiner mit physischem und/oder emotionalem Leid beschäftigte einen Beitrag zur Genesung der Opfer dieses Traumas leistete. Ich strebe dabei in bezug auf die verschiedenen Kunstformen keine Vollständigkeit an. Zum Beispiel habe ich die Musik nicht mit hineingenommen, obwohl Musik, vermutlich mehr als jede andere Kunstform, im Genesungsprozeß vieler Überlebender eine wichtige Rolle gespielt hat.

[1] Vortrag am Holocaust Memorial Museum, Washington, D.C., USA, 17. Oktober 1996 mit dem Titel Artistic Creativity and the Healing Process

Transformation individueller und kollektiver Erinnerung

Obschon ich hier von künstlerischer Kreativität spreche, glaube ich nicht, daß nur die Begabten kreativ sind. Wir sind alle in unserem täglichen Leben in unterschiedlicher Weise kreativ. Dennoch können wir gerade in bezug auf die Kunst, die eine universelle Anziehungskraft hat, erkennen, wie der schöpferische Prozeß nicht nur für den Künstler, sondern auch für uns, die Konsumenten von Kunst, Entlastung von emotionaler Qual bietet.

Kay Jamison hat in ihrem Buch *Touched by Fire* (1993) überzeugend die Beziehung zwischen „künstlerischem Temperament" und der manisch-depressiven Erkrankung bei vielen unserer bekanntesten und produktivsten Schriftsteller, Dichter, Dramatiker und Komponisten aufgezeigt. In diesen Fällen sehen wir besonders deutlich, wie der kreative Akt selbst und die Kunst als Kommunikationsmittel die Flut destruktivster Geisteskräfte einzudämmen vermag.

Natürlich garantiert seelisches Leiden allein noch nicht die Qualität von Kunst. Das Mysterium künstlerischer Kreativität ist bisher – viele sagen, es wird immer so bleiben – nicht gelöst, obschon in letzter Zeit immer mehr Psychoanalytiker das Thema aufgenommen und einer vertieften analytischen Betrachtung unterzogen haben.

So hat etwa Gilbert Rose (1987) in seinem Buch *Trauma and Mastery in Life and Art* einige Elemente untersucht, die der Kreativität und der Psychoanalyse gemeinsam sind und meinte, daß sowohl die Kunst als auch die Psychoanalyse in der Lage sind, die Reintegration von Gedanken, Emotionen und Wahrnehmungen nach einer traumatisch bedingten Spaltung zwischen diesen verschiedenen Domänen der Psyche zu erleichtern und zu fördern. Als Beispiel beschreibt Rose eine traumatische Erfahrung, die Dostojewski angeblich im Alter von 15 Jahren gemacht hatte, als er Zeuge wurde, wie ein Mann unter den Hufen eines grausam geschlagenen Pferdes zertrampelt wurde. Die Erinnerung an dieses Trauma (möglicherweise eine Deckerinnerung, die kumulative Traumata repräsentierte, die Dostojewski selbst erlitten haben mag) und die sadistische Überstimulierung, die mit ihr einherging, tauchen in zwei seiner Werke wieder auf. Während Dostojewski als Schriftsteller die Fähigkeit hatte, diese traumatische Erinnerung in Kunstwerke (*Krieg und Frieden* und *The Peasant Mary*) zu integrieren, beging ein Patient mit einer beinahe identischen Kindheitserfahrung in einem völlig dissoziierten Geisteszustand einen brutalen Mord. Rose führt aus, daß „der Akt des Schreibens als solcher Dostojewski half, diese passiv erlittenen Erfahrungen in aktive zu verwandeln, in denen schwer erträgliche Affekte fiktiven Charakteren zugeschrieben, ausgearbeitet und transmutiert werden konnten". Er schlußfolgerte, daß die Essenz schöpferischer Fähigkeit in der „Kraft" besteht, „viele unterschiedliche Elemente in einer einheitlichen Struktur zu integrieren und daß die Affinität zwischen Kunst und Psychoanalyse darin liegt, daß jede die ursprüngliche emotionale Matrix von Gedanke und Wahrnehmung wiederherstellt ... daß beide Emotionen wiederherstellen und damit zu der andauernden Bewältigung der inneren und äußeren Wirklichkeit beitragen ..." (Seite 44).

Roses These ist mit anderen Worten, daß der Inhalt von Kunst, d. h. sein Gegenstand (und nicht notwendigerweise die Form oder der Ausdrucksstil) *transformierte Erinnerung* repräsentiert. Wenn der Inhalt von Kunst tatsächlich transformierte Erinnerung ist, dann möchte ich annehmen, daß Kunst als solche eine der erfolgreichsten Methoden sein müßte, die Erinnerung an Traumata festzuhalten und an zukünftige Generationen weiterzugeben.

Wir verfügen über Beschreibungen des Prozesses der Transformation von Erinnerung sowohl von Künstlern selbst als auch von Psychotherapeuten, die die Veränderung, die dieser Schöpfungsprozeß in ihren Patienten bewirkt hat aus unmittelbarer Nähe beobachtet haben. Dr. Martin Orne, Psychiater von Anne Sexton, betrachtete das Schreiben als solches als heilend für sie: „Am Anfang", sagte er, „mußten ihre Gedichte natürlich überarbeitet werden, aber sie waren eindeutig Stücke mit einer starken Botschaft und einem Flair, über die Anne und ich sprechen konnten – eine wichtige Aufgabe, auf der sie sich eine Lebensgrundlage aufbauen konnte. Die bloße Existenz dieser Aufgabe, Gedichte zu schreiben, mit deren Hilfe sie ihren Schmerz, ihre Verwirrung und ihre Beobachtungen beschreiben konnte, bildete die Grundlage für das wichtige Gefühl von Selbstbewußtsein. ... Als Anne erst einmal sicher war, daß sie wirklich in der Lage war, Gedichte zu schreiben, konnte sie beinahe nicht mehr aufhören. Gedichte zu schreiben wurde zu einer treibenden Kraft". (Middlebrook, 1991, Seite XIV)

Eine ähnliche fiebrige Getriebenheit charakterisiert den Arbeitsstil vieler Künstler. Dies war sicherlich bei van Gogh der Fall, der während seines Aufenthaltes in der Nervenheilanstalt jeden Morgen hinaus in die Felder ging und erst zurückkehrte, wenn die Sonne untergegangen war. Das Malen scheint für ihn die effektivste Weise gewesen zu sein, seine Dämonen in Schach zu halten. „Je verbrauchter ich bin, krank, wie ein zerbrochener Krug, um so mehr bin ich Künstler ... dieser grüne Sproß, der aus den Wurzeln des alten gefallenen Baumstumpfes sprießt", schrieb van Gogh an seinen Bruder Theo.

Alfred Kantor fertigte während seiner Internierung in Theresienstadt und Auschwitz hunderte von Entwürfen und Zeichnungen an. Nachdem er sie aus Furcht, daß sie entdeckt werden könnten, zerstört hatte, war er später in der Lage, sie aus der Erinnerung zu rekonstruieren. Als er die Bilder 25 Jahre danach veröffentlichte, waren es folgende Worte, die seine Arbeit begleiteten: „Meine Entschlossenheit zu zeichnen stammte aus einem tiefen Instinkt für Selbsterhaltung und hat mir zweifellos dabei geholfen, die unvorstellbaren Horrorerfahrungen dieser Zeit zu leugnen. Indem ich die Rolle des ‚Beobachters' einnahm, konnte ich mich, zumindest für einige Momente, selbst von dem, was in Auschwitz geschah, abkoppeln und war deswegen besser in der Lage, die Fäden seelischer Gesundheit zusammenzuhalten" (Langer, 1978).

Dies sind Beispiele dafür, wie Künstler selbst die Transformation schmerzhafter seelischer Zustände in schöpferische Tätigkeit *erlebten*; eine Transformation, die – zumindest vorübergehend – ihr seelisches Leid linderte und eine erfolgreiche Vermittlung ihrer schrecklichen Erfahrungen ermöglichte.

Wie wir jedoch wissen, konnten weder Sexton noch van Gogh ihre Dämonen dauerhaft in Schach halten, und wie bei vielen ihrer Künstlerkollegen führte sie ihre unerträgliche emotionale Marter schließlich zum Freitod.

Freitod war auch das Schicksal einiger jener Schriftsteller, die die Lager überlebt hatten: Jean Amery, Primo Levy, Paul Celan und Tadeuscz Borowski. In Anbetracht der relativ kleinen Zahl von Überlebenden, die erfolgreiche Autoren waren, ist dies eine sehr hohe Anzahl, insbesondere deswegen, weil Selbstmord insgesamt unter den Holocaust-Überlebenden nicht häufiger vorkam als in der Allgemeinbevölkerung.

Wie verstehen wir in Anbetracht dieser Zahlen die Möglichkeit, mittels Kreativität emotionalen Schmerz zu ertragen und womöglich zu überwinden? Ich glaube, mehr noch als die Künstler selbst sind wir es, die als Konsumenten der Kunst von der Kreativität der Künstler profitieren. Aufgrund ihrer besonderen Fähigkeiten und Talente sind die Künstler in der Lage (ob in Worten, ob in Farbe und Form ihrer Bilder oder ihrer Skulpturen) die Gefühle *auszudrücken*, die wir nicht in Worte fassen können. Kafka mag seine eigene Verletzlichkeit, seine Unentschlossenheit und seine persönlichkeitsgebundene Depression nicht überwunden haben, aber in seinem Porträt des einsamen, entfremdeten und sinnentleerten Individuums der Neuzeit bot er uns einen Spiegel, in dem wir uns selbst wiedererkennen können. Künstlerische Kreativität ist ein *Versuch*, eine Fragmentierung und/oder eine Schwächung des Selbst abzuwehren oder zu reparieren, die durch eine erhöhte Empfindsamkeit und möglicherweise eine biologische Disposition verursacht wurde. Während dieser Versuch für die Künstler selbst erfolglos sein mag, hat Kunst einen unterstützenden Einfluß auf Menschen, die sich in ihr verstanden und widergespiegelt fühlen. Ich vergleiche dies mit unseren Patienten, die sich dann verstanden fühlen, wenn es uns als ihren Therapeuten gelingt, die Worte zu finden und unsere Antworten auf sie in einer Weise zu formulieren, die recht treffend diejenigen emotionalen Zustände beschreiben, die sie selbst nicht in Worte fassen können. Die erfolgreiche Verbalisierung der Ängste des Patienten und der Bedeutung wiederholten und destruktiven Verhaltens ist eines der wichtigsten Elemente des Heilungsprozesses. Nach meinem Verständnis funktioniert Kunst in ähnlicher Weise: sie artikuliert für uns das, was wir in uns nur vage erkennen und nicht auszudrücken in der Lage sind.

Bevor ich mich jetzt meinem Hauptthema zuwende, hier insbesondere der sich auf den Holocaust beziehenden Kunst, möchte ich einige Bemerkungen über den Unterschied zwischen individuell und kollektiv erlittenem Trauma einfügen, wie er uns in der klinischen Praxis begegnet.

Unsere Patienten erlitten als Kinder Mißbrauch durch ihre Bezugspersonen, die sie hätten beschützen sollen; diese Erfahrungen wurden individuell und meistens im Verborgenen durchgemacht. Juden, Zigeuner, Homosexuelle auf der anderen Seite, wurden von einem Feind gefoltert, der offen und in unmißverständlicher Weise seine Absicht, sie zu vernichten, erklärt hatte. Dieses Trauma wurde, da es ganze Bevölkerungsgruppen betraf, von vielen geteilt. Ein Kind dagegen, das von seinen Sorgeberechtigten mißbraucht wird, erleidet eine tiefgreifende Desillusionierung und muß mit schwer vereinbaren Gefühlen von

Wut, Liebe und Abhängigkeit alleine ringen. Die Opfer des Holocaust litten auf der anderen Seite nicht unter diesem inneren Verbot von Wut auf ihre Folterer. Von besonderer Bedeutung ist zusätzlich, daß ein Trauma unterschiedliche psychopathologische Konsequenzen nach sich zieht, je nachdem, ob es von der unreifen oder der erwachsenen Psyche erlitten wird; ersteres unterliegt mit höherer Wahrscheinlichkeit der Verdrängung und/oder Verleugnung als letzteres. In bezug auf den Holocaust haben wir es nicht mehr allein mit den schmerzhaften Erinnerungen der Opfer zu tun, sondern auch mit der Erinnerung des Ereignisses, wie die Nachkriegsgeneration sie heute besitzt. Diese Generation hat ihre eigenen Sorgen und Verpflichtungen insbesondere deshalb, weil neue Fälle von Genozid die aufwühlende Frage aufwerfen: Warum haben wir es nicht geschafft, aus diesem monströsesten Ereignis des 20. Jahrhunderts zu lernen?

Kunst aus den Lagern und Ghettos

Unabhängig davon, ob das Trauma individuell oder kollektiv erlitten wurde, verursacht durch Feinde oder durch Verwandte des Opfers, hatten die Künstler das gleich überwältigende Bedürfnis, ihre Erfahrungen in kreativen Ausdruck zu transformieren. Überall haben gefangene jüdische Künstler in Lagern, in Ghettos oder in Verstecken, wo immer sie dazu die geringste Gelegenheit hatten, versucht, sich das Material für ihre Arbeit (Papier, Leinwand, Stifte, Farben, Tusche) zu besorgen. Es war bekannt, daß Künstler Brot für Papier und Farbe tauschten. Sie malten auf Pappkartons, Papiertüten, was auch immer sie finden konnten. Vieles von dieser Kunst ist verloren gegangen. Was für die Nachkommen erhalten blieb, waren Zeichnungen und Gedichte vor allem aus Theresienstadt, einige aus Buchenwald.

Theresienstadt war eine kleine Garnisonsstadt, die 40 km nördlich von Prag an eine alte Wehrburg angrenzend errichtet worden war. Der Ort diente als Ghetto/Konzentrationslager und als Zwischenstation auf dem Weg in andere Lager, unter anderem Auschwitz. Die 7000 Einwohner des Ortes wurden durch 140.000 deutsche, tschechische und niederländische Juden ersetzt, von denen beinahe 120.000 ums Leben kamen. Die Deutschen förderten kulturelle und künstlerische Aktivitäten in Theresienstadt, um die Insassen in dem Glauben zu halten, daß die Lagerhaft das Schlimmste war, was sie würden erleben müssen. Dies war das Ghetto bzw. Lager, in das die SS das Rote Kreuz einlud, um die Welt davon zu überzeugen, daß sie die Juden menschlich behandelten. Durch ihre kulturellen Aktivitäten wurden die Opfer gezwungen, diese große Lüge aufrechtzuerhalten. Heimlich haben sie jedoch auch dokumentiert, was sie wirklich gesehen und erlebt hatten. Wenn dies herauskam, waren diese Künstler verloren; nur einer von ihnen, Leo Haas, hat die Folter überlebt und ist der Vergasung entgangen[2]. Das Schicksal Otto Ungers soll als Beispiel dafür dienen, was jenen Menschen passierte, die dem imperativen psychologischen Drang nachgaben, zu Papier zu bringen, was sie sahen und fühlten. Für seine Bilder, die die Wirklichkeit von Theresienstadt zeigten, wurde Unger nicht nur geschlagen und täglich gefoltert, sondern seine rechte Hand wurde mit einem Gewehrkolben so schwer zertrümmert, daß zwei seiner Finger amputiert werden mußten. Dies wurde als angemessene Strafe für sein Verbrechen angesehen. Aus Theresienstadt wurde Unger nach Auschwitz gebracht. Schon ausgezehrt und körperlich schwer krank, überlebte er wie durch ein Wunder den Todesmarsch von Auschwitz nach Buchenwald, wo er dann jedoch bald nach seiner Ankunft verstarb. Noch kurz vor seinem Tod sah man ihn ein Stück Kohle in seiner verkrüppelten Hand umklammern und „über ein Blatt Papier kratzen, immer noch versuchend, das düstere Inferno darzustellen, in das er und Millionen anderer hineingeworfen worden waren, immer noch bemüht, die Wahrheit einer Welt aufzunötigen, die diese nicht sehen wollte" (Green, 1969).

Künstler in den Ghettos und Lagern hinterließen nicht nur Dokumente für die Nachwelt: Musiker, Dirigenten und Schauspieler übten damals im Lager Funktionen aus, die wir heute – retrospektiv – als die Kohäsion der Gruppe und des individuellen Selbst fördernd ansehen können. Viele Überlebende, unter ihnen Bruno Bettelheim, dachten, die fünfzehntausend Kinder, die in Theresienstadt lebten, hätten in Kommandos organisiert werden sollen, denen man hätte beibringen sollen, zu kämpfen und zu töten, statt sie in die Schule zu schicken und sie

[2] Eine weitere Ausnahme bildete die Kunst der 14jährigen Helga Weissova. Da sie jünger als 14 aussah, hat die SS sie nicht beachtet. Sie malte Bilder von Leuten, die „gen Osten" verschifft wurden; von Menschen, die im Müll nach Kartoffelschalen suchten, von Frauen, die sich entlausten und Wanzen suchten und von vielen anderen Aspekten des Lagerlebens.

in Sprachen, Musik und Literatur zu unterrichten. Es war „unrealistisch", sagen diese Kritiker, Stunden in improvisierten Klassenräumen zu verbringen, Musikabende zu planen, Vorträgen über griechische Literatur beizuwohnen, sich zu benehmen, als sei Theresienstadt ein kulturelles Paradies. Dies waren Aktivitäten, die sie gegenüber dem Feuer blind gemacht haben, das außen wütete und sie schließlich ergreifen würde. Juden, die in Theresienstadt mit ihren Hüten und Pelzmänteln ankamen, als wären sie eben aus der Berliner Oper gekommen oder von ihren Vorlesungen an einer ihrer tschechischen, holländischen oder deutschen Universitäten, hätten keine guten Saboteure abgegeben. Aber, so argumentierten die Kritiker, hätten sie Gewalt angewandt, statt ihren Exekutoren durch Kooperation noch zu helfen, wären vielleicht weniger von ihnen zugrunde gegangen.

Was hat diese Männer, Frauen und Kinder[3] dazu gebracht, zu schreiben, zu zeichnen, zu malen? Das Bedürfnis der Künstler, in den Ghettos und Lagern, zu „dokumentieren", was sie gesehen und erlebt hatten, mag in dem enthalten sein, was Kohut über die Märtyrer gesagt hat. „Märtyrer-Helden", sagte er, „fühlen den Drang, auf einer einsamen Straße zu wandern, auch wenn es ihre eigene physische Vernichtung bedeutet, weil sie die Strukturen ihres eigenen Lebens schaffen müssen – ihrer Gedanken, Taten und Einstellungen – in Übereinstimmung mit ihrem Kernselbst" (Strozier, 1985, S. 11/12). Gefangengehaltene Künstler haben sich so benommen wie Künstler überall: sie haben beobachtet, festgehalten und interpretiert, was sie sahen, aber sie haben sich darüber hinaus dazu aufgerufen gefühlt, die ruchlosen Verbrechen zu dokumentieren, die sie mitansahen und die, wie sie wußten, ihre Wächter vor der Welt verborgen halten wollten.

Das Malen, Schreiben, Theaterspielen in Theresienstadt, den Ghettos von Wilna, Warschau und anderen Orten, wo Juden für mehrere Jahre gefangengehalten wurden, hat die physische Zerstörung nicht aufhalten können, – denn nichts konnte die Nazis von ihrem Entschluß abbringen, das europäische Judentum auszulöschen. Aber diese Aktivitäten waren, zusätzlich zu ihrer Funktion, einen Moment von Menschlichkeit zu vermitteln, *Widerstand gegen den kulturellen Genozid*; sie hielten einen dünnen Faden von Kontinuität der Kultur eines Volkes aufrecht, das

[3] Die Zeichnungen und Gedichte der Kinder aus Theresienstadt sind in dem Buch I *Never saw an Other Butterfly* enthalten

nicht nur zur physischen, sondern auch zur kulturellen und geistigen Zerstörung bestimmt war.

Die Lagerinsassen mußten auf zwei getrennten, aber miteinander verknüpften psychologischen Ebenen leben: Um physisch zu überleben, mußten die Häftlinge Befehle ohne Protest oder Widerstand befolgen; dabei lebten sie in einer doppelten Existenz: Nach außen blieben sie gehorsam, aber ihre Aufmerksamkeit richtete sich nach innen, auf die Erhaltung ihres Kernselbst. Die Fähigkeit, tief verinnerlichte Werte zu erhalten, bedeutete, daß das Kernselbst trotz der drastischen Veränderungen des eigenen Körpers und der physischen Außenwelt seine zeitliche Kontinuität erhalten konnte. Jene, die die Überlebenden als „passive Opfer" oder „Werkzeuge des Terrors" beschrieben haben, blieben äußere Beobachter ihres Verhaltens und erkannten nicht, daß kulturelle Aktivitäten in den Ghettos die Möglichkeit boten, verinnerlichte Werte und Ideale zu stärken in einer Zeit, als solche Werte wichtiger waren denn je. Die Werte, die in dem gemeinschaftlichen jüdischen Bewußtsein erhalten wurden, erlaubten es vielen jungen Erwachsenen und überlebenden Kindern, ihre Selbstentwicklung fortzusetzen und später verantwortungsvolle und produktive Mitglieder ihrer Gemeinden zu werden, nachdem sie in fremde und neue Umgebungen verpflanzt worden waren.

Kulturelle Aktivitäten vermitteln in allen Lebensumständen wirksame Selbstobjektfunktionen. Wieviel stärker ist dies der Fall, wenn das Trauma, das überwunden werden muß, mit dem Verlust aller Mitglieder der eigenen Familie, dem totalen Verlust des sozialen und emotionalen Rückhalts verbunden ist! ... Wer sollte den jungen Überlebenden Bestätigung vermitteln, wo jene, die sie am besten kannten, ihre Eltern und Geschwister, ihre Nachbarn und Freunde, alle tot waren? Wer wird verstehen, wie sie sich fühlten, nachdem ihre Lagererfahrungen sie von ihrer Umgebung entfremdet hatten und ihnen später das Gefühl vermitteln, in der neuen Heimat Fremde zu sein? Ein Buch oder ein Gedicht zu lesen, das *irgendeinen* Aspekt ihrer eigenen emotionalen Verfassung ausdrückte, mit dem die Überlebenden wirklich mitschwingen konnten, Melodien zu hören, die die Erinnerungen der Kindheit zurückbrachten, waren Selbstobjekterfahrungen, die sich als psychisch lebensrettend erwiesen. Über die Jahre wollten selbst die, die anfänglich die Verdrängung und Leugnung bezüglich des Verlustes ihrer Familien und ihrer Erinnerungen aufrechterhalten mußten, etwas über den Holocaust lesen und in Erfahrung bringen. Nicht in der Lage, die eigenen Erfahrungen zu artikulieren, wurden für sie die Schriftsteller und Künstler zu Fürsprechern; sie sprachen *für uns alle*. Vor dem Hintergrund dieses Verständnisses der Funktion von Kunst und Literatur, werde ich mich jetzt der Diskussion jener thematisch auf den Holocaust bezogenen Kunst und Literatur zuwenden, die zeitlich erst danach entstanden ist.

Kunst und Literatur nach dem Holocaust

Wir erleben eine lebhafte Kontroverse zwischen Gelehrten und Überlebenden in bezug auf die Frage, ob die Produktion von Kunst über den Holocaust, so wie Cynthia Ozick es nannte: „Geschichten aus einem Wirbelsturm von Wahrheit zu schreiben", möglicherweise eine eigene Geschichtsschreibung des Holocaust korrumpieren könnte. Lawrence Langer, Professor für Anglistik und Literaturkritiker, hat sein Berufsleben der Frage gewidmet, ob Sprache, so wie wir sie kennen, überhaupt in der Lage ist, den Horror auszudrücken, dem das europäische Judentum von 1939 bis 1945 ausgesetzt war. In mehreren Büchern hat Langer sorgfältig die Nach-Holocaust-Literatur untersucht, um jene Werke, die „zumindest einen begrenzten Zugang zu dem verwüsteten Wohnsitz dieser Katastrophe gewinnen" von jenen zu trennen, die die bekannte Wirklichkeit der Shoah verzerrten und durch eigene Vorstellungen ersetzten. Er zog den Schluß, daß „die Literatur über Auschwitz in einer Weise in einen historischen Kontext eingebunden ist, wie kaum eine andere Literatur". „Historische Wahrheit" sagt er, „muß bewahrt werden, damit literarische Vorstellungskraft die subjektive Erfahrung der Opfer vermitteln kann" (Langer, 1995).

Können aber „historische Wahrheiten" und künstlerische Vorstellungen völlig voneinander getrennt werden? James E. Young, ein ebenso bekannter und angesehener Gelehrter, meint, daß Literatur und historische Interpretationen von Ereignissen nicht voneinander zu trennen sind: „Dies soll nicht die endgültige Wahrhaftigkeit irgendeiner Schilderung in Frage stellen", so Young, „sondern dazu auffordern, nach den in allen Versionen der Holocaust-Berichterstattung intrinsisch enthaltenen Deutungen zu suchen" (Young, 1988). Mit anderen Worten beeinflussen Deutungen nicht nur die Kunst und Literatur, sondern auch die Art und Weise, in der die Geschichte des Holocaust geschrieben wird: Die Geschichtsbücher, die ein deutsches Schulkind liest, enthalten nicht dieselbe „Geschichte", wie sie einem jüdischen Kind in Israel vermittelt wird. Darüber hinaus entwickeln nicht nur Orte und Völker neue Bedeutungen, sondern auch die Zeit: Neue Generationen lesen Bücher, besuchen Gedenkstätten und Museen unter sich ständig wandelnden politischen und sozialen Bedingungen, und sie belegen sie mit Bedeutungen, die von den Künstlern, die die Bilder malten, die Gedenkstätten schufen oder das Buch bzw. Gedicht schrieben, nicht intendiert waren.

Überlebende und Gelehrte fürchten jedoch nicht nur das Unvermögen der Sprache, das wirklich Geschehene annähernd auszudrücken, sondern auch, daß in der Umwandlung des Leides von Opfern in Kunstwerke etwas Unehrenhaftes liegt. Theodor Adorno, Sozialphilosoph, fürchtete nicht nur, daß sadistische Impulse in dieser Kunst ihren Widerhall finden könnten, sondern auch, daß durch das Vermitteln ästhetischer Prinzipien von Stilbildung die unvorstellbare Qual als etwas erscheinen könnte, das einem übergeordneten Ziel unterstehe. Er fürchtete, daß die künstlerische Umgestaltung die Erfahrung ihres Grauens berauben und damit den Opfern Unrecht tun würde (Adorno, 1965). Aber letztendlich mußte er seine oft zitierte Aussage, daß „Poesie nach Auschwitz barbarisch" sei, zurücknehmen, da die Alternative zur Kunst das Schweigen gewesen wäre, das für Hitler den endgültigen Triumph bedeutet hätte.

Die Frage, die jeder Künstler – im visuellen wie verbalen Bereich – beantworten muß, ist: Wie kann ich eine Zuhörerschaft für ein Thema gewinnen, das immanent verabscheuungswürdig und abschreckend ist? Mit welchen Techniken kann die Kunst, die solches zum Inhalt hat, die Aufmerksamkeit anderer sichern? Es ist nur natürlich, Barrieren gegen solche potentiell schmerzhaften Gefühle aufzubauen. Jeder Künstler, jeder Autor und jeder Überlebende mußte, egal wie zögerlich und gegen welche Widerstände, Mittel und Wege finden, den Zuschauer, Leser und Zuhörer auf einer emotionalen und nicht nur intellektuellen Ebene zu involvieren. Ich sehe dies als nicht sehr verschieden von den Sorgen unserer Patienten an, ob das, was sie uns zu sagen haben, uns eher von ihnen entfernt oder näherbringt.

In der Welt der Kunst haben nur die Begabtesten einen Ausweg aus diesem Dilemma gefunden. Picasso malte 1945 das Bild *Charnel House*. Dieses zeigt die zerstückelten Körper einer Familie: Vater, Mutter, Kind. Der Betrachter muß sich die Zeit nehmen, die Teile, die zu den einzelnen

Körpern gehören, zusammenzusetzen, und er ist wohl auch dann noch immer nicht in der Lage zu sagen, wie viele versehrte Körper wirklich unter dem Tisch liegen. Auf dem Tisch liegen Gegenstände des täglichen Gebrauchs. Diese vermitteln dem Betrachter, daß sich diese Familie, die aus ihrem Alltag herausgerissen und brutal ermordet wurde, von seiner eigenen Familie nicht unterscheidet. Ein Kunstkritiker könnte die Frage aufwerfen, ob die Semi-Abstraktion und die eher angenehme Kombination der Farben Grau, Schwarz und Weiß den Betrachter zu sehr vor der vollen Wucht solch einer Tragödie schützt? Wäre dies der Fall, würde das Bild in zweifacher Hinsicht versagen: Erstens würde es als Spiegel der Erfahrung der Überlebenden versagen, weil es ihre Gefühle nicht mit der notwendigen Lebendigkeit wiedergäbe. Zweitens würde es in dem Bemühen scheitern, den uninformierten Menschen mit der Realität der Schrecken von Krieg und Genozid zu konfrontieren.

Ich glaube, daß dieses Gemälde jedoch gerade deswegen erfolgreich ist, weil es die Grenzen der Fähigkeit des Betrachters berücksichtigt, ein Bild dieser Art anzusehen und auf sich wirken zu lassen. Anstatt den Betrachter abzustoßen, lädt das Bild ihn zu einer aktiven Teilnahme bei der Betrachtung ein. Auch Überlebende mußten ihre Worte wählen und den Ton finden, der eine adäquate Anteilnahme ihrer Zuhörer sicherte, weil gehört und verstanden zu werden für ihre Heilung von herausragender Bedeutung war. Viele haben sich nie und nirgends sicher genug gefühlt zu sprechen und haben deswegen ihre Erinnerungen tief in ihre Herzen eingeschlossen mit ins Grab genommen.

Dann gab es jene, die bald nach ihrer Befreiung den Drang verspürten, aufzuschreiben, was sie erlebt hatten. Das Bedürfnis, dem, was sie erlebt hatten, Ausdruck zu verleihen, war unter den weniger Talentierten ebenso drängend wie unter den Begabten. Memoiren zu schreiben und verbales Zeugnis abzulegen, ist ähnlich heilsam wie das Schreiben von „Geständnispoesie"[4]. Geständnispoesie war ein kompromißloser Zugang zu autobiographischem Material, wie ihn die Dichter Robert Lowell, Anne Sexton und Sylvia Plath beschritten haten. Beides, das Schreiben von Memoiren und Geständnispoesie, schließen die Vorstellung einer Zuhörerschaft, die Anwesenheit eines akzeptierenden empathischen „Anderen" ein. „Ein Gedicht als manifeste Form von Sprache und damit

---

[4] Im Englischen: confessional poetry (A. d. Ü.)

inhärenterweise ein Dialog", sagt Paul Celan „kann eine Botschaft in einer Flaschenpost sein, die, in nicht immer in großer Hoffnung abgesandt wird, damit sie irgendwo und irgendwann an Land gespült wird, an Herzens-Land vielleicht".

Die Bedeutung von Katharsis und das tiefe Bedürfnis, mit einer wirklichen oder vorgestellten Zuhörerschaft zu kommunizieren, ist immer wieder deutlich geworden, wenn gewöhnliche Männer und Frauen ohne besondere künstlerische Begabungen die Gelegenheit bekamen, über ihre Lebenserfahrungen zu sprechen. Selbst wenn dies eine einmalige Gelegenheit war, erwies sich die Aufforderung mit dem expliziten Ziel, über ihre Kriegs- und Vorkriegserfahrungen zu sprechen, für viele Überlebende der Shoah als heilsam.

Den begabten Autoren und Überlebenden aber standen die Worte, die Metaphern und die Klarheit von Sprache und Aufbau zur Verfügung, um diese Erfahrungen zu artikulieren und einer großen Hörerschaft zu vermitteln. Dies waren die Autoren und Künstler, deren literarische Fähigkeiten durch ihre eigenen Erlebnisse noch gefördert worden waren, die sie an den tiefsten Schichten ihrer Persönlichkeit berührt hatten, und die Lawrence Langer die „tiefe Erinnerung"[5] der Überlebenden nannte.

Primo Levi war von Beruf Chemotechniker. Seine Fähigkeit, zu beobachten, was um ihn herum und in ihm selber geschah, ist um so bemerkenswerter, als er selbst sich der tiefgreifenden Einschränkungen der Wahrnehmung des Gefangenen bewußt war: „Überall vom Tod umgeben, war der Deportierte oftmals gar nicht in der Lage, das Ausmaß der Vernichtung abzuschätzen, das sich vor seinen Augen ereignete ... Der Gefangene fühlte sich von einem riesigen Gebäude von Gewalt und Bedrohung beherrscht, aber er konnte sich selbst davon keine Vorstellung machen, da sein Blick aufgrund der Erfordernisse jedes einzelnen Moments auf die Erde gerichtet war ..." (1990, S. 13). Obwohl Levi von sich selbst glaubte, er wäre kein guter Chronist, war er meines Erachtens einer der genauesten Chronisten des Lebens in Auschwitz. Levi gibt einen überzeugenden Bericht davon ab, wie seine bemerkenswerte fotografische Erinnerungsfähigkeit zurückkehrte: „ ... Ohne jede bewußte Anstrengung bringt mir die Erinnerung Ereignisse ins Gedächtnis, Gesichter, Worte, Gefühle, als ob mein Geist durch eine Phase erhöhter Aufnahme gegangen wäre, während derer nichts verloren ging". Levi war der Schriftsteller, der

[5] im Original: deep memory (A.d.Ü.)

Daniel Schacters (1996) Beschreibung der Wiedergewinnung emotional belastender traumatischer Erinnerungen bestätigte, die *nicht* der Verdrängung und Leugnung unterworfen waren.

Aharon Appelfeld, ein bekannter israelischer Autor, berührt einen ganz anderen Aspekt der Shoah mit sehr unterschiedlichem Inhalt und Stil. Appelfeld ist das beste Beispiel dafür, in welcher Weise literarische Fähigkeiten und Talente tatsächlich Erinnerungen in Kunstwerke *transformieren* können, in denen literarische Mittel historische Wahrheiten überzeugender vermitteln, als Fakten alleine es können.

Appelfeld war 8 Jahre alt, als er bei einem Besuch im Hause seiner Großmutter im Garten Schüsse hörte. Dies waren die Schüsse, die seine Mutter und Großmutter töteten. Er floh mit seinem Vater, die beiden wurden gefangengenommen und in ein Konzentrationslager geschickt. Das Kind konnte wieder fliehen und überlebte 3 Jahre lang in Wäldern und auf dem Lande. Im Alter von 14 Jahren kam er nach Israel, entschlossen, ein wahrer Israeli zu werden. Er behandelte seine Erinnerungen wie viele Israelis seiner Generation: mit dem Wunsch zu vergessen, mit großer Entschlossenheit vorwärts zu schauen und dabei zu helfen, ein neues Land aufzubauen. Obschon er mehrere Sprachen beherrschte, mußte er in Israel Hebräisch lernen, um zu schreiben. Als er seine schriftstellerische Tätigkeit aufnahm, schrieb er keine Memoiren, sondern Romane und Kurzgeschichten. In diesen war Appelfeld mehr als jeder andere überlebende Schriftsteller in der Lage, die unterdrückte Angst, die Verleugnung, den Selbstbetrug, die die frühen Jahre der Verfolgung charakterisierten, zu vermitteln. Man fragt sich: Welcher Art war der kreative Prozeß, durch den die Erinnerungen eines Kindes im Alter von weniger als 8 Jahren in Arbeiten umgewandelt werden konnten, die das kulturelle und soziale Klima Zentraleuropas widerspiegelten, das er so wahrheitsgetreu in *Badenheim 39* beschrieb? Hier liegt keine abstrakte Analyse vor, aber die Anwendung klassischer schriftstellerischer Methoden lassen die emotionale Bedeutung der Ereignisse so überzeugend werden, sehr real und beinahe fühlbar. Appelfeld ist derjenige überlebende Schriftsteller, der am klarsten die komplexe Beziehung zwischen Trauma, Erinnerung und künstlerischer Kreativität zeigt: „Ich habe nie über die Dinge so geschrieben, wie sie passierten", sagte er in einem Interview. „Alle meine Werke sind wirklich Kapitel aus meiner persönlichsten Erfahrung, aber sie sind trotzdem nicht ‚die Geschichte meines Lebens'".

Heute leben wir in einer Zeit, in der nicht zu befürchten ist, daß Erinnerungen den Künstler versklaven, in einer Zeit, in der Kunst allein von der künstlerischen Kreativität des Schaffenden abhängt. Als nächstes möchte ich von der Kunst und Literatur Nicht-Überlebender sprechen.

Kunst und Literatur von Nicht-Holocaust-Überlebenden

Die umstrittensten Kunstformen in Zusammenhang mit der Shoah sind dokumentarische Romane, Filme und Videos von Künstlern, die nicht selbst Holocaust-Überlebende sind: Kritiker zweifeln an ihrer Authentizität, an der Fähigkeit, den historischen Kontext beizubehalten und daran, daß sie das Ausmaß individuellen Leidens erfassen können. Zweifellos kann nicht jedes Buch oder Video, das sich auf die Shoah bezieht, künstlerisch gut sein, und sicher kann jedes einzelne von ihnen nur einen Bruchteil dieser überwältigenden Geschichte erzählen.

Schindlers Liste ist als Buch und als Film Dokumentarroman; und nur Menschen, die über wenig historisches Hintergrundwissen verfügen, würden diese beiden Darstellungen als verläßliche Geschichtsdokumente betrachten. Dennoch haben die Überlebenden weder in bezug auf das Buch noch auf den Film Anstoß an den Verzerrungen historischer Fakten genommen, obschon sie viele enthalten. Sie waren eher dankbar, weil die fiktiven Berichte zumindest einige Aspekte ihrer Erfahrungen einfingen, über die sie selbst nicht sprechen konnten. Interviews mit Überlebenden ergaben ein einstimmiges Lob, und sie schlugen vor, daß der Film Oscars als Auszeichnung dafür bekommen sollte, „die zerreißendste, kathartischte und zugänglichste Behandlung eines unmöglichen Themas" zu sein.

Aufgrund ihrer großen Verbreitung hat die dokumentarische Fiktion in all ihren Formen mehr zum Abbau der Grenzen zwischen Überlebenden und Nicht-Überlebenden beigetragen als andere literarische und künstlerische Berichte. Als ich selbst den Film sah und mit vielen vertrauten Szenen mitschwang, fühlte ich mich jedem Zuschauer nahe, als ob ich selbst plötzlich in die Lage versetzt worden wäre, anderen die Bilder nahezubringen, von denen ich nie gedacht hatte, daß sie so wahrheitsgemäß und lebendig beschrieben werden könnten.

Die Tatsache, daß dramaturgische Mittel historische Wahrheit ausdrücken können, wenn Fakten alleine nicht ausreichen, wurde mir am deutlichsten, als ich Cynthia Ozicks kurze Geschichte *The Shawl* zum ersten Mal las. Als Stilmittel benutzt die Kurzgeschichte Metaphern, Symbole und Allegorien, um Gefühle lebendig werden zu lassen und ihnen eine „viszerale" Qualität zu verleihen. Obschon, wie viele behaupten, die Verwendung literarischer Bilder den Leser von der tatsächlichen Realität entfernen kann, bringen meiner Meinung nach literarische Mittel dem Leser eine ebenso wichtige Realität, nämlich *die emotionale Realität* der Opfer und in einigen wenigen Fällen, diejenige der Täter näher.

Ein literarischer Versuch, die Geisteshaltung eines Täters zu verstehen, wurde von Sheri Szeman in *The Kommandant's Mistress* unternommen. Die Familie des Kommandanten, seine Frau und zwei Kinder, leben über seinem Büro, in dem er eine junge jüdische Frau für seine sexuellen Vergnügungen hält, gleichzeitig und pflichtbewußt stellt er sehr exakt die Anzahl der Züge fest, die im Lager ankommen, ebenso wie die Zahl der Kinder, Männer und Frauen, die an einem bestimmten Tag vergast und verbrannt werden. Am Ende des Tages kehrt der Kommandant mit der Befriedigung eines Mannes, der sein ehrliches Tagwerk vollbracht hat nach oben in die Wohnung der Familie zurück, wo er mit seinen zwei kleinen Kindern spielt und seiner Frau bei der Entscheidung hilft, welches Kleid sie am Abend zum Ball tragen soll. Die zwei Ebenen des Hauses sind die symbolischen Repräsentanzen der Spaltung in der Seele eines Mannes, der während des Tages seine Verpflichtungen gegenüber seinem Vaterland mit perfekter Effizienz erfüllt und am Abend ohne Schuldgefühle sein Familienleben genießen kann.

Der fehlende Grabstein und der Trauerprozeß

Abgesehen von den Folgen der schweren physischen Folter litten die Überlebenden der Shoah vor allem an dem Trauma, das der Verlust ihrer Herkunftsfamilien für sie bedeutete. Eine Zeit der Trauer – und damit auch ihrer Heilung – wurde dadurch aufgeschoben, da ihnen keine Zeit und kein Ort zur Trauer zur Verfügung gestellt wurden. Für viele Überlebende wurde der Trauerprozeß dadurch erschwert, daß sie nicht wußten, unter welchen Umständen ihre geliebten Familienmitglieder gestorben waren. Für die Überlebenden von Massentragödien, bei denen die Körper der

Verstorbenen irgendwo auf dem Meeresgrund, in Massengräbern oder in der Masse schwarzen Rauches verschwunden waren, wurden Denkmale, die zu ihrer Erinnerung errichtet worden waren, zu Grabstellen.

Monumente und Denkmäler dienen als Grabstätten dort, wo die Erinnerung und der Schmerz über den Verlust am freiesten aufkommen und zum Ausdruck gebracht werden können; dies ist der Ort, wohin die Überlebenden kommen, um zu weinen und zu trauern. Erinnerung ist wesentlich für den Trauerprozeß: ohne Trauer kann keine Heilung stattfinden, weil nur die Trauer dazu verhelfen kann, eine unabänderliche, schmerzhafte Vergangenheit zu akzeptieren. Sie haben vielleicht Bilder von den Gesichtern der Menschen gesehen, die das Vietnam Memorial besuchen. Sie drücken tiefen Kummer aus, gefolgt, wie es scheint, von einer gewissen Erleichterung, während ihre Finger liebevoll jeden Buchstaben der eingravierten Namen ihrer geliebten Verstorbenen nachzeichnen. Während Denkmäler und Gedenkstätten als Grabstätten möglicherweise nur für eine oder zwei Generationen von Bedeutung sind, sind Museen Stätten, die Erinnerung erfolgreicher bewahren und diese als Bildungseinrichtungen weitergeben können.

Ich erlebte die Wichtigkeit dieser doppelten Funktion eines Museums an dem Eröffnungstag des U. S. Holocaust Museums. Der Tag war regnerisch und für den April in Washington ungewöhnlich kalt. Es nieselte ununterbrochen und die Rasenfläche, auf der unsere Stühle aufgestellt waren, wurde langsam matschig; es wurde sehr ungemütlich, auf den nassen Stühlen zu sitzen. Dennoch sah ich, als ich mich umschaute und die alternden Überlebenden sah, die um mich herum saßen, kaum unglückliche Gesichter. Im Gegenteil, die Menschen erschienen mir merkwürdig zufrieden. Worüber waren sie so erfreut? Sie waren erfreut, weil ein Museum auf der *mall*, dem zentralen Platz der Hauptstadt der Vereinigten Staaten, in unmittelbarer Nachbarschaft zum Washington Monument, eine ganz herausragende Anerkennung des Ausmaßes der Ereignisse bedeutet, die wir miterlebt haben und eine Anerkennung der Bedeutung unseres eigenen Überlebens. Diese Art von Validierung hat eine starke erlösende Kraft.

Zusammenfassung

Einer der zutiefst traumatisierenden Aspekte des Holocaust war die völlige Zerreißung des emotionalen Netzes, in dem die Überlebenden ihre prägenden Jahre erlebt hatten. Wie zu erwarten, war Trauer unter diesen Umständen ein verzögerter und schwieriger Prozeß. Trauer und Heilung verlangen die Anwesenheit eines akzeptierenden, empathisch antwortenden „Anderen", der die Wirklichkeit der Erfahrungen des Überlebenden ermessen, sie mitfühlen und validieren kann. Nur in seltenen Fällen war dieser „Andere" ein Psychotherapeut oder Analytiker. Die helfenden Berufe sahen ihre Aufgabe darin, die Anpassung an die neue Umgebung zu fördern, was unbeabsichtigterweise empathisches Zuhören verhinderte. Analytiker waren außerdem dadurch behindert, daß ihre traditionelle Theorie bezüglich des Heilungsprozesses annahm, daß die Trauer der Wiederaufnahme neuer Beziehungen vorausgehen muß; die Aufnahme neuer Beziehungen wurde nur dann als möglich angesehen, wenn alte „Objekte" aufgegeben wurden.

Ich sehe diesen Prozeß anders: Alte Bindungen werden nie aufgegeben, sie werden in das Gewebe unserer Persönlichkeit integriert. Dennoch verlangt diese Integration, daß das traumatisierte Selbst erst einmal seine Kohäsion durch bedeutende Selbstobjekterfahrungen wiederherstellt. Diese Selbstobjekterfahrungen mußten die Überlebenden außerhalb der Behandlungsräume ihrer Therapeuten suchen: Sie fanden sie in Beziehungen zu Anderen und in der Spiegelung ihrer eigenen Erfahrungen, wie sie in Memoiren, Romanen, Gemälden, in Museen und Gedenkstätten dargestellt wurden. Ich glaube, Anne Sexton drückte dies sehr gut aus: „Ich selber wechsele hin und her: dazwischen, mich selbst hinter meinen Händen zu verstecken, mich in jeder möglichen Weise zu schützen – und jener anderen, Sehenden, Schmerzfühlenden. Ich meine damit wohl, daß kreative Leute den Schmerz, den sie verarbeiten, nicht selbst vermeiden dürfen ...". Überlebende konnten dem Schmerz, der ihnen zugefügt wurde, mit Hilfe von Schriftstellern und Künstlern begegnen, die die Worte, Symbole und Metaphern besaßen, die den Gefühlen Ausdruck verleihen konnten, von denen sie selbst geglaubt hatten, sie seien unaussprechlich.

Übersetzung: Martin Goßmann, Berlin

Literatur

Appelfeld, A. (1994): Beyond Despair. Fromm Intl. Publishing Corporation, New York. Dtsch. Für alle Sünden. Roman, Hoffmann und Campe 1993.
Borowski, T. (1967): This Way for the Gas, Ladies and Gentlemen. The Viking Press, New York. Dtsch. Bei uns in Auschwitz. Erzählungen, Serie piper 258.
Celan, P. (1970, (1986)): Last Poems. North Point Press, S.F. Dtsch. Zeitgehöft. Späte Gedichte aus dem Nachlaß, Suhrkamp 1976.
Green, G. (1969): The Artists of Terezin. Hawtorn Books, Inc. New York.
Jamison, R. K. (1993): Touched with Fire. The Free Press, New York.
Kohut, H. (1985): On Courage. In: Ch Strozier (Hg.) Self Psychology and the Humanities. Norton, New York.
Langer, L. L. (1975): The Holocaust and the Literary Imagination. Yale U Press, New Haven.
Langer, L. L. (1991): Holocaust Testimonies. Yale U Press, New Haven.
Leymarie, J. (1968): Van Gogh. Portland House, New York.
Levi, P. (1989): The Drowned and the Saved. Vintage International, New York. Dtsch. Die Untergegangenen und die Geretteten. Hanser 1990.
Middlebrook, D. W. (1991): Anne Sexton; a biography. Houghton Mufflin, Co Boston
Ozick, C. (1989): The Shawl. Alfred Knopf, New York.
Ornstein, A. (1985): Survival and Recovery. Psychoanalytic Inquiry 5: 99-130.
Schacter, L. D. (1996): Searching for Memory. Basic Books, New York. Dtsch. Wir sind Erinnerung. Die Macht des Gedächtnisses. Rowohlt Vlg. 1999 (erscheint ca. Juli 99).
Szeman, S. (1993): The Kommandant's Mistress. Harper Collins, New York
Young, J. E. (1988): Writing and Rewriting the Holocaust. Indiana U Press, Bloomington, Indiana. Dtsch. Beschreiben des Holocaust. Darstellung und Folgen der Interpretation. Suhrkamp 1997 st 2731.